[美]
谭恩美 著
Amy Tan

李军 章力 译

名奖作品·互文

喜福会
The Joy Luck Club

外语教学与研究出版社
北京

京权图字：01-2021-4562

图书在版编目（CIP）数据

喜福会 /（美）谭恩美（Amy Tan）著；李军，章力译. -- 北京：外语教学与研究出版社，2021.9
（名奖作品 · 互文）
书名原文：The Joy Luck Club
ISBN 978-7-5213-3059-5

Ⅰ. ①喜… Ⅱ. ①谭… ②李… ③章… Ⅲ. ①长篇小说－美国－现代
Ⅳ. ①I712.45

中国版本图书馆 CIP 数据核字（2021）第 202612 号

出 版 人　徐建忠
项目策划　张　颖
责任编辑　徐晓雨
责任校对　何碧云
装帧设计　范晔文
出版发行　外语教学与研究出版社
社　　址　北京市西三环北路 19 号（100089）
网　　址　http://www.fltrp.com
印　　刷　三河市北燕印装有限公司
开　　本　889×1194　1/32
印　　张　10.5
版　　次　2021 年 11 月第 1 版　2021 年 11 月第 1 次印刷
书　　号　ISBN 978-7-5213-3059-5
定　　价　59.00 元

购书咨询：（010）88819926　电子邮箱：club@fltrp.com
外研书店：https://waiyants.tmall.com
凡印刷、装订质量问题，请联系我社印制部
联系电话：（010）61207896　电子邮箱：zhijian@fltrp.com
凡侵权、盗版书籍线索，请联系我社法律事务部
举报电话：（010）88817519　电子邮箱：banquan@fltrp.com
物料号：330590001

记载人类文明
沟通世界文化
www.fltrp.com

母亲　吴宿愿

女儿　吴菁妹（茱恩）

母亲　许安梅

女儿　罗丝·许·乔丹

母亲　江林多

女儿　韦弗里·江

母亲　莹映·圣克莱尔

女儿　丽娜·圣克莱尔

目录

千里鹅毛 /002

吴菁妹：喜福会 /005

许安梅：伤疤 /035

江林多：红烛 /044

莹映·圣克莱尔：月亮娘娘 /066

二十六道凶门 /086

韦弗里·江：游戏规则 /088

丽娜·圣克莱尔：隔墙有声 /103

罗丝·许·乔丹：一半一半 /121

吴菁妹：望女成凤 /141

美国式解读 /158

丽娜·圣克莱尔：饭粒丈夫 /161

韦弗里·江：四面八方 /184

罗丝·许·乔丹：命里缺木 /209

吴菁妹：最佳品质 /224

西天王母 /240

许安梅：喜鹊 /243

莹映·圣克莱尔：林间守候 /275

江林多：双面人 /289

吴菁妹：团圆 /307

千里鹅毛[1]

1."千里鹅毛"在中文里常用来比喻礼物虽然微薄，却含有深厚的情谊。——译者注。本书注释如无特殊说明均为译者注。

老太太记得多年前她在上海花一大笔冤枉钱买的一只天鹅。菜市场的小贩夸耀说，这个家伙原来是只鸭子，但它使劲伸着脖子想变成一只鹅，所以你看它现在长得多美，简直让人舍不得烧了吃。

后来，这个女人和天鹅乘船远渡大洋，一路翘首眺望，去了数千里之外的美国。旅途中，她对天鹅喁喁私语道：“在美国，我会生一个正如我一样的女儿，但在那里，没有人会说，她的价值取决于丈夫饭后打着饱嗝的满意程度。在那里，没有人会看不起她，因为我只会让她张口就是完美的美式英语。在那里，她会过得丰衣足食，无暇烦恼。我将把这只天鹅送给她，她会因此明白我的良苦用心——因为这只天鹅超越了人们当初对她的期许。”

可是，当她甫一踏上这片新国土，移民局就把天鹅从她身边强行带走了。她使劲扑腾着双臂想将它留住，却只抓住一根羽毛权当纪念。之后，她不得不填写一大堆表格，忙活得她都忘记了自己为什么到这里来，也忘了她舍弃在国内的又是些什么。

如今，这个女人垂垂老矣。她有一个女儿，从小到大只说英语，喝下的可口可乐比她经历的痛苦多得多。很久以来，这个女人都想把那根天鹅羽毛交给女儿，并告诉她：“这根羽毛看似一文不值，却来自遥远的故土，承载着我的一片美意。”就这样年复一年，她始终等待着有一天能用流利的美式英语把这一切告诉女儿。

吴菁妹：喜福会

父亲让我在喜福会麻将桌三缺一的那边，顶替母亲的位置。自从她两个月前去世以来，麻将桌边的这个座位就一直空着。父亲认为，母亲是让她自己心中的念头给害死的。

“她头脑中生出一个新念头，”父亲说，“但还没等她说出口，这个念头已经长得太大，最后崩掉了。这肯定不是一个好念头。”

据医生说，我母亲死于脑动脉瘤。她喜福会里的朋友们说，她去得快，像只兔子倏地一下就不见了，身后留下一堆事情。本来，下一次的喜福会聚会轮到母亲做东。

在去世前的那个星期，她还得意洋洋、底气十足地在电话里对我说：“上次在林多阿姨家聚会时，她煮了一锅红豆汤给大家喝。这次我要做一道黑芝麻羹请她们尝尝。”

“别显摆了。”我说。

“我这可不是显摆。”她说这两种汤“差不多”——几乎就是一样的，但也可能她当时说的是“不同”，也就是说根本不是一回事。中国人有一些微妙的表达方式，可以利用含糊的语意，让话语听起来更委婉。对这种根本就搞不清的事情，我从来都记不住。

❋ ❋ ❋

1949年，也就是我出生的前两年，母亲发起了一个“旧金山版”的喜福会。就在这一年，我父母拎着一只结结实实的皮箱离开中国，里面塞得满满当当，全是些精美的花式绸缎衣服。直到上船之后，母亲才向父亲解释说，来不及再往里塞其他东西了。尽管如此，父亲还是在一堆滑溜溜的丝绸间使劲翻腾了一气，企图找到他的棉布衬衫和羊毛裤。

抵达旧金山以后，父亲便让她藏起那些光鲜惹眼的衣服。从此，她就始终穿着那件棕色格子的旗袍，直到难民收容会送给她两件别人淘汰下来的旧衣服。然而这些衣服都是美国女人的尺寸，穿在她身上晃里晃荡的。这个难民收容会的成员是当地第一中国浸礼会的一群白头发的美国女传教士。得了她们的施舍，我父母便不好意思拒绝进教堂做礼拜的邀请。当然，他们也不能忽视这些老太太务实的建议，那就是参加每周三晚上的查经班，后来又参加周六早上的唱诗班练歌，因为这样可以帮助他们提高英语水平。就这样，父母得以认识了许家、江家及圣克莱尔家。母亲能感觉到，这几家的女人们各自都有她们遗留在中国的隐痛，也都对新生活有所憧憬。但是，蹩脚的英语使她们无法将这种憧憬一吐为快，至少母亲从她们的脸上读出了这种压抑带来的木然。因此，当母亲向她们一提发起喜福会这个想法时，顿时看出她们眼睛滴溜溜地转动起来。

喜福会这个主意得追溯到母亲在桂林时的第一段婚姻，那还是日军攻占桂林以前的事情。所以我一直把喜福会当作她的桂林故事。每当她把所有饭碗都清洗干净，把塑料贴面的饭桌也来回擦拭了两遍，而父亲读着报纸，一支接一支地抽着他的波迈牌香烟[1]，示意我们“不要打扰”的时候，母亲会感觉闲得无聊，于是就对我讲起她的往事。这时，她总会取出一箱旧滑雪毛衣，据说那是我们在温哥华的从未谋面的亲戚们寄来的。她会从中拣出一件来，剪开底边，扯出一根曲里拐弯的毛线，再把它缠到一块硬纸板上。当她开始以飞快的节奏一圈一圈缠起线来的时候，她的话匣子也就打开了。这么多年，她对我反复讲述着同一个故事，但这个故事的结局一次比一次黯淡，在她自己的生活中投下长长的阴影，而这阴影最终也进入了我的生活。

❋ ❋ ❋

“在还没见到桂林以前，我就在梦里见过那个地方。”母亲说着中文开始了她的故事，“我梦见山峰参差起伏，中间有一条蜿蜒的小河，河的两岸被神奇的苔藓染得碧绿。峰顶之上，白雾缭绕。如果你能顺流而下，吃些苔藓，你就会强壮得可以直攀峰顶。要是滑一跤，也只会跌倒在一床松软的苔藓上，笑笑而已。一旦你登上顶峰，一切都将尽收眼底，你的心将欢畅无比，今生再不会有忧愁

1.Pall Mall系英美烟草British American Tobacco Group（BAT）生产的香烟品牌，音译为“波迈”，也称“长红”。

烦恼。

“在中国，每个人都梦想去桂林。可是等我真到了那里，才发现我的梦想是多么寒碜，想象是多么贫乏。当我看到桂林群山时，眼前的景象让我笑得都震颤起来：那些山峰活像一个个硕大的煎鱼头，仿佛想蹦出油锅似的。在每一座山的后面，我看到另一条鱼的阴影，还有另一条，接着又一条……随后云朵稍有移动，这些山峦刹那间又变成了朝我缓慢逼近的象群！你能想象这种景象吗？山脚下有一些神秘的岩洞，钟乳石从岩洞顶上挂下来，看上去就像是卷心菜、冬瓜、萝卜和洋葱，千姿百态，超乎想象。

“但我来桂林并不是为了游山玩水，我那时的丈夫把我和两个小孩带到桂林，是因为他认为我们在那里会安全些。他是个国民党军官，等他把我们安置在一幢二层楼的一个小房间以后，就独自往西北方向去了重庆。

“尽管报纸上不这样说，但我们知道日本人在打胜仗，朝我们步步进逼。每天甚至每小时都有成千上万的难民涌入城里，挤满了人行道，四处寻找可以安身的地方。他们来自天南地北，有富人也有穷人，上海人、广东人、北方人，而且不只有中国人，还有外国人和各种不同宗教的传教士。当然这其中也有国民党部队和他们那些不可一世的军官。

“这简直就是一锅剩菜大杂烩。如果不是因为日本人打进中国，这一大堆人杂居在一起，有的是理由打得不可开交呢。你能想象吗？上海人和北方的乡巴佬，银行家和剃头匠，黄包车夫和缅甸难民……谁都有他瞧不起的人。尽管大家都在一条人行道上吐痰，一起拉肚子，身上都散发着同样的恶臭，但还是觉得别人才更臭。说到我自己？哦，我讨厌那些美国空军大兵，他们说的那些‘哈巴，哈巴’的中国话真让我替他们害臊。但最差劲的还是那些北方乡巴佬，直接把鼻涕擤到手上不说，还用这脏手去推搡周围的人，传播腌臜的疾病。

“所以你懂吧，桂林很快失去了对我的吸引力。我再也不会爬到顶峰去感慨山峦的秀美了。我心里只想着日本人打到了哪里。我坐在屋子黑暗的角落里，一手抱着一个小孩，双脚处于紧张的戒备状态。只要空袭警报响起，我就和邻居们‘腾’地一下蹦起来，窜到深深的洞穴里像野兽一样藏起来。但一个人无法在黑暗中待太长时间。那样的话，你会感到内心中的某种东西在一点点地被销蚀，会像一个极度饥饿的人渴求食物一样地渴求光明。我听到外面‘砰！砰！’的轰炸声，然后听到碎石雨点般地落下。而我躲在深洞里，也顾不上欣赏钟乳石花园里的那些花菜和萝卜了。我只能盯着头上这座远古时代的山洞顶壁，它随时可能会砸到我身上。你能想象这种感觉吗——一个人既不想待在洞里，也不想待在洞外，哪儿都不想，恨不能干脆彻底消失？

“所以每当轰炸声渐渐远去，我们就会像刚生下来的小猫崽一样，慢慢摸爬着回到城里去。看到那些冲天火光映照下的山峦居然完好无损，我总觉得不可思议。

“在一个炎炎夏日的夜晚，我想到了喜福会这个主意。那天热得连飞蛾都晕乎乎地落在地上，翅膀上沾着沉重的湿热暑气。到处都充斥着暑气，没有丝毫新鲜空气。阴沟散发着让人难以忍受的臭味，直逼入我所在的二层楼窗户，这股恶臭仿佛无处可去，只好一股脑地钻进了我的鼻孔。整整一宿，我都能听到阵阵凄厉的号叫，也不知道是某个农民在宰杀一头逃窜的猪，还是哪个当官的在痛打一个挡道的半死不活的农民。我没去窗户那里看个究竟。看清了又有什么用呢？就是在那个时候，我突然觉得应该找点事情来做，好让自己换换心情。

“我的想法是凑齐四个女人，组一桌麻将。我知道该邀请什么样的女人，她们和我一样年轻，脸上流露出对生活的希望。有一位和我一样，也是军官太太。还有一位是个举止文雅的上海富家小姐，她出逃避难时身上只带了一点点钱。另一位是个南京小姐，我之前从没见过头发像她那么浓密乌黑的。她出身较贫寒，但是长得漂亮可人，嫁得也不赖。她丈夫是个老头，死后的遗产倒是让她过上了好日子。

“每个星期，我们由一个人做东，组织聚会来凑点钱，也提振一下精神。轮到的女主人必须准备特别的点心小吃来讨口彩——比如说像银锭子一样的饺子啦，寓意长寿的面条啦，比喻得贵子的煮花生啦，哦，当然了，还有好多象征着美满富裕生活的福橘。

“想想看，以我们当时那点微薄的零花小钱，却能吃上这些精致的食品，是何等幸运！那些饺子多半都是用瓠瓜当馅儿的，橘子上也全是虫眼儿，但这些我们都不在意。我们省着吃，还尽量表现得不是不够吃，而是聚会之前早已吃撑了，多一口也吃不下了。我们知道那时很少有人能像我们这样奢侈。我们已经够有福气了。

“填饱了肚子以后，我们就把筹的钱装到一只碗里，放在大家都能看到的地方。然后，我们就在麻将桌边坐下来。我的这张麻将桌是从老家搬来的，用一种香气浓郁的红色木料制成，不是你们说的那种黑檀木，而是‘红木’。这种木材太好了，英语里根本都找不到它的名字。桌上铺着一层厚厚的垫子，把麻将牌扣倒到桌上时，就只会听到那些象牙牌互相碰撞的声音。

“一玩上牌，就没人讲话了，只有在吃牌时才会有人说‘碰！’或者‘吃！’。我们必须全神贯注，都只想着要赢牌，可以多乐和乐和。但是打完十六圈之后，我们又要饱饱口福了，这次是为了庆贺我们有苦中作乐的福气。之后，我们就一直通宵达旦地闲聊，讲各种故事，怀念过去的好光景，憧憬将来的好日子。

“哦，那些故事简直太有意思了！这儿一个，那儿一个，一个个故事脱口而出，滔滔不绝，只差没把我们笑死。一只大公鸡跑进屋里，站在一摞碗上尖叫，但它第二天就变成碗中餐了！还有个故事讲一位小姐，替她的两个朋友写情书，而这两个朋友爱的是同一个男人。另一个故事讲的是一个傻乎乎的外国女士在如厕时被附近的爆竹声当场给吓晕了过去。

“有人指责我们不应该每周如此大餐，因为当时城里有好多人饿得都去逮老鼠吃，到后来，连那些最恶心的老鼠吃的垃圾都捡来充饥。还有人认为我们中了邪——我们自己的家庭都损失惨重，失去了亲人，失去了房屋，失去了财产，妻离子散，溃不成家，却还有心思庆贺。人们会说：‘哼！亏你们还笑得出来！’

“其实，我们并不是对这些痛苦麻木不仁，视而不见。我们也都感到恐惧，而且各有各的悲伤。但就此感到绝望的话，无非是对已经失去的东西心存幻想，或是在延长难以忍受的折磨。如果你的房子被烧毁了，父母也一起死在里面了，你怎会惦记着要回那房子衣柜里心爱的冬衣呢？当电线杆上悬挂着被炸得支离破碎的人的胳膊和腿，饿狗嘴里叼着嚼了一半的人手满街乱窜的时候，你又怎能忍心去多想这些情景呢？我们在一起时问自己这样一个问题：是整天哭丧着脸，挂着这样一副正确的表情等死，还是想方设法使自己更开心，究竟哪个更糟？

“所以我们还是决定要举办聚会，并且假想着每周都是新一年的开始。每周我们都会设法忘记过去遭受的厄运。我们吃吃喝喝，开怀大笑；我们搓搓麻将，有输有赢；我们讲最精彩的故事，这样就没空去想坏事了。每周我们都希望自己是有福气的。这个希望也成了我们唯一的喜悦。这就是我们把小聚会称为‘喜福’的原因了。”

母亲通常都会以夸耀自己牌技的方式开心地结束她的故事：“我手气不错，好多次都赢了，她们几个取笑我一定是学了贼门槛。”有时还补充一句，“我赢了好几万呢，但这没能让我发财。真的没有。因为那时钞票已变得不值钱了，甚至连草纸都不如。一想到一张千元‘大钞’都不够擦屁股的，我们笑得就更厉害了。”

我一直觉得母亲的桂林故事不过是个中国童话而已。故事的结局总是在改变。有时候她说她用那不值钱的千元钞票买了半杯米，有时又变成是买了一锅粥，而之后，她又会把稀粥变成两个猪蹄，再之后是六个鸡蛋、六只小鸡之类的……这个故事总是没完没了。

有一天晚上，我恳求母亲给我买一个半导体收音机，她没答应，于是我生了一个小时的闷气。她对我说：“你为什么总要惦记一些你从未拥有过的东西呢？”之后，她告诉了我一个截然不同的故事结局。

“有一天早上，一个国民党军官来家里找我，”她说，“他要我赶紧到重庆去找我丈夫。我明白他是在叫我逃离桂林。我知道，一旦日本人打到这里，国民党军人和我们这些家眷是不会有好下场的。但是叫我怎么走呢？桂林已经不向外地发火车了。那个南京的小姐对我很好，她贿赂了一个人去偷了辆运煤的手推车，她还答应会把迫近的危险转告其他朋友们。

“我打理好行李，把它们和两个小孩一起放到小推车上。在我推着车赶往重庆的第四天，桂林失守了。一路上，逃难的人群不断从我身边经过，不时传来日军在桂林屠城的消息，真是太可怕了。直到桂林失守的前一天，国民党仍坚称桂林是安全的，是受国军保护的。就在日军入侵桂林当天，满街散落着吹嘘国军大捷的报纸，而这些报纸上遇难的尸体横陈，就像铺在案板上刚被开膛破肚的死鱼一样，男女老少都有。这些人始终没有丧失对国民党军队的希望，却因此丢了性命。当得知这些噩耗时，我不停地加快脚步。我每走一步都会问自己：这些人究竟是愚蠢还是勇敢呢？

“我推车赶往重庆，直到车轮坏了才作罢。一路上，我不得不扔掉了那张精美的红木麻将桌。但那时我已经没心思哭了。我把围巾捆成吊带搭在肩上，身前身后各兜一个孩子。我双手各拎一包行李，一袋是衣物，另一袋是干粮。我提着这些行李，把手都勒出了一道道深深的印痕，最后我的手开始流血，滑溜得再也拿不住东西，所以只好把行李一件件都丢掉了。

“一路上，我看到别人大抵都是这般情形，逐渐放弃了希望。沿途财宝堆积，越往前走财宝越多，成匹的精美锦缎，成堆的书籍，有古代字画，有做木匠活儿的工具，后来还能看到成箱的小鸭子被丢在路边，由于干渴都叫不出声来了。最后连银壶也被舍弃在路上，可见逃难的人累得实在扛不动了，也觉得今后再没有指望去用它们了。等我终于抵达重庆的时候，已经孑然一身，仅剩身上套了一层又一层的三件花式丝绸衣服了。”

“你说‘孑然一身’是什么意思？”我倒吸了口气，我感到震惊，因为意识到这个故事从头到尾都是真的，“那两个小孩后来怎么样了？”

母亲想都没想，她干脆的回答清楚地表明这个故事没有“后来”了：“你爸爸不是我的第一个丈夫。那两个孩子中也没有你。”

＊　＊　＊

今晚的喜福会在许家举行，我赶到那里的时候，第一个看见的人是我父亲。“她终于来了！从来不守时。”父亲对其他人这样宣布。这也是事实。其他人都已经到了，一共是七位六七十岁的老朋友。他们抬起头来看着我，笑我总是拖拖拉拉的，都三十六岁的人了却还像个孩子似的。

我战战兢兢，竭力想掩饰自己的情绪。我上一次见到他们，是在我母亲的葬礼上，我当时失声痛哭，几近崩溃。他们这会儿一定在思忖，像我这样的人怎能顶替我母亲的位子。一位朋友曾经对我说，我和母亲其实挺像的，纤细的手比划起来如出一辙，女孩般的笑声和斜眼瞄人的眼神也都一模一样。当我怯怯地把这些话转告给母亲，她像是受了羞辱般地说："你一丁点儿都不了解我！你怎么可能像我呢？"她这话说得没错。我怎么可能在喜福会里取代母亲呢？

"阿姨，叔叔。"我向那里的每个人点头问好。我总是这样称呼这几家的长辈。之后我走了过去，站在父亲身旁。

父亲正在翻看江家最近去中国旅游的照片。"你瞧那一张。"他礼节性地说，一边用手指着一张江家人站在宽阔石阶上的合影。照片里没有什么东西能表明这是在中国，而不是在旧金山或其他什么城市拍的。不过，我父亲那模样反正也不像是在看这张照片。所有东西对他而言好像都一样，没什么特别引起他注意的。他总是这样，凡事淡然，却又礼貌周全。由于在你眼中不同事物没有区别，所以你的反应淡漠，中文里哪个词是指这种情况来着？反正我觉得，母亲去世后父亲陷入的就是这种状态。

"你看看那一张。"他指着另一张同样瞧不出什么名堂的照片说。

许家的屋子让人感觉到一股浓浓的油脂味。在一个狭小的厨房里做过太多中国菜，曾经的菜香太厚太重，凝腻成一层薄而无形的油脂。我记得母亲以前到别人家或是去餐馆时会使劲吸吸鼻子，然后虽压低嗓门声音却很大地说："我用鼻子都能看得见、摸得着这种油腻了。”

我有好多年没去过许家，但他们的起居室还是我记忆中的样子，一点都没变。二十五年前，安梅阿姨和乔治叔叔把家从中国城搬到了落日区，还买了新家具。这些家具都还在，看上去依然挺新的，上面罩着的塑料布已经泛黄。还是那套青绿色粗呢布的转角沙发，还是那张殖民时期风格的枫木桌子，也还是那盏仿制的冰裂纹瓷质台灯。只有广东银行赠送的卷轴挂历才每年换一次。

我清楚地记得这些物件。因为我们还是小孩子的时候，安梅阿姨不让我们直接用手碰她的这些新家具，只能隔着塑料布摸摸。每到喜福会聚会的晚上，父母就带着我去许家。因为我是去做客的，所以我得负责照顾其他所有比我小的孩子。孩子太多了，根本照看不过来，好像每次都有小孩因为把头撞到桌腿上而哇哇大哭。

母亲对我说："你得负责任。"这意味着每当有任何东西洒了、烧了、丢了、坏了或者弄脏了，我可就有麻烦了。不管是哪个小孩干的，我都得负责任。母亲和安梅阿姨会穿上有几分可笑的中式衣衫：硬邦邦的立领，前襟用丝线绣上盛开的花枝。我觉得，这些衣服对于真正的中国人来说太华贵了，对于美国式的聚会来说又太古怪了。在母亲没有告诉我桂林故事以前，我想象中的喜福会，是一个不够体面的中国风俗，类似于三K党的秘密集会，或是电视上那些印第安人出征前跳的通通舞。

但今晚，一切神秘感荡然无存。喜福会的阿姨们都穿着宽松的裤子和色彩明艳的上衣，还有各式各样结实的跑鞋。我们都围坐在餐桌旁，头顶的灯貌似西班牙式的烛台。乔治叔叔戴上他的双光眼镜，宣读会议纪要，聚会就此开场：

“我们的资本账户有24,825美元，约合每对夫妇6,206美元，每人3,103美元。我们以每股6.75美元的价格把斯巴鲁[1]公司的股票赔钱卖了。我们以每股7美元的价格买了一百股史密斯国际公司的股票。我们在此感谢江亭和江林多夫妇上次准备的美食，尤其是那道美味的红豆汤。三月份的会议因故取消，请各位静候通知。对于我们亲爱的朋友宿愿的离世，我们深表遗憾，并向吴坎宁全家表示深切的同情。喜福会主席兼秘书，乔治·许谨制。”

仅此而已。我以为其他人会开始谈论我的母亲，比如他们的深厚友谊，以及我为何顶替她在喜福会的位置，秉承我母亲的精神，让她在桂林那个大热天里生出来的念头得以延续。

结果，每个人都只是点了点头，表示认同这个会议纪要。连我父亲也只例行公事似的使劲点了点头。在我看来，母亲的生平就这样被束之高阁，之后大家又有其他事情要做了。

安梅阿姨从桌边站起身来，缓步走向厨房去准备吃的。林多阿姨是我母亲最要好的朋友，她走过去坐在青绿色的沙发上，双臂交叉，看着仍坐在桌边的那些男人们。我每次见到莹映阿姨都感觉她变得更矮小了，此时她伸手从编织袋里拽出一件刚开织的蓝色小毛衣，开始忙活上了。

喜福会里的叔叔们开始谈论起他们有兴趣要买的那些股票来。

1.斯巴鲁（Subaru）是富士重工业株式会社旗下专业从事汽车制造的一家分公司，成立于1953年。

杰克叔叔是莹映阿姨的弟弟，他非常热衷于一家在加拿大挖金矿的公司。

“这可是个利用套期保值来对付通货膨胀的好办法。”他颇具权威性地说。这个圈子里他的英语说得最棒，几乎不带口音。我觉得母亲的英语是最差的，但她总认为她的中文是最好的。她说普通话时，略带一点点上海方言的腔调。

“我们今晚不打麻将吗？”我凑近莹映阿姨的耳朵大声问，因为她稍微有点耳背。

“过一会儿打，”她说，“等到午夜之后。”

“女士们，你们不一起来参会吗？”乔治叔叔问。当所有人一致投票选了加拿大掘金公司的股票以后，我到厨房去问安梅阿姨，为什么喜福会开始投资股票。

“我们以前一直打麻将，赢家就把所有钱都拿走。但是赢的总是那几个人，其他人总是输钱。”她边说边包馄饨。她用一根筷子戳起一块姜汁腌过的肉，轻快地将它抹到一张薄薄的馄饨皮上，那团馄饨在她手里捏得翻转起来，手指轻轻一转，便捏成了一个小小的护士帽形状。“如果别人打麻将技巧熟练，你就不会有什么好运气了。所以，很久以前，我们决定还是投资股票市场。玩股票不需要技巧。这个连你妈妈都赞同。”

安梅阿姨数了数她面前托盘里的馄饨。她包的馄饨已摆了五排，每排八个。“四十个馄饨，八个人，要是每人吃十个的话，还得再包五排。”她大声自言自语地说，然后继续包馄饨，“我们变聪明了。现在我们每个人输赢的机会是平等的。我们可以在股市上走运得福。我们打麻将就是图个乐趣，彩头只有几块钱而已。赢家把钱都拿走，输家就把剩饭打包回家，皆大欢喜。聪明吧？哈？”

我看着安梅阿姨又包了很多馄饨，动作飞快娴熟，根本不用过脑子。我母亲先前总是埋怨她这一点：安梅阿姨做事情从来不动脑筋。

“她并不笨，”母亲有一次这样说，“但是她没有主心骨。上周我给她出了个好主意。我对她说，咱们去向领事馆要一些你弟弟的资料吧。她当时几乎就想放下手头的事情赶紧去。但事后，她又跟别人聊起这件事。也不知道是对谁。那个人告诉她，她这样做会给她弟弟在中国惹来大麻烦。那人说美国联邦调查局会把她列入黑名单，这也会给她将来在美国的生活惹麻烦。那个人还说，你要向银行贷款买房，银行不会贷款给你，受你弟弟的身份影响。我对她说，你已经有房子了！但她还是很害怕。”

“安梅阿姨总是忙来忙去的，”母亲说，“却又不知道忙些什么。”

当我注视着安梅阿姨时，我眼中看到的是一个七十多岁、矮小驼背的老太太，胸部沉沉低垂，双腿瘦弱难看。她有着老妇人常有的那种平坦柔软的指尖。我心想，不知安梅阿姨究竟做了什么，竟能让我母亲一辈子数落她。接着我又想起，母亲似乎对她所有的朋友都不满意，对我，甚至对我父亲也是如此不满意。总是有什么地方不对劲；总有些地方需要改进；总有些东西失衡——这里多了点什么，那里又差了点什么。

“五行”理论是母亲自己对于有机化学的解读。她告诉我，每个人都是由五种元素构成的。

如果“火”太盛，你就爱发脾气。我父亲就是这样的人。母亲经常指责他抽烟的陋习，父亲听了会跟母亲发火，叫她不要这么直言不讳地批评别人。我觉得父亲现在很内疚，后悔他以前没能让母亲把什么心思都说出来。

如果“木”太少，你就会耳根子软，缺乏主见，比如安梅阿姨就是这样。

如果“水”太盛，你会太多变，做事不专一，比如我自己。最开始我是读生物学的，半途而废之后改学艺术，结果这两个学位都没完成，我就去了一家小小的广告代理公司做秘书，后来成了广告文案编写员。

我过去只把她的这些批评当成是一些中国的迷信思想，或是方便大家应付形势的想法。二十多岁时，我正上心理学导论这门课，那时我曾试着告诉母亲，为什么她不应该苛责别人，还告诉她为什么这样做不能营造一个良好的学习氛围。

“有一个学派的观点认为，”我说，“父母不应该批评孩子，而应该多鼓励他们。要知道，人们之所以奋起努力，就是为了要迎合别人的期望。但当你批评别人时，那就意味着你期待别人会失败。”

“毛病就出在这里，”母亲说，“你从不奋起努力，懒得这么做，也懒得朝预期的目标去努力。”

“开饭了！”安梅阿姨端出一锅她刚煮好的热气腾腾的馄饨，

乐呵呵地吆喝着。桌上摆了一大堆好吃的，做成自助餐的样子，正如当年在桂林的宴会一般。我父亲正在夹炒面。炒面盛放在一个超大的铝质平底锅里，锅子周围摆满了装酱油调料的小塑料包。这些肯定是安梅阿姨在克莱蒙大街买的。馄饨汤上漂着香菜末，散发出诱人的香味。我首先被一大盘叉烧吸引了，那是一些香甜的烤猪肉，切成了硬币大小的薄片。我接着享用油酥馅饼，我一直管它们叫手抓美食。薄面皮馅饼，里面的馅有猪肉糜、牛肉糜、虾仁，还有些我叫不出名字、母亲口中的“有营养的东西”。

这群人的吃相不雅，每个人仿佛是快要饿得不行了。他们每次都戳一大叉子猪肉，一口接一口不停地往嘴里塞。我经常想象当年桂林聚会上那些女士半推半就、温文尔雅地品尝着食物，而眼前这些人可不像她们那样。

男人们速战速决，吃完即刻离席，仿佛有种默契。女人们也恰好同时吃完剩下的菜肴，然后把盘子和碗端到厨房，放在水槽里。女人们轮流洗手，每个人都使劲搓着双手。也不知是谁发起了这样的仪式。我也把自己的盘子放到水槽里，然后洗了洗手。女人们谈论着江家的这次中国之行，然后走向一个靠里面的房间。我们经过一个房间时，喜福会的叔叔们早已在里面的牌桌边就座。那曾经是许家四个儿子的卧室，两张上下铺的床，连带磨损破旧的梯子都还放在那儿。乔治叔叔正在发牌，动作敏捷，仿佛是从赌场里学的技巧。我父亲正给其他人递上波迈牌香烟，自己嘴里已经叼着一根了。

我们来到靠里面的那个房间，这里曾经是许家三个女儿住的地方。我和她们是儿时的玩伴，现在她们都已各自成家，而我如今又回到她们的房间里来玩了。除了能闻到一股樟脑味儿以外，这里似乎还跟之前一样，就好像罗丝、露丝和詹妮丝马上就会走进来似的 —— 顶着一头像是卷在橙汁易拉罐上烫成的大波浪卷儿，一屁股坐到她们那三张一模一样的窄床上。绒线织成的白色床单磨得几乎都半透明了。罗丝和我曾经一边揪着床单上的线头，一边谈论着我俩和男孩相处的那些问题。一切都没变，除了房间正中多摆了一张桃花心木的麻将桌。桌旁是一盏落地灯，灯架是一根长长的黑杆子，上面安着三个椭圆形聚光灯，仿佛橡胶树上粗大的叶子似的。

没有人对我说："坐这儿吧，这是你妈妈原来坐的位置。"但是在大家没坐下之前，我就已经知道该坐哪儿了。离房门最近的那张椅子看上去就是没人坐的样子。不过这种感觉和椅子本身并没有什么关系。那是母亲在牌桌上的专座。不用别人说，我也知道她是坐在牌桌东边的。

母亲曾告诉我，东方是万物初生的地方，太阳从东方升起，风也从东边刮过来。

安梅阿姨坐在我的左手边，她把麻将牌倒在绿色的桌面上，然后对我说："现在咱们洗牌。"我们伸手快速画着圆圈洗牌，麻将牌互相碰撞，清脆地哗哗作响。

"你也跟你妈妈一样总是赢牌吗？"坐在我对面的林多阿姨问，她这时脸上可没有笑容。

"我只在上大学的时候和几个犹太朋友玩过几次。"

"啊——犹太麻将啊！"她带着鄙夷的口吻说，"那可完全不是一回事。"我母亲以前也这么说，尽管她从没解释清楚过哪里不一样。

"今晚我可能还是不玩为好。我就在旁边看看算了。"我试探着说。

林多阿姨顿时面露愠色，好像觉得我是个没头脑的孩子。她责备道："我们三缺一，那还怎么玩啊？就像桌子要是只有三条腿，根本就不平衡了嘛。莹映阿姨她先生去世了，她就请弟弟入伙。现在你爸爸又叫你来加入。所以就这么定了。"

"犹太麻将和中国麻将的区别是什么？"我曾经这样问母亲。但是根据她的回答，我说不出是这两种游戏本身不一样，还是只是她对中国人和犹太人的态度不同。

"这两个是完全不同的玩法，"母亲用英语解释道，"玩犹太麻将，打牌时只需要看自己的牌，只用眼睛就行了。"

然后她改用中文继续说："玩中国麻将，你必须得动脑子才行，很讲究诀窍。你必须观察并且记住别人都出了什么牌。如果一桌牌没有人打得好，那就有点像是玩犹太麻将了。那玩什么呢？没有什么谋略可言，你只是看着别人出错而已。"

这样的解释总让我觉得母亲和我说的不是同一种语言。不过事实也如此，我对她说英语，她回答时用中文。

"那么，中国麻将和犹太麻将有什么区别呢？"我问林多阿姨。

"哎呀，"她有点嗔怪似的叫起来，"你妈妈什么都没教你吗？"

莹映阿姨轻轻拍了拍我的手："你是个聪明的姑娘。你看着我们打，学着我们的样子做就行了。帮着我们一起砌牌，砌成四垛墙。”

我照着莹映阿姨的话做，但更多的还是观察林多阿姨。因为她摆得最快，所以我跟着她做，就能基本跟上其他人。莹映阿姨掷了骰子，然后告诉我林多阿姨是东风。我是北风，所以最后一个出牌。莹映阿姨是南风，安梅阿姨则是西风。之后我们开始摸牌、掷骰子，在各自砌好的一面牌中算计着自己想要的牌的点数。我重新理牌，把几条几饼之类的码好，把带“万”的牌凑成一对，还有一些是怎么也凑不上的牌，就放在一边。

“你妈妈打得最好，简直是个行家。”安梅阿姨一边慢悠悠地理牌一边说道。她对每张牌都要仔细斟酌一番。

现在我们开始打牌了，先看我们各自手上的牌，然后扔出不要的牌，最后不紧不慢地摸起新的牌。喜福会的阿姨们开始一通闲聊，却并不彼此倾听。她们的语言很特别，一半是磕磕巴巴的洋泾浜，一半是各自的家乡方言。莹映阿姨说她在某条大街花半价买了一些好纱线。安梅阿姨说起自己给女儿露丝的小宝宝打了件毛衣，还自豪地夸口道：“她还以为那是在商店买的哩！”

林阿姨则抱怨她在商店里买了一条裙子，拉锁是坏的，但是商店的营业员硬是不让退货。她愤愤不平地先用中文说：“气煞我了！”越想越来气，又用英文重复一句：“真是气死我了！”

“可是，我说林多啊，你现在可还跟我们在一起呐，你又没死。”莹映阿姨调侃道，然后大笑起来。恰在此时，林多阿姨喊了声：“碰！我和了！”然后推倒了她面前的麻将牌，一边朝莹映阿姨笑着，一边数着自己赢的点数。于是，我们重新开始洗牌，大家又都不说话了。我渐渐感到有些无聊，觉得困了。

“哎，我这儿还有个故事呢！”莹映阿姨冷不丁扯开嗓子冒出一句，把大家吓了一跳。莹映阿姨总是显得有点神神道道的，像是沉浸在她自己的世界中。我母亲曾说：“你莹映阿姨不是耳朵不好使，而是根本不听别人在说什么。”

“上周末，爱默生太太的儿子被警察抓走了。”听莹映阿姨那语气，仿佛是为自己是第一个得知这个爆炸新闻的人而洋洋得意。“詹太太在教堂里告诉我的，还说在他车里搜出了好多台电视机呢。”

林多阿姨紧跟了一句：“哎——呀，爱默生太太可是个好人呐。”言下之意是，她的儿子可不该做出这种事情。但我明白，她说这话也是为了替安梅阿姨留点面子。两年前，安梅阿姨的小儿子因为倒卖偷来的汽车音响也被逮过。她们说话之际，安梅阿姨貌似正凝神用手摩挲着一张要出的牌，但看得出被触及的隐痛。

“现在，中国人人都有电视机了，”林多阿姨转移开话题，“我老家的亲戚家里都有电视机——可不是黑白电视哦，而是带遥控的彩色电视！他们什么都有。所以每当我们问起要给他们买点什么带回国内，他们都说不用，只要我们能回去看看就行了。不过我们还是会给他们买点七七八八的东西，比如给小孩子买录像机和索尼的随身听。他们口头上会说，我们不要，不用买给我们。但我觉得他们心里还是挺喜欢这个的。”

可怜的安梅阿姨搓着牌，比刚才更使劲儿了。记得母亲对我说起过安梅阿姨一家在三年前回中国的情形。安梅阿姨攒了两千美金，原打算都是要给她弟弟一家人花的。临走前她打开行李箱给我母亲看，一个箱子里塞满了喜诗[1]果仁软糖、M&M巧克力豆、糖衣杏仁、速溶热巧克力和小果浆软糖。母亲告诉我，另外一个箱子里是她见过最滑稽的衣服，都是崭新的，有色彩鲜亮的加利福尼亚式沙滩裤、棒球帽、弹力腰的棉质长裤、空军短夹克衫、斯坦福运动衫和厚毛袜。

母亲劝安梅阿姨说："谁会要这些没用的东西呢？他们只想要钱。"但是安梅阿姨说她弟弟比起她们来真是太穷了，所以她没有理会我母亲的建议，仍旧带着那些沉重的行李和两千美金回到中国。当他们一行人抵达中国杭州时，发现所有亲戚都已经从宁波老家赶到机场来迎接，不仅有安梅阿姨的弟弟，还有她弟媳妇同父异母的兄弟姐妹、一个远房表妹、表妹的丈夫以及他的叔叔。他们还都带来了各自的岳母、婆婆，还有小孩，甚至连他们同村的朋友也都没落下，这些人可不像安梅阿姨的弟弟一家那么幸运，可以炫耀自己在国外还有亲戚。

我母亲这样说："安梅阿姨回中国之前，曾经动情地说，以弟弟的生活水平，她终于可以让他过上富裕和幸福的日子了。但回到美国以后，她哭着对我说，在中国见到的每个亲戚都伸手向她要钱，最后就只有她一个人两手空空。"

1."See's Candies"（喜诗糖果）于1921年创立于洛杉矶，是美国西部历史最悠久最著名的糖果和巧克力食品公司。

母亲证实了她的猜测。没有人想要那些运动衫和其他没用的衣服。M&M豆被抛撒一空。当那些亲戚掏空了所有行李箱后，他们开始质问安梅阿姨一家还带去了什么。

安梅阿姨和乔治叔叔简直是被敲诈一空，除了价值两千美金的电视机和电冰箱外，还被迫承担了这二十六个亲戚朋友在环湖宾馆住宿一晚的费用，在一家专为外国有钱人开设的大饭店里请了三桌宴席，还要给每个亲戚买上三份特色礼品，最后还有一个表亲所谓什么叔叔的家伙向他们借了五千块钱的外汇券，说是用来买摩托车的，结果后来那人钱到手就杳无踪影了。第二天，当火车驶离杭州站的时候，许家一算账，这次探亲搭进差不多九千美金。几个月后，在第一中国浸礼会组织的激动人心的圣诞礼拜上，安梅阿姨说“付出比索取更有福”，以此来弥补自己的经济损失。母亲也认同这个说法，说她的老朋友安梅阿姨这一次的付出，至少能为她修来几世的福气。

现在，当听到林多阿姨吹嘘她在中国的亲戚有多通情达理时，我意识到她无视安梅阿姨的痛苦。到底是林多阿姨故意说风凉话呢，还是因为除我之外，母亲从未把安梅阿姨那些亲戚的贪婪无耻告诉过任何人呢？

“我说，菁妹啊，你现在还在学校读书吧？”林多阿姨问。

“她的名字叫‘茱恩’。他们都用美国名字。”莹映阿姨接话道。

“没关系。”我答道，我真的觉得没关系。事实上，对于美国出生的中国人来说，用中文名甚至渐渐时髦起来了。

我接着说："不过，我已经不上学了。那都过去十多年了。"

林多阿姨蹙眉回了一句："那可能是我把你和别人的女儿搞混了。"不过我立马明白她没说实话。我知道母亲可能告诉过林多阿姨，说我又回学校去修完学位。因为大概在半年前，我和母亲又发生过一次争执，起因是她说我是个没出息的人，是个"大学辍学生"，还希望我继续完成学业。

为了安抚母亲，我再一次给出了她希望得到的回答："你是对的。我会考虑。"

我总以为，我和母亲对这些事情有着不言自明的共识，就是说，她并不当真认为我是个没出息的人，而我是真的希望自己能更多地尊重她的意愿。但今晚林多阿姨的话再次使我感觉到，母亲和我从未真正理解过彼此。我们在心里诠释着对方的语意，不过我似乎总是没能听出母亲的弦外之音，而母亲在理解我说的话时却总是多心了。毫无疑问，她对林多阿姨说起过我要回学校去攻读博士学位。

林多阿姨和我母亲是最要好的朋友，然而因为这辈子都在攀比各自的小孩，她们同时也成了劲敌。我比林多阿姨的宝贝女儿韦弗里大一个月。从我们襁褓时代起，两人的母亲就在互相比较，比如我们肚脐上的褶皱啦，耳垂形状的匀称度啦，膝盖擦破皮以后恢复的速度啦，头发的薄厚及颜色深浅啦，还有每年能穿坏多少双鞋子等等。不过后来，就只有林多阿姨夸耀的份儿了，比方说韦弗里下棋有多好，上个月她得了多少个奖杯，多少报纸刊登了她的名字，她去过多少个城市……

我知道母亲讨厌听林多阿姨夸耀韦弗里，因为在子女问题上她根本没什么可反击的资本。起初，母亲试图激发我的一些潜能和天赋。她为我们楼道那头的一个退休的老钢琴教师做家务，换来让我在他那里免费学钢琴和练琴。我没成为上音乐会演出的钢琴手，甚至都没能担任教堂青年唱诗班的钢琴伴奏，母亲最后只好无奈地对人解释说我大器晚成，就像爱因斯坦在发明原子弹[1]以前也一直被人认为脑子迟钝。

一圈牌下来，莹映阿姨赢了。我们算过分后，开始新的一圈麻将。

“你们知道丽娜把家搬到伍德赛德区了吧？”莹映阿姨低眉注视着眼前的一手牌，虽不是特意告知，却难掩自豪之情。即刻她又抹去笑容，换上一种谦逊的口吻继续道：“哦，当然了，她住的也不是那一带最好的房子，毕竟不是那种百万豪宅，至少现在不是。但这可是个不错的投资，比租房要好，省得受制于人，还随时有可能被人撵出去。”

听了这番话以后，我知道莹映阿姨的女儿丽娜肯定告诉过她，我被房东从俄罗斯山[2]下城地段的公寓撵出来了。尽管丽娜和我仍是朋友，但我们已经长大成人，自然而然地彼此都有戒心，不会无

1.原文如此。爱因斯坦提出相对论的重要结果是阐明质量与能量的关系，并总结为质能方程 $E=MC^2$。可以说，原子弹是利用这一原理制造的，但直接称爱因斯坦发明原子弹不准确。

2.俄罗斯山（Russian Hill）是旧金山市内最有名的三个山坡（Nob Hill，Russian Hill和Telegraph Hill）之一，闻名遐迩的九曲花街即坐落于此。俄罗斯山虽然名称如此，但并非俄罗斯人居住的地方，它的名字源于淘金热时期，一位俄罗斯的渔夫埋葬于此，随后，墓地虽然因为市政建设的原因早已不复存在，但俄罗斯山的称谓沿用至今。

话不谈。即便如此，哪怕我们向对方透露一丁点儿消息，都会被改头换面地传回到我们耳朵里。这是老把戏了，每个人都在各自的社交圈里充当传声筒。

“天色不早了。”又打完一圈麻将后，我说着准备起身告辞，但林多阿姨一把将我拉回到椅子上。

“你坐，你坐，咱们再聊会儿吧。好长时间没聊了，我们得和你多熟悉熟悉啊。”林多阿姨说道。

我知道这对于喜福会阿姨们来说是一种客套的表示，实际上她们心里也巴不得你走，但口头上还会尽力挽留你。我庆幸自己记得这种虚礼，嘴上赶紧说：“哦，不了，我真得走了。谢谢，谢谢！”

“可你务必得留下！我们还有重要的事情要告诉你呢，是你妈妈要我们转达你的。”莹映阿姨用她的大嗓门脱口而出。其他三位阿姨看上去有点不自在，似乎她们并不打算就这样直截了当地把什么坏消息告诉我。

我复又坐下。安梅阿姨出去拿了一碗花生回来，然后轻轻关上门。没有人说话，仿佛她们都不知从何谈起。

最后，还是莹映阿姨开了口：“我觉得你妈妈去世前，心里始终挂念着一件重要的事情。”她用英语断断续续地说完这句话以后，转而用中文娓娓道来。

“你母亲是个很要强的女人，也是个好妈妈。她非常爱你，把你看作她的命根子。你应该能理解，像她这样的一个母亲，对自己另外两个女儿也是念念不忘的。你妈妈知道她们还活着，所以在去世前，她希望能回中国去找到这两个女儿。”

就是桂林的那两个孩子吧。我明白，我不是那两个孩子中的一个。那两个被母亲吊在肩头的小孩，就是她的另外两个女儿。恍惚间，我感到自己置身于当年炮火连天的桂林战火中，亲眼看到那两个躺在路边的孩子，她们的拇指被吮得发红，高声啼哭，等人来抱。后来有人把她们带走了，她们得救了。现在母亲已永远地离我而去，回到中国去找这两个小孩了。我这么想着，想着，对莹映阿姨的话几乎都没听真切。

莹映阿姨继续说：“她寻觅了好多年，来来回回地通信。最后，她打听到了她们的地址。她当时正要跟你爸爸说这事呢。哎呀，真可惜啊，穷尽一生的苦等。”

安梅阿姨激动地插进话来：“所以你的这几个阿姨和我，我们一起写了封信，按这个地址寄过去。我们在信里说，你妈要去跟她们相认。她们给我们回信了。她们就是你的姐姐啊，菁妹。”

我的姐姐！我又对自己说了一遍这两个词，平生第一次将它们连在一起说出来。

安梅阿姨取出一张薄如细绢的信纸，我看到上面工工整整地用蓝墨水笔书写了几竖排汉字。其中一个字有些模糊，大概是被一滴眼泪晕染的吧。我双手颤抖着接过信，惊叹我的姐姐们如此敏慧，竟能读写汉字。

阿姨们都笑盈盈地望着我，仿佛我是一个奇迹般死而复生的人。莹映阿姨接着递给我另一个信封，里面是一张1200美金的支票，而收款人是我——茱恩·吴。这简直让我难以置信。

“我的姐姐居然给我寄钱？”我惊讶地问。

“哦，不是，不是，”林多阿姨佯装恼火地说，“每年，我们都会把打麻将赢的钱攒起来，好去高级餐馆吃大餐。因为大部分时候都是你妈妈赢，所以这些钱也大部分是她的。我们又往里凑了一点儿，这样你就可以先去香港，然后搭火车到上海见你的姐姐们了。至于我们嘛，我们都养尊处优，该减减肥了。”她拍拍自己的肚子，证明此言不虚。

“去见我的姐姐。”我怔怔地念叨着这句话。我试图想象这个将要面对的场面，心中充满了惶恐。而阿姨们为了隐瞒自己的慷慨解囊，居然编了一个年终大餐的谎言，这让我有些不知所措。我哭了起来，其实是一边啜泣一边笑着。我能看出这些阿姨在忠实地履行我母亲的遗愿，但很难真正理解这份良苦用心。

莹映阿姨说：“你一定要去见你的姐姐们，还要把母亲过世的消息告诉她们。但最重要的是，必须把你母亲这一生的经历告诉她们。她们过去对自己的母亲一无所知，现在必须让她们知道。”

“去见我的姐姐们，把妈妈的一切告诉她们。”我点头附和着，“可是我该说什么呢？关于母亲，我能告诉她们什么呢？她就是我的母亲，除此之外我什么也不知道。”

阿姨们瞪大眼睛盯着我，好像我在她们眼前突然疯掉了一样。

“不了解你自己的妈妈？”安梅阿姨根本不相信，“你怎么能说出这种话来？你妈妈就在你的骨子里啊！”

“把你们的家庭往事告诉她们。告诉她们你妈妈是怎么取得成功的。”林多阿姨提议道。

“告诉她们你亲身经历的事情，比如妈妈是怎么教导你的，你的哪些观点是从她那里学来的，”莹映阿姨说，“你妈妈可是个能干的女人啊。”

一句又一句“告诉她们，告诉她们”在我耳边此起彼伏，每个阿姨都在情绪激昂地说着那些值得让姐姐们知道的事情。

“她很善良。”

“她聪明精干。”

“她对家庭尽职尽责。”

“她的希望，那些她看重的事情。”

“她会做一手好菜。”

“真是的，居然有不了解自己妈妈的女儿！”

听到这里，我突然明白了，她们心里是在害怕。因为从我身上，她们看到了自己的女儿，这些女儿们对自己母亲带到美国来的全部真相和期盼同样一无所知，漠不关心。她们眼见女儿在听到自己讲中文时渐渐变得不耐烦，用蹩脚的英语向女儿解释时又让她们觉得妈妈很笨。妈妈们知道，这些在美国生美国长的女儿们对“喜、福”二字的解读与自己的观念大不相同，她们的头脑不接受“喜福”这个词，它根本就不存在。妈妈们可以预见到女儿们又将孕育下一代，而孙辈的这一代人与自己这一代之间是没有任何希望传承可言的。

于是，我只说了一句：“我会把一切都告诉她们的。”阿姨们都望着我，脸上布满疑云。

“我会记住关于母亲的一切，并把它们都告诉姐姐们。”我更加肯定地说。这一次，阿姨们才渐展笑颜，挨个过来拍了拍我的手。不过她们看上去仍未释然，好像总有点什么东西不对劲。但是她们看上去也充满了希望，都期待我能说到做到。她们还能企求些什么呢？而此外我又能再承诺她们什么呢？

她们开始继续吃煮花生，重新讲起故事。她们好像又回到了少女时代，回忆往昔的美好时光，同时憧憬着将来的好日子。身在宁波的弟弟把九千美金连本带利地还给了姐姐，姐姐喜极而泣。做音响和电视维修的小儿子生意兴隆，都外销中国了。女儿给她生了小外孙，小外孙们在伍德赛德区的漂亮泳池里游得像小鱼一样自由自在。这真是些美好的故事。简直是最好的故事。她们都是有福之人。

现在，我坐在麻将桌边母亲以前的位子上，这是东方，万物开始的地方……

许安梅：伤疤

在中国，当我还是个小女孩的时候，婆婆[1]就告诉我，我的母亲是个鬼。这倒不是说我母亲已经去世。在那个年代，鬼其实代表任何我们忌讳谈论的东西。我明白婆婆是有意让我忘了母亲，而这的确使得我对她的记忆逐渐变成一片空白。我的儿时记忆，始于我舅舅和舅母在宁波的一幢大房子，厅堂冷冷清清的，楼梯很高。我跟婆婆和弟弟一起住在这里。

我经常听到鬼魂把小孩子掳走的故事，被劫走的多数是头脑固执、不服管教的小女孩。婆婆经常提高嗓门告诉周围的人，我和弟弟是从一只蠢鹅的肚子里生出来的，本是两个没人要的鹅蛋，甚至连用来打蛋花粥都惹人嫌。她认为这样一说，鬼魂就不会把我俩偷走了。所以你看，婆婆其实挺疼爱我们姐弟俩的。

婆婆始终都让我害怕，她一病倒，我变得更害怕了。那是在1923年，我当时九岁。婆婆突然全身浮肿得像个熟透的大南瓜一

1.原著此处为Popo，是一种南方人在口语中称呼外婆的方式。

般，皮肤胀得很软，还散发出一股恶臭。她经常把我叫到她那个臭气熏天的房间里，还给我讲故事。她唤着我的大名郑重地说：“安梅，你仔细听着。”接着她会讲一些我难以理解的故事。

有个故事讲的是一个贪心的姑娘，她的肚子越长越大。那姑娘坚持不肯说出自己怀的是谁的孩子，后来服毒自杀了。当和尚们把她的尸体剖开时，在她肚子里发现了一个白色的大冬瓜。

“如果你贪心，你内心的想法总会让你饥饿难耐。”婆婆解读道。

又有一次，婆婆跟我讲起有个姑娘总是不听长辈的话。有一天，姨妈让她帮着做一点小事，但这个坏姑娘把头摇得像个拨浪鼓似的，结果一个小白球从她耳朵里掉出来，她的脑浆也像清鸡汤一样泻了一地。

“如果一个人总是沉浸在自己的想法里，那你脑子里的其他东西都会被挤出来。”婆婆这样告诉我。

就在婆婆病得快要说不出话之前，她把我拉到身旁，对我说起母亲的事。婆婆警告道：“永远都不要提你母亲的名字。说她的名字无异于往你父亲坟头啐了一口。”

我对父亲的全部印象，就只有挂在堂屋墙上的一帧大幅画像。画像上的父亲，大个头，没有一丝笑容，似乎不甘心这么沉寂地待在墙上。不管我走到房间的哪个地方，他那双不安的眼睛始终盯着我。我自己的房间距离堂屋最远，甚至在这里我都能感觉到父亲在看我。婆婆说父亲是在看我有没有任何不肖的言行。所以，当我有时在学校里拿石子打了其他小孩，或是粗心大意丢了书的时候，我就会装出一副无辜的样子，从父亲的画像前快步走过，之后赶紧躲到我房间的角落里，不让他看到我的脸。

我总觉得家里有些阴郁，但是我弟弟好像没有这种感觉。他骑着他的脚踏车穿过院子，追逐母鸡和小鸡仔，那些小鸡越是吓得尖叫，弟弟就越是笑得开心。在这寂静的房子里，舅舅和舅母一出门到村里去看朋友，弟弟就在家中最好的羽毛沙发上蹦蹦跳跳。

但是，终于有一天，我弟弟也高兴不起来了，那时婆婆已病得很重。在一个炎热的夏日，村里有送葬的队伍经过我们院门口，我和弟弟站在屋外看热闹。正当队伍走到我们家大门口时，死者的遗像连同它那个沉重的相框从架子上掉下来，落到满是尘土的地上。有个老太太当场尖叫着晕了过去，弟弟大笑起来，结果被舅妈狠狠抽了一记耳光。

舅母对待小孩，一向态度粗暴。她说我弟弟不孝，也就是对自己的祖宗和长辈不敬，跟我母亲一样。舅母数落起人来，真像快剪铰绸布一般刺啦到底，不留余地。所以，当舅母看到弟弟没给她好脸色之后，她开始大放厥词，说我们的母亲做事太鲁莽，慌慌张张地就逃到北方去了，既没把跟父亲成亲时的嫁妆带走，也没带上她的十副银筷子，甚至连父亲和列祖列宗的坟都没顾得上去祭拜。弟弟指责舅母把我们的母亲给吓跑了，然后舅母气得大骂说，母亲嫁给一个叫吴庆的男人当小妾，那人早已有老婆了，还有两房姨太太和一大群混账崽子。

弟弟听罢，气得大骂舅母是被砍了脑袋的多嘴鸡婆。结果，舅母将弟弟一把推得撞到大门上，还狠狠朝他脸上啐了一口。

“敢跟我说这么难听的话，你也配！”舅母骂道，“你妈目无尊长，大逆不道，你不过是她的臭崽子罢了！你妈算个什么货色，我看连鬼都瞧不上她！”

这时我才真正开始明白婆婆讲过的那些故事，也懂得了我要从她身上吸取的教训。婆婆经常对我说：“安梅，当你丢人现眼的时候，就像把项链丢到井里去了，想要找回的话，只能自己也跳井。”

此刻，我能想象出母亲的样子：一个做事不过脑子的人，听到婆婆这番话笑着摇摇头，只管用筷子一个劲儿地拣甜果吃，庆幸自己不用再受婆婆的管束，不再为她那挂在墙上的丈夫苦恼，也不必再理会我和弟弟这两个不听话的孩子。我为自己有这样的母亲而感到不幸，可也觉得被她抛下很倒霉。我躲在远离父亲视线的房间角落里，不停地这么想着。

❋ ❋ ❋

她来的时候，我正坐在最顶上的楼梯口那里。我知道她就是我的母亲，尽管在记忆中我从未与她谋面。母亲正好迈进屋来站在门洞里，我看不清她那阴影中的脸。她比舅母高很多，几乎跟舅舅一样高。她的装扮也很奇特，跟我们学校那些女传教士似的，梳着短发，身穿洋服，踩着鞋跟超高的鞋子，显出一副颐指气使的傲慢姿态。

舅母马上把头扭到一边不搭理我母亲，既不与她相认，也不为她沏茶。一个老用人面带不悦地快速从母亲旁边走了过去。我极力保持冷静，但心里像有只蟋蟀使劲儿抓挠着要从笼子里挣脱出去似的。母亲一定是听到我的心跳加速，她抬起头来看我。她看我的时候，我觉得自己跟她长得真像，似乎是照镜子一般。我俩都把眼睛瞪得大大的，看到了太多不该看到的东西。

当母亲来到婆婆屋里，走向她床边的时候，舅母埋怨她说："来晚了，来晚了。"但我母亲依旧朝婆婆走去。

"求你回来吧，别离开我们，"母亲轻声对婆婆说，"女儿回来了。"婆婆虽然睁着眼睛，但她的头脑已经混乱，对周围视而不见。我想，如果婆婆此时头脑清醒的话，她会挥着双臂把母亲从屋里撵出去。

我留心观察着母亲，这还是我第一次见到她。母亲长相俊俏，皮肤白皙。她是鹅蛋脸，既不像舅母的脸那样圆，也不像婆婆那么棱角分明。母亲的脖颈又白又长，简直就像婆婆说的那只把我生下来的大白鹅。她像个女鬼一样，在屋里飘忽不定地忙活着，把一块块浸湿的布盖到婆婆浮肿的脸上。当母亲查看婆婆的眼睛时，她发出轻轻的、不安的叹息。我仔细打量着母亲，她的声音似曾相识，仿佛我梦中的一个已然熟悉的声音，这使我不禁有些疑惑。

那天下午，当我回到自己房间时，母亲已经在屋里昂然挺立。我想起婆婆告诉过我不要叫她，所以站在原地没吭声。母亲拉着我的手，把我领到长凳上坐下，然后她也坐到我身旁，感觉就好像我们每天都是如此。

母亲将我的辫子松开，然后拿起梳子，从发根到发梢一下一下地梳着我的长发。

“安梅，你一直都是个乖女儿吧？”母亲神秘地笑了笑。

我装出毫不知情的样子看着她，但是心里却在发颤。我感觉自己就像那个肚子里藏着一个白色冬瓜的姑娘。

“安梅，你知道我是谁。”她语气中带着些许责备。这一次我没有抬眼看她，因为我想起那个故事，担心自己的脑袋会裂开，脑浆也会从耳朵里滴出来。

母亲停下来，不再梳我的头发，然后我感觉到她细长光滑的手指在我颔下摩挲着，寻找我脖颈上那个伤疤。当她用手抚摩那个疤痕时，我全身都僵硬了，仿佛感到她把那段回忆重新糅进我的身体里。摸着摸着，母亲突然把手移开，然后抓着她自己的脖子痛哭起来。她的哭声非常悲切，而我也终于想起那个回荡着母亲声音的梦来。

❋ ❋ ❋

那时我四岁。我坐在饭桌边，下巴刚好能够到桌面。当时我弟弟还是个小毛头，那天他坐在婆婆腿上满脸愠怒地大哭。我听到有人称赞桌上一碗热气腾腾的汤，还有人礼貌地低声说着：“请！请！”

突然间，大家都不说话了。我舅舅从椅子上站起身来，所有人都把目光投向站在大门口的高个子女人身上。我是第一个开口的人。

“妈！”我从椅子上跳下来大声叫道，但舅母抽了我一记耳光，然后把我推回到椅子上坐下。霎时间，所有人都站起来吵成了一锅粥，我听到母亲唤我："安梅！安梅！"突然，婆婆于这一片嘈杂中厉声说道："这个鬼东西是谁？一个不守妇道的寡妇，只不过当了人家的三姨太！如果你把女儿带走，她就跟你一样丢人现眼，永远抬不起头来。"

但母亲仍不死心，她大喊着叫我过去。我至今都清楚地记得她的声音。安梅！安梅！隔着桌子我可以看见母亲的脸庞，中间的桌上有一口放在沉重的烟囱管帽架上的汤锅。在这阵骚动中，汤锅开始慢慢摇晃起来，突然，随着一声叫喊，那滚烫的汤霎时间泼了出来，全部倒在我的脖颈上，仿佛所有人的愤怒一时间都浇到了我身上。

小孩子本不该承受和记忆这种剧痛，但它依然清晰地留存在我身体的记忆里。当时我只大哭了几声，因为我的脖子立马被烫得皮开肉绽，痛得无法呼吸。

一种强烈的窒息感憋得我说不出话来。我泪眼模糊，什么也看不见。但是我能清楚地听到母亲在喊叫，婆婆和舅母也对她叫嚷着，最后母亲的声音离我远去了。

那天晚上，婆婆对我说："安梅，好好听着，"此刻，她的语气就跟责备我在厅堂里乱跑时一样，"安梅，我们把寿衣和寿鞋给你做好了，都是用白棉布做的。"

我听到这话吓了一跳。

"安梅，"婆婆这次轻柔低语道，"你的寿衣都很普通，没有什么花样，因为你还小。如果你很短命，这时候就死了，那算起来你对家里还有亏欠呢。所以出殡时我们不会太张罗，给你守灵的时间也会很短。”

婆婆之后说的话对于我而言，甚至比脖子上的烫伤还让人难受。

“连你妈都把眼泪给哭尽了，她已经离开这里。如果你不赶紧好起来，你妈会很快把你忘了的。”

婆婆可真是个聪明人。我被她这话一激，飞快从鬼门关赶回来找妈妈了。

我每晚都哭得眼睛和脖子火辣辣地疼。婆婆坐在我床边，用一个挖空的葡萄柚作舀子，把凉水浇到我脖子上。她就这么不停地浇啊、浇啊，直到我呼吸顺畅，终于可以入眠。早上起来，婆婆会用她的尖指甲当镊子，把我脖子上结的死皮剥掉。

两年以后，我的伤疤变平滑了，也没有那么显眼，但我已不记得自己的母亲了。我对母亲的记忆变得淡漠，就好像伤口渐渐自己愈合了似的，这样无异于自我保护，使自己免受疼痛。一旦伤口完全愈合，你就再也看不到那伤口下面曾经的伤痛。

❋ ❋ ❋

我崇拜梦中的这个母亲，但我记忆中的母亲和此时站在婆婆床边的这个女人完全不同。不过，我仍旧开始爱上了现实中的这个母亲，倒不是因为她回来找我并请求我的原谅。她并没有这么做。她不必解释在我病危的时候，是婆婆把她给赶走的。这点我明白。她也不必告诉我，她嫁给吴庆是用一种不幸摆脱另一种不幸，这点我也明白。

我逐渐爱母亲了，是因为我从她身上看到自己的本性，这是我骨子里与生俱来的东西。

那天晚上，我来到婆婆房里。舅母说婆婆快不行了，让我在她面前最后再尽一尽孝。我换上一件干净的衣服来到婆婆床头，站在舅母和舅舅中间。我轻声哭了一阵。

我看到母亲远远地站在屋子的另一边，表情平静而悲伤。她在煮一道汤，陆续把一些草药倒进煮沸的锅里。然后，我看她挽起袖子，抽出一把锋利的刀。她把刀口对着自己胳膊上最柔弱的部位割下去。我想要闭上眼睛，但是我做不到。

母亲从自己手臂上割下一片肉，她泪如雨下，鲜血洒了一地。

母亲把她的肉放进汤锅里，她按古老的传统做了一种据说能使人起死回生的汤，把这看成是挽救婆婆的最后一招。婆婆一直嘴巴紧闭，把着魂魄不让它逃出躯体，但她还是设法扳开了婆婆的嘴。她为婆婆灌服了这味汤，不过当晚婆婆仍带着病痛驾鹤西去了。

尽管那时我还年幼，但能感受到母亲肉体的痛苦，也懂得这痛苦的价值。

这是女儿敬重母亲的一种方式，是一种深彻骨髓的孝道。肉体的痛苦微不足道，而且你务必忘却。因为有些时候唯有如此，你才能铭记自己骨子里的东西。你必须把自己的表皮剥掉，还有你母亲的以及她的母亲的，直到没有伤疤，没有表皮，没有肉体，一切都不复存在。

江林多：红烛

我曾为信守父母的诺言而牺牲自我。这对你而言算不了什么，因为诺言在你心中是无足轻重的。一个女儿许诺要回家与父母共进晚餐，但是如果她突然有点头疼，或是被堵在路上，又或是想在电视上看一部自己喜欢的电影，那么诺言就成了泡影。

你爽约没来，而我也和你一样在看着同一部电影。在电影里，一个美国大兵在出征前对姑娘信誓旦旦，说等战争结束就回来娶她。见姑娘哭得动情，大兵赶忙说："我保证！我保证！宝贝——甜心，我一诺千金。"然后顺势将姑娘推上了床。但这男人最终没有回去娶她。看来，他这一诺的千"金"，跟你戴的首饰一样，只是个14K的罢了。

对中国人而言，14K不算真金。你掂掂我这对手镯。这才是24K金的，是足赤的真金。

我知道要改变你的想法已经太迟了。我告诉你这些，是因为我替你女儿担忧。我担心她有一天会说："外婆，谢谢你把金手镯送给我。我永远不会忘记你。"但最终她也会忘记她的诺言，会忘记她曾经有这样一个外婆。

＊ ＊ ＊

还是在那个战争片里，美国大兵回到家乡，跪在地上向另外一位姑娘求婚。姑娘的眼睛转来转去，显得挺害羞，仿佛她从未考虑过结婚这件事。突然，她眼睛直直盯住跪在地上的这个人，顿时明白自己有多爱他，激动得差点哭出来。“我愿意。”姑娘终于答应了他。之后他们做了一辈子夫妻。

我当年可不是这样。村里的媒婆到我家来的时候，我还只有两岁。不，没有人告诉我这些，我自己记得一清二楚。那是在夏天，屋外非常炎热，地上布满尘土，我能听到知了在院子里鸣叫。我们坐在果园里的树荫下，几个用人和我的哥哥们在树上摘梨。母亲热得手臂上满是黏糊糊的汗水，把我抱在她身上。我来回挥舞着小手，因为我看到面前有只小鸟在飞；所谓小鸟，其实是只长着触角、翼薄如纸的彩色蝴蝶。后来那只蝴蝶飞走了，在我面前出现了两个女人。我清楚地记得她们，因为其中一个人说话的时候，总是发出滑不溜唧的“湿——儿、湿——儿”[1]的声音。等我长大以后，才知道那是典型的北京腔，这在我们太原人听来挺奇怪的。

这两个女人仔细打量着我的脸，一言不发。那个说话“湿——儿、湿——儿”作响的女人，脸上涂脂抹粉的，一出汗仿

1.原文此处是“watery‘shrrhh，shrrhh’sounds”，用来形容北京话的特点；译为“湿——儿、湿——儿”是为了表现北京话里的卷舌音和儿化音，而“湿”又与“watery”有所呼应。

佛都快要融化了。另一个女人的脸颊干枯得像老树皮似的，她先看了看我，然后瞧着那个涂脂抹粉的女人。

当然，现在我知道那个脸如树皮的女人是村里的老媒婆，另一位则是黄太太，也就是她们要逼我嫁的那个男孩的母亲。有些中国人说小女孩一点用处都没有，其实这视具体情况而定。拿我来说吧，人们一眼就能看出我的价值。因为我不管是看上去，还是闻上去，都像一块香甜可口、色泽鲜亮的面饼。

那个媒婆替我吹嘘起来："土马配土羊[1]，这可是绝配啊！"说着，她拍了拍我的胳膊，我一把将她的手推开了。黄太太用她那"湿——儿、湿——儿"的声音低语着，说我可能脾气特别不好。但是媒婆笑着说："不会，不会。她可是一匹壮实的好马，长大会是一个干活儿的好手，等你老了能好好服侍你。"

听到这里，黄太太面色阴郁地低头看着我，仿佛她能看穿我的内心，还能预见到我将来的打算。我永远不会忘记她那时的神情，她双眼圆睁，仔细审视我的脸，然后露出笑容。我看到她嘴里有一颗大金牙，那颗牙明晃晃地直对着我，仿佛刺眼的阳光。之后她满口牙都露出来，仿佛要将我整个吞进肚里似的。

我就这样和黄太太的儿子定了亲。后来我才知道，她儿子那时还只是个比我小一岁的婴儿。他名叫"天余"，"天"代表上天，表明家里人很看重他。"余"是"遗留"之意，因为在他出生时，

1.按照中国的传统习俗和五行学说（金木水火土），每个年份都有各自对应的属性，再配上十二生肖，就会出现"土马""土羊"等说法。

父亲病得很重，家里人都以为他快不行了，“天余”是要继承他父亲的遗志。不过后来他父亲活过来了。祖母害怕有鬼魂会转而盯上家里这个小男婴并把他掳走，所以他们对他严加看护、百依百顺，结果把他惯坏了。

不过，即使此前我知道自己要嫁给这样一个糟糕的丈夫，也没有选择的权利，当时不会有，之后也不会有。在中国，那些落后的家庭就是这样，对于遗风陋俗总是最后一个摒弃的。那时在其他城市，男人已经可以在父母准许的情况下选择自己的妻子。但我们与这类新风尚是完全隔绝的。如果别的地区有好的思想和风气，那肯定传不到我们这里来，能传到我们这儿的都是些落后的思想。我们听说，有的男人受恶媳妇唆使，把自己哭哭啼啼的老父母撵到大街上去了。所以，太原当妈妈的这些人仍坚持要选择自己的儿媳妇，她们挑的儿媳必须能教子有方，孝敬老人，待自己入土后还能多年坚持到坟前扫墓。

因为我已被许给黄家的儿子做媳妇，所以家人在对待我时，就好像我已经属于别人似的。当我一碗接一碗盛满又吃空时，母亲会说：“看，黄太太的儿媳妇可真能吃啊！”

母亲这样倒不是因为她不爱我。她说这话时也是把心一横，因为她对已不属于自己的东西不抱什么奢望。

其实我是个很温顺的孩子，不过有时脸色也不太好看，那只是因为我觉得太热、太累或是身体不舒服。每当这时我母亲就会说：“这么难看的脸。黄家要是不要你了，咱们全家都跟着丢脸。”我听后哭得更厉害，脸色也更加难看。

"哭也没用，"母亲说，"两家已有婚约，不能退婚。"结果我哭得更凶了。

直到八九岁，我才见到自己未来的丈夫。此前，世界对于我而言，就只是临近太原的村子里我家住的那个小院子。我们住在一个普通二层小楼里，院里我家楼旁还有另一个稍小的房子，两间并排，住着我家的厨子、一个长工和他们的家人。我们的屋子坐落于一个小山上，我们给山起名叫"三步登天"。虽然名字响亮，但这山其实只是几百年来汾河冲刷上来的泥沙层层沉淀、变硬形成的。汾河从我家小院东墙外面流过。我父亲说这条河喜欢把小孩子卷走，还说有一次这河曾经吞没过整个太原。夏天的时候，河水泛着棕黄色。到了冬天，河中有些狭窄的湍急水流会变成青绿色，但是大部分河水都会结冰，上面覆盖着皑皑白雪。

噢，记得有一次过年，我们全家去汾河捞了很多鱼，那些大鱼光溜溜的，还沉在河底冬眠呢，就被我们打捞起来了。那些鱼真是太鲜活了，将它们净膛之后扔到热锅里时还欢蹦乱跳呢。

就在这一年，我第一次见到自己的丈夫，那时他还是个小男孩。听到爆竹声响起，他突然"哇哇"大哭起来。尽管他已不是个小娃娃了，但哭的时候嘴还张得老大。

后来，我又在一次别人请吃"红蛋酒"[1]时见过他，这种喜酒是为了庆祝小男孩满月时正式起名。他已经那么大了，还坐在他奶

1.红蛋酒（red-egg ceremony）又叫满月酒，是民间喜庆宴席之一，庆贺小孩满月，家里要接客，亲戚需送礼金，通常凡坐席吃酒的宾客都能得到东家馈赠的四个煮熟染色的红鸡蛋。

奶的膝盖上，几乎都快把奶奶的老腿给压断了。什么东西递到眼前他都不吃，甚至连正眼瞅都不瞅，好像别人不是在给他甜甜的糕点，而是在给他馊臭烘烘的腌黄瓜似的。

所以，我没像如今你在电视上看到的那样，对这个未来的丈夫一见钟情。我觉得这男孩更像个讨嫌的表哥。我学会了尊敬黄家的长辈，尤其是黄太太。母亲会把我推到黄太太跟前说："你该对妈说什么？"我有点搞不清，不知道她究竟说的是哪个妈，所以只好转回头先对自己的母亲说："对不住了，妈。"然后我转向黄太太，恭恭敬敬地端上一块点心，对她说："您请用，妈。"我记得那只是一小块烧卖，那是一种我爱吃的小饺子。母亲对黄太太说，这是我专门为她做的，其实我只是在厨子把烧卖倒在盘子上时，用手指头捅了几下蒸熟的边儿而已。

十二岁那年，我的生活彻底改变了。夏天的时候大雨滂沱，汾河从我家田地中间穿过，淹没了周围的平原地带，结果那年我家种的小麦颗粒无收，而且被淹的土地之后几年都种不了庄稼。连我们位于小山包的房子也不能住人了。当我们从二楼下来的时候，看到地面和家具上都满是烂泥。院子里已然是断壁残垣，被连根拔起的大树和死鸡横七竖八地躺在地上。我们陷入了非常悲苦的境地。

在那个年代，你无法告诉保险公司说有人毁坏了我们的财产，要求理赔一百万美元。那个时候，如果你已无计可施，就只能自认倒霉。父亲说我们只好把家搬到无锡南部，那里毗邻上海，而且我舅舅在那儿有一个小面粉厂。父亲说我们全家马上就走，但是让我留下。因为我已经十二岁了，可以离开娘家，住到黄家去。

道路泥泞，坑坑洼洼，根本雇不到车来我家搬东西，所以只好把沉甸甸的家具和被褥留下，送给黄家作为我的嫁妆。在这方面，我家是比较讲实际的。父亲说，我的嫁妆已经足够，甚至还挺丰厚的。但母亲还是不顾父亲的劝说，坚持把她的“璋”[1]——一块用来做项链吊坠的红玉送给了我。当母亲把项链戴在我脖子上时，动作相当僵硬，所以我知道她一定很伤心。“听黄家的话，别给我们丢脸，”母亲说，“你到黄家的时候高兴着点儿，说实在的，你够有福了。”

❋ ❋ ❋

黄家的宅子也在汾河边上，虽然我家房子被淹了，但黄家却安然无恙。因为他们住在河谷的上游。这是我第一次意识到，黄家的境遇条件比我家好得多。他们瞧不起我们，这也使我明白了为什么黄太太和天余总是一副装腔作势的模样。

当我从黄家的石木拱门下走进去时，看到偌大的院子里有三四排低矮的小楼，有些用来储物，还有些住的是用人和他们的家眷。这几排小楼后面才是黄家的正房。

我走近这些房子，仔细打量它们，想着我一辈子将在此度过。这些房子已在黄家传了好几代，虽然看上去既不是真正的老宅，也并非不同凡响，但我可以看出它是随着黄家共同成长的。房子一

1.原文是“chang”，根据发音和外形（原文为“tablet”）判断，应为历史较久远的玉璋。

共四层，每层住一代人：曾祖辈、祖辈、父辈和子辈。这房子看着有点怪，建得很仓促，结果房间、地面、房檐斗拱和装饰都是后来添上去的，样式繁杂，不一而足。第一层用河边的石头砌成，以稻草混合泥沙做腻子。第二、三层是平滑的砖头砌成，有一截露天的走廊，看上去有几分像宫塔。顶层楼青石板的墙壁上面是红瓦铺的房顶。为了让这整栋宅子看上去更显赫，正门口用两根大圆柱子支起了一个门廊。这两根柱子和木窗棂都漆成红色。檐角还装饰着象征皇室威仪的龙头，我觉得这大概是黄太太的主意。

进到屋里，你会发现另一番摆阔气的景象。整栋宅子里最好的房间其实只有位于一层的堂屋，这里是黄家待客的地方。这间屋里摆放着红色雕漆桌椅，椅子靠垫仿古似的绣着“黄”字，屋里还摆放了许多值钱的玩意儿，显示黄家的财富和年深日久的威望。宅子里其余的房间都很平常，而且由于家里总共二十口人都挤在这一个屋檐下，总有点吵吵闹闹，令人不大舒坦。我感觉这家里每添一代人，房子就会显得更小，也更拥挤，似乎每间屋子都必须一分为二才行。

我到黄家那天，没有什么隆重的迎亲仪式。黄太太没在一楼那个华丽的房间里挂上红色横幅欢迎我，天余也没在那里迎接我，黄太太只是将我飞快领到二楼的厨房。厨房原本是不允许家中小孩去的地方，这里只是厨子和用人干活的所在。所以，我当即明白了自己在黄家的地位。

到黄家的第一天，我穿着自己最好的那件棉袍，开始站在厨房低矮的木桌前切菜。由于思念家人，肚里也饿得难受，我切菜的手总是不稳，我知道自己命中注定的归宿终于到来了。不过，我还是决心遵照父母的嘱咐，做一个好媳妇，这样黄太太就永远不能指责我母亲丢脸了，决不能让黄太太把我家给看扁了。

我正这么想着，忽然发现跟我一起站在矮桌前拾掇鱼的老妈子，正用眼角的余光看我。本来我那时在流泪，但是担心她会告诉黄太太，所以赶紧强颜欢笑地大声说："我真有福气！我会过上最好的日子。"我急中生智地说这话时，手上的菜刀一定是挥动得太靠近她鼻子了，结果那老妈子生气地骂道："这么笨的人！"我当即意识到这不啻一种警示，因为在大声宣告自己的幸福时，我几乎都要觉得黄粱一梦能成真了。

我在吃晚饭的时候见到了天余。我长得比他还高些，而他的举止俨然一个大军阀似的。我很清楚他会是怎样的丈夫，因为他吃饭时成心把我惹哭。他先是抱怨汤不够热，然后假装失手把汤都洒了。等我好不容易能坐下来吃饭时，他又让我起身给他再去盛一碗饭。他还责问我为什么不给他好脸色看。

之后的几年中，黄太太让其他用人教我如何给枕套缝边儿，然后再绣上我未来夫家的姓氏。黄太太每次指派给我一个新活儿的时候都会说，一个妻子要是没有干活弄脏过手，怎么能很好地持家呢。我觉得黄太太从没弄脏过她自己的手，但她倒是很擅长发号施令，评头论足。

她曾对家里的一个厨子说："教她好好地淘米，淘米水最后必须干干净净的。她丈夫可不能吃脏兮兮的米饭。"

又有一次，她叫一个用人为我演示怎么刷夜壶时说："让她自己伸着鼻子去闻闻桶里是不是干净。”我就是这样学做一个温顺的妻子的。我学得一手好厨艺，甚至都不用尝一口就能闻出肉馅是不是咸了。我还能绣出极细腻的针脚，简直就像画上去似的。最后就连黄太太都装腔作势地抱怨，说她的脏裙子还没来得及丢到地上，就已经被洗干净又穿在身上了，结果她只好每天都穿同样的衣服。

就这样过了段日子，我并不觉得生活很糟糕。还真不觉得。在这些日子里，我曾经受过太多伤痛，早已对此麻木。大家狼吞虎咽地把我做的亮油油的蘑菇和竹笋吃下肚了，看着此情此景，还能有什么比这更开心呢？每当我为黄太太篦头发篦完一百下后，她会点头轻拍我的脑袋，还有什么比这更令我心满意足呢？瞧着天余吃下一整碗面，既没抱怨难吃，也没责备我脸色难看，还有什么能让我觉得更高兴呢？就像你如今在美国电视节目上看到的那些女人一样，把衣服上的一个污点洗掉，让它看上去焕然一新，她们就感到很开心了。

你现在明白黄家是怎样给我洗脑了吧？我渐渐将天余奉若神明，觉得他的想法比我自己的生命还重要。我也慢慢把黄太太看作亲生母亲一般，总是想方设法地讨好她，还必须完全无条件地遵从她。

在我满十六岁的那个春节，黄太太对我说她明年准备要一个孙子。即使我还不想结婚，又能住到哪儿去呢？尽管我壮得像马儿一般，又怎么能逃走呢？因为那时日军几乎已占领整个中国。

* * *

天余的祖母感慨道："日本人真是不速之客啊，他们的婚礼也不会有其他人来了。"黄太太原本有周密的计划，但我们的婚礼实际上办得有些寒碜。

她邀请全村的亲朋好友来参加婚礼，甚至还给其他城市的亲友发了喜帖。在那个年代，你原本无需期待别人的回帖，因为不来参加是不合礼数的。但黄太太没料到战争会使人不再遵守礼节，结果还是让厨子和帮厨的人准备了好几百道菜肴。我带来的那些老旧家具都被擦拭一新，黄太太还精细地把所有水渍和泥印都弄干净了，然后放置在堂屋里，看上去简直是相当不错的嫁妆。黄太太还命人在红色喜幛上写了贺词，好让人感觉是我父母为庆贺大喜，亲自把这些装饰挂上去的。她还雇了一顶大红轿子，准备把我从邻居家抬到婚礼庆典来。

媒婆为婚礼挑选了一个黄道吉日——八月十五中秋节，那是一年中月亮最圆最大的日子。但就在我们婚礼那天，不吉利的事情还是接二连三地来了。在圆月到来的前一周，日军进逼过来了。他们打进了山西省以及周边几省，搞得人心惶惶。就在我们婚礼当天的十五号早上，忽然下起雨来，这是个不祥之兆。当雷电交加的时候，人们都误以为是日军轰炸开始了，所以谁也不敢出门。

我后来听说，可怜的黄太太足足等了好几个小时，眼巴巴地盼着再多来点客人，但最后她实在是变不出更多人了，只好宣布婚礼开始。不然她还能怎么办呢？她可改变不了战局。

我当时在邻居家里。当迎亲的人招呼我下楼上轿的时候，我正坐在一扇打开的窗边，一个小梳妆台旁。我一想到父母对这门亲事的许诺，不由得哭了起来。我想不通为何自己命定如此，为何我必须忍受不幸，来成全别人的幸福生活呢？从窗边我坐的地方，可以看到汾河卷着棕黄色的泥沙流过。我想要纵身跳进这条河里，这条毁掉了我原本幸福的家的河流。当一个人感到生命快要走到尽头的时候，会产生一些非常奇怪的念头。

天上又开始飘起细雨。楼下迎亲的人们再次催促我快点下去。我的思绪也变得更紧迫，也更奇怪了。

我问自己，一个人究竟什么才是真实的？我能否也像河水变换颜色一样改变，但同时却还保持自我？我忽然看到窗帘猛地被风掀起，窗外的雨也下得更大，每个人都在大呼小叫，张皇乱窜着避雨。我笑了，因为那一刻我意识到自己第一次看出了风的力量。我虽然看不到风本身，但是我能看到它卷着河水，看到它改变了村野的面貌，还让人不由得又跳又叫。

我擦干眼泪望着梳妆镜。我对自己所看到的感到惊讶：我穿着一袭漂亮的红裙，但我看到的是比这更有价值的东西。镜中的我很坚强，很纯洁。我的内心深处有着别人无从窥见，更无法攫取的真实思想。我就像风。

我扬起头来，对镜中的自己自豪地笑了。随后我将一块大红绣花盖头遮在脸上，同时也把我的这些想法掩藏起来。但此时藏在盖头下面的我，仍清醒地知道自己是谁。我对自己许下诺言：我要时刻铭记父母的心愿，但永远不会遗忘自我。

当我抵达婚礼现场时，头上依然遮着红盖头，所以面前的东西什么也看不见。但往前稍一俯首，就能看到自己身旁的情形：宾客稀疏，我看到黄家的人，这些平日里总是埋三怨四的亲戚们，此刻遇着这般冷清，不免都有些尴尬，还有拉琴吹笛的乐师，再有就是村里少数几个大着胆子出来借机混白食的人。我甚至看到用人和他们的孩子们都到了，他们肯定是被叫来充数的。

有人拉起我的手，引我在一条路上往前走。我就像个盲人似的，浑不知情地走向自己的宿命。但是我已不再害怕，因为我能看到自己坚定的内心。

婚礼的司仪是个当大官的，他长篇累牍地宣讲了一通圣哲之道和贤妻楷模。之后我听到媒婆宣布我们的生辰八字非常相配，今后必将儿孙满堂。我把披着红布的头往前探了一下，见她正将手上的一块红丝巾揭开，露出一截红蜡烛给大家看。

那根红烛的两端都是用来点的，一头用烫金字刻着天余的名字，另一头刻着我的名字。媒婆将红烛的两端都点燃，然后宣布："二人成亲！"天余一把扯掉我的红盖头，然后冲他的亲戚朋友们得意地笑着，根本都没正眼看我。我觉得他就像我曾见过的一只小孔雀，扇动着羽翼未丰的尾巴，好像宣布整个院子归己所有。

我见媒婆将点燃的红烛安置在一个金烛台上，然后把它递给一个有些战战兢兢的用人。这个用人被指派看管红烛，她必须在婚宴上和之后的一整夜都守着红烛，不能让任意一端熄灭。第二天一早，媒婆要向众人展示红烛已燃得只剩一小堆黑灰，然后宣布："这根红烛的两头儿都一直是烧着的，没有熄灭过，证明这对夫妻永不分离。"

我至今仍清楚地记得，由那根红烛缔结的婚约，要比天主教中永远相守的誓言还坚不可摧。它不仅意味着我不能离婚，还约束我不能改嫁，即使在天余死后也不行。那根红烛如同一个封条，将我与丈夫和他的家庭永远地封在了一起，不留任何余地。

当然，那个媒婆第二天一早果然向大家如此宣布，算是了结她的任务。但是我知道究竟发生了什么，因为我彻夜未眠，为这段婚姻哭了一宿。

❊ ❊ ❊

婚宴结束后，参加婚礼的那一小帮人就将我们半推半抬地送入三楼的新房，一间小小的卧室。人们叫嚷着闹洞房的玩笑，把藏在床底下的一些男孩子拽了出来。媒婆帮着小小孩找藏在被毯间的红蛋。一些差不多和天余同龄的男孩把我俩按到床上肩并肩坐着，还让我们互相亲嘴，好叫我们脸涨得通红。这时我们开着的窗外突然鞭炮声大作，有人起哄说正好让我借机吓得跳到我丈夫怀里。

所有人都散去后，我们还是那样并肩坐着，好几分钟沉寂无语，只是听着屋外的嬉闹声。当外面渐渐平静下来，天余说了一句："这是我的床。你睡沙发去。"然后丢给我一个枕头和一床薄毯。我可算松了口气！我一直等到他入睡，才轻手轻脚地出了房间，顺楼梯下去，来到黑漆漆的后院。

屋外的空气闻上去似乎又要下雨。我一边哭一边赤脚在院里走，感受着地砖里残留的湿热之气。在院子的那一头，我透过打开的窗户，借着昏黄的灯光望见媒婆的仆人坐在桌边，正昏昏欲睡，红烛在那特制的金烛台上燃烧着。我靠着一棵大树坐下来，盯着那象征我命运的红烛。

我后来想必是睡着了，因为我记得自己突然被一记响雷惊醒，正巧看见媒婆的仆人从屋里跑出来，面色惊恐，像一只马上要被砍头的鸡似的。嗬，我估计她也是刚从睡梦中惊醒，以为是日本人来空袭呢。我不由得笑了。整个天空被映得发亮，紧接着又是一阵轰隆雷声，那个仆人跑出院子，顺着大路落荒而逃。她铆足了劲一路飞奔，我都能看到她身后被踢起的小石子。她究竟想跑到哪儿去呢，我边想边笑，然后一眼望见红烛的火光在微风中轻轻摇曳着。

我想都没想，不由自主地站起身来，径直朝院子那头的那间光线昏黄的屋子跑去。但我心中在企盼，我向佛祖、观音菩萨和天上的圆月祈求，让那根蜡烛熄灭吧。烛火微微一颤，火苗也被吹得压弯了腰，但蜡烛的两端依旧燃得挺旺。所有的祈愿霎时间一齐涌向我的喉头，终于迸发出来，吹熄了代表我丈夫那一端的烛火。

我突然吓得颤抖起来。我害怕有一把刀会突然出现将我劈死，或是天上会裂开个缝儿把我吹到九霄云外。但是什么也没发生。等回过神来，我心里十分内疚，赶紧疾步回到自己的房间。

第二天早上，媒婆在天余、他的父母和我面前骄傲地宣称她的任务圆满完成了，她一边说，一边将燃尽后留下的烛灰倒在一块红布上。但是，我清楚地看到她仆人满脸羞愧和忧心忡忡的神情。

❊　❊　❊

我学着去爱天余，但不像你想的那样。一开始，我只要想到他终有一天会爬到我身上干那种勾当，就觉得很恶心。每次走进卧房，我的头发都紧张得竖了起来。但在最初几个月里，他从不碰我。他睡他的床，我睡我的沙发。

在他父母面前，我按他们的调教，凡事顺从。我指点厨子每天早上都宰一只鲜嫩的仔鸡，将它熬出原汤，然后由我亲手将这些原汤滤到碗里，不再加水。我用这个侍奉天余服用早餐，一边轻声细语地说一些祝福他身体健康的话。每晚我都会煲一种特别滋补的头脑汤[1]，这汤不仅味道鲜美，而且富含八种有益于母亲长寿的营养成分，讨得了我婆婆的欢心。

但这还不能使她完全称心如意。有天早上，黄太太和我坐在同一间屋里绣花。我正神思游走回到童年，想起自己曾养过一只青蛙当宠物，管它叫“大风”，黄太太好像有点不耐烦了，仿佛她鞋里扎了根刺似的。我听到她呼哧呼哧的怒气，突然间，她忽地从椅子上站起身，走到我面前扇了我一个耳光。

“坏媳妇！”她叫道，“如果你再不跟我儿子睡觉，我就不给你饭吃，不给你衣服穿。”我终于明白我丈夫为叫她母亲息怒，竟是如此编派我的。我当时也怒火中烧，但一声未吭，因为我念及曾对父母承诺要做一个顺从的媳妇。

那一晚，我坐在天余的床上，等他来摸我。但是他没有。我松了口气。接下来那晚我干脆躺到他身边。但他仍没碰我。又过

1.原文是“a special tonic soup called tounau”，根据文中描述，应为太原当地特有的小吃“头脑”，用羊肉和淮山药，加黄酒和各种药材熬制而成，为药膳食品，有滋补作用。

了一晚，我索性脱掉了睡衣。

那时我才明白天余是个什么样的男人了。他害怕得转过脸去不看我。他对我没有任何欲望；然而他那副恐惧的样子也告诉我，他对任何女人都没什么欲望。他像一个从来没有长大的小男孩。如此这般又过了些时日，我便不再担心，甚至开始对天余有点另眼相看，并非如妻子爱丈夫那般，而是更像姐姐照顾她的小弟弟。我把睡衣穿好，躺在他身边抚摩着他的后背。我知道自己再也不用害怕了。就这样，我和天余每天睡在一起。他始终都没碰过我，我也得以睡在舒服的床上。

数月后，黄太太见我肚子和胸部还是扁平如初，于是又大动肝火："我儿子说他播的种都够生几千个孩子了。他们都在哪里？肯定是你有什么没弄好。"之后，她强令我整日躺在床上，好让她抱孙子的梦不会成为泡影。

啊，你觉得整日卧床不起很有意思是吗？可我告诉你吧，这比蹲监狱还糟。我想，黄太太变得有些神经过敏了。

她觉得剪子和刀对生子不利，于是命令用人们将屋里所有尖利的东西都拿走。她也禁止我做针线活，叫我一心一意想着生孩子。有个心地善良的小丫鬟一天四次到我房间来，一边忙不迭地赔不是，一边连逼带哄地让我喝下一种极苦的汤药。

我很嫉妒这个女孩，因为她可以自由出入。有时我透过窗户望着她离开，就把自己假想成这个女孩，站在院子里和四处游走的修鞋匠讨价还价，和其他丫鬟们凑在一起说长道短，或装腔作势地用一种调笑的口吻训斥一个长相不赖的送货小子。

两个月过去了，我这里仍旧没什么动静。一天，黄太太把老媒婆叫到家里来想想办法。媒婆仔细把我端详了一番，对着黄历查看我的生辰八字，还问黄太太我的性情如何，最后她得出结论："再清楚不过了，一个女人只在命里有缺的时候，她才能怀孕生子。你的儿媳生来就把木、火、水和土都占足了，不过她还缺金。这本是个不错的兆头，但她嫁过来时，你给她佩戴了金镯子之类的首饰，搞得她现在五行俱全，那可没法生孩子。"

听了这话，黄太太十分欢喜，因为既能借机将送我的全部金银首饰收回，又有利于我早点生子，实在是再好不过了。这对我来说也是好事，因为当我把各种黄金首饰都摘掉以后，感觉自己更加轻盈自在。人们常说命里缺金的人就会是这种感觉。你顿时觉得自己是个独立的人。从那天起，我就开始琢磨一个两全的办法，既履行我对娘家人的承诺，又能使我脱离这桩婚姻的苦难。

说来简单，就是想方设法让黄家主动要摆脱掉我，让他们提出当年的婚约无效。

为此，我盘算了好些天。我留心观察周围的每个人，通过表情来揣摩各人的心思，最后终于胸有成竹了。就这样，我择了个吉日，阴历三月初三，那天是清明节[1]。按照习俗，每个人在这天务须摒除杂念，追忆先祖，祭拜祖坟。人们荷锄带帚，来到坟前清理杂

1.农历三月初三，是汉族及多个少数民族的共同节日，然而不同地区对于"三月三"有不同的定义和习俗，其中包括沐浴、踏青、水边饮宴、祭祖等习俗。原文中此处似乎将三月初三等同于"清明节"（"... the third day of the third month. That's the day of the Festival of Pure Brightness."），不够确切，故译者稍微做了文字处理。

草，打扫墓碑，还要摆上饺子橘子等供品。噢，这并不是沉郁的一天，更像是踏青、野餐的日子，而对于日思夜想抱孙子的人来说，这一天又具有特别的意义[1]。

那天一早，我哭天抢地，吵醒了天余和家里所有人。过了许久，黄太太才到我屋里来。她先是在她自己屋里喊："她这是怎么的啦？去叫她别闹了。"但我仍兀自号啕大哭，她最后只好冲到我屋里，扯开嗓门对我厉声呵斥。

我一只手紧按着自己的嘴，另一只手捂着眼睛，仿佛遭受剧痛似的全身扭作一团。我的表演真是太逼真了，黄太太倒退了几步，瘪了下去，倒像个受惊吓的动物。

"你怎么了，小丫头？快告诉我。"她大声问道。

"哦！太可怕了，我想都不敢想，更不敢说出来。"我哽哽咽咽，上气不接下气，断断续续地回答。

等到哭得差不多了，我编了一番令人匪夷所思的话："我做了个梦，我们的老祖宗们回来找我，说希望看看我们的婚礼。所以天余和我又为他们过了一遍婚礼。我们看到媒婆将红烛点燃，把它交给仆人看管。我们的老祖宗非常欣慰，非常欣慰……"

说到这儿，我又开始轻轻啜泣起来，黄太太显得有点不耐烦，于是我接着说道："但那个仆人将我们的红烛端走之后，一阵大风刮起，吹灭了蜡烛。祖宗们非常生气。他们大喊说这桩婚姻在劫

1.这大概是因为"三月三"还与追念伏羲氏有关。伏羲和女娲抟土造人，繁衍后代，被尊"人祖爷"。许多地方在农历三月初三这一天有朝拜人祖的庙会，不乏善男信女，进香求子。

难逃！他们说天余那端蜡烛被吹灭了！老祖宗还说天余如果和我一直这么过下去，非送命不可！”

闻听此言，天余吓得脸色煞白，但黄太太只是皱了皱眉。“傻姑娘才会做这样的噩梦！”然后她责令所有人回屋睡觉。

我嗓音沙哑，低声冲她说：“妈！求求你别离开我！我害怕！老祖宗说这事要是不了结，他们会连降厄运到咱们家。”

“胡说八道！”黄太太骂道，又转身朝我走来。天余跟了过来，像他母亲一样愁眉不展。我觉察出他们差不多已经中计了，像两只即将掉进锅里的鸭子。

“他们知道你不会相信我，”我说道，口气里满是自责，“因为嫁到这里过得太安逸了，他们知道我不肯放弃。所以我们的老祖宗说会降下先兆，表明我们的婚姻即将毁灭。”

“你这傻子说些什么蠢话呀！”黄太太说着叹了口气，但她还是忍不住问了一句，“是什么先兆呢？”

“我在梦里见到一个胡子很长的男人，脸上有一颗黑痣。”

“是天余的祖父？”黄太太问。我点点头，心想这是自己在墙上看见的画像。

“他说有三个先兆。第一，他会在天余的后背上画一个黑点，这个黑点会越长越大，最后让天余的肉都烂掉，就像它让我们祖宗的脸在临死前都烂掉那样。”

黄太太马上转向天余，将他的衣衫拉起来检视。“哎呀！”她大叫一声，因为她看到就在天余后背上，分明有一颗指尖大小的黑痣。其实，自从我最近五个月和天余如姐弟般同床共寝以来，总能看见那颗痣。

“后来，老祖宗摸了摸我的嘴，”我拍拍自己的脸颊，假装脸已经受伤似的，“他说我的牙齿会一个一个脱落，掉光以后就只好一声不吭地离婚了。”

黄太太扳开我的嘴，目瞪口呆地盯着四年前我掉了一颗后槽牙的位置。

“最后，我看到他在一个小丫鬟的肚子里埋下了种子，还说这个女孩谎称自己家庭出身不好，但其实是皇室血脉，而且……”

我假装累得讲不下去，又躺回到枕头上。黄太太推推我的肩：“他还说什么了？”

“他说这个丫鬟才是老天赐给天余真正的妻子，而他播下的种将成为天余的子嗣。”

晌午时，他们把媒婆的仆人拉到我们家里，盘问出婚礼当天蜡烛熄灭的可怕真相。

他们又盘查了家中的用人，最终找到我非常喜爱的那个小丫鬟。我每天在窗口那里看着她，每次那个英俊的送货郎一来，她的眼睛都变得大而有神，揶揄调笑声也变得轻柔了。不久以后，我发现她的肚子越来越圆，而神情却多了些惧怕和忧虑。

所以，你可以想象，当黄家逼着那个小丫鬟将她的皇室血统和盘托出时，她该是多么喜出望外啊。后来，我听说她嫁给天余，这桩奇妙的姻缘让她惊诧不已，最终变成了一个非常虔诚的教徒，还让用人们打扫祖坟，每天如此，可不是每年一次。

❋ ❋ ❋

故事到此就快结束了。黄家没有太责怪我，黄太太也如愿以偿，抱了孙子。我从黄家得了些衣物、一张去北京的火车票和足够去美国的旅费。黄家只是要我别向任何有点地位的人透露我这桩命定失败的婚姻。

我就这样信守了诺言，牺牲了自己，我讲的这一切都是真的。你看见我现在戴的金镯子了吧，我生下了你的两个哥哥，所以你父亲把这两个镯子送给我。之后我又生了你。每隔几年，我都能省下一点余钱再去买个金镯子，都是24K的真金。我清楚自己的价值。

但我永远不会忘记那一天，我摘下了所有的手镯。也永远记得那一天，我终于有了属于自己的真实想法，并且按照这个想法去生活。那时，我是个脸上遮着大红盖头的年轻姑娘。我发誓不会忘记自己。

能重新做一回那个姑娘感觉真好，因为我终于可以揭开盖头，看看埋藏在下面的真实自我，感受那重回我身体里的轻盈自在！

莹映·圣克莱尔：月亮娘娘

多年来，我始终守口讷言，这样私心杂欲才不会脱口而出。因为我沉默太久的缘故，现在连女儿都听不到我说话了。如今，她倚坐在自家那个气派的泳池边，听见的只有她的索尼随身听和无绳电话，或是听她那个大块头、神气十足的丈夫质问她为什么家里有木炭却没有点火的油。

这些年来，我将自己的本性隐藏起来，像个缥缈的幻影一样，因此没有人能抓到我，明白我是什么样的人。加之我行踪隐秘，所以现在连女儿都看不到我。她只看到要采购的物品清单，自己超支的账簿，还有整洁的桌子上歪歪斜斜躺着的烟灰缸。

我真想对她说：我们双方都迷失了，她和我。我们既看不见对方也不想去看，既听不见也不想去听，不仅互相之间不理解，也不为周围其他人所理解。

我并不是骤然间迷失自我的。这些年，我不断地抚平自己的棱角，洗刷自己的痛苦，仿佛流水渐渐磨蚀掉石头上刻的字迹一样。

然而至今我仍记得一次经历，记得那一次自己如何奔跑和呼喊，如何无法平息自己。在我最初的儿时记忆中，曾向月亮娘娘许下一个秘密的心愿。不过后来我忘记了当年许下的愿望，所以多年来它始终湮没在记忆深处。

但是此刻，我想起了当年的这个心愿，而且那一整天发生的事情也都历历在目，如同眼见我女儿和她生活中各种愚蠢的行为。

1918年我四岁，那一年的中秋节，无锡热得出奇。八月十五那天我一早醒来，床榻上的草席已被汗水浸湿得黏人。屋里的一切闻上去就像湿草在大热天里蒸腾。

夏天早些时候，用人们为了遮阳，已将所有窗户都用竹帘挡起来，床上也都铺了席子。在持续湿热的那几个月里，我们床上就只铺这个。院子里有几丛竹子，地砖被烤热了，竹径在其间纵横交错。虽已是秋天，早晚还是没有凉意。竹帘后滞留的陈腐暑气夹杂着我房间里马桶的刺鼻臭气，一起渗入我的枕头，后脖颈被磨疼了，脸颊也觉得肿胀，所以我那天早晨起床时烦躁不安。

此时，又有一股气息从屋外传来，是有东西点燃后发出的冲鼻香气，感觉半甜半苦的。“这是什么怪味儿啊？”我问阿妈。阿妈睡在我隔壁小屋的一张小床上，她总能在我醒来后第一时间站在我床边。

“就跟我昨天解释的一样。”她边说边将我从床上抱起来，坐到她腿上。我在睡意蒙胧中试图回忆我昨天一早起床时她说的话。

“我们在烧五毒。”我懒洋洋地说，然后从她热烘烘的腿上扭了下去。我爬到一张小凳上，向窗外的小院张望。我看到一盘绿色的东西，活像盘踞着的长蛇，蛇尾还冒着黄烟。前几天阿妈曾给我看过，那长蛇原本放在一只彩色盒子里，盒里画着五种毒物：一条游动的蛇、一只蹦着的蝎子、一只飞动的蜈蚣、一只倒挂的蜘蛛和一只弹起的蜥蜴[1]。阿妈告诉我，小孩子要是被其中任何一种东西咬到都会死。所以我一想到五毒被抓起来，尸身也被烧掉，终于松了口气。我当时并不知道那盘绿东西只是用来驱赶蚊蝇的熏香。

那天，阿妈没给我穿平时的薄棉小褂和宽松长裤，而是取出一套带黑色滚边的黄绸褂子和裙子。

“今天可没时间玩了。”阿妈边说边展开那个黑边小褂，“你妈为你新做了这套中秋节穿的虎纹衣……”她帮我套上裤子，“今天很重要，如今你已是个大姑娘了，可以去参加中秋节的仪式了。”

“仪式是什么？”当阿妈把小褂套在我的棉内衣上时，我这样问她。

“就是你应该怎么做，你要做这个，做那个，这样神灵才不会惩罚你。”阿妈说着，给我系上了小褂的对襟。

“什么惩罚？”我面无惧色地问道。

“你问的太多了！”阿妈叫起来，“这些你都不用懂。只要乖乖的就行，照你妈妈那样做，点上香，给月亮娘娘上供鞠躬。别给我丢脸啊，莹映。”

---

1. 中国传统中，“五毒”除了蛇、蜈蚣、蝎子和蜘蛛外，更常见的是蟾蜍。此处的“lizard”很可能指的是四脚蛇，在乡间较常见，也是人们驱除的对象。

我噘着嘴巴低下了头。我注意到自己袖子上的黑色镶边，金丝线绣成的蜿蜒枝干上绽放着朵朵小牡丹花。我记得母亲手持银针，飞针走线，下针处渐渐展露出花团锦簇，枝叶繁茂。

后来我听到院子里有人说话，于是站在凳子上，使劲张望着想看看是谁。原来是有人抱怨天太热："你摸摸我的胳膊，蒸得我骨头都酥了。"我家在北方的很多亲戚都赶来过中秋，他们会在这里住上一周。

阿妈拿着一把大梳子给我梳头，当她刚好碰到一个梳不通的地方时，我佯装差点从凳子上摔下去。

"站好了，莹映！"她冲我嚷道，挂着一脸惯有的怨责，而我却在凳子上咯咯笑得直打晃。阿妈赶紧像勒马缰绳似的一把揪住我的头发，免得我再从凳子上掉下去。她飞快地用五条彩绸把我的头发编成一条大辫子，然后将辫子紧紧盘成一个发髻，最后把那些散在发髻外的丝绦剪成平整利落的流苏。

完了阿妈又把我转了一圈，检阅她自己的作品。我穿着黑边丝绸衣裤，感觉身上烤得难受，显然母亲做衣服时想着中秋节会比较凉爽。我头皮被辫子揪得火辣辣地疼，我不禁纳罕，这是什么日子啊，值得如此遭罪？

"漂亮！"阿妈满意地总结了一句，尽管我一脸不悦。

"今天有谁会去啊？"我问道。

"全家都去！"她兴奋地回答，"咱们都要去游太湖，已经雇了一条船，还请了一位名厨。今晚祭拜时，你会看到月亮娘娘。"

"月亮娘娘！月亮娘娘！"我高兴得又蹦又跳，惊叹于自己口中的这个新词儿的声音是多么悦耳。待我渐渐恢复平静，便扯着阿妈的袖子问：“月亮娘娘是谁？”

“是嫦娥。她住在月亮上。一年当中，你只有在今天能见到她，还可以向她许愿。”

“什么叫许愿？”

“就是你心里想要的，却又不能跟别人提的要求。”阿妈回答。

“为什么不能提？”

“那是因为……因为如果你这样做……那它就不再是心愿了，而会变成自私的愿望。”阿妈解释道，“我没教过你吗，一个人总想着自己的需要是不对的。一个女孩子永远不可以提要求，你只能听别人说。”

“那么，月亮娘娘怎么知道我的心愿呢？”

“唉！你已经问得太多了！你可以直接问月亮娘娘，因为她可不是普通人。”

我对这个回答终于满意了，随即说道：“那我就告诉她，我再也不想穿这些衣服啦！”

“啊！我刚才没说清楚吗？”阿妈说，“你既然把心愿对我说了，那它就不再是心愿了。”

吃早饭时，好像没有人着急去游太湖，总是有人吃了这个又吃那个。早饭后，大家又始终扯些无关紧要的闲话。我感到越来越焦躁难安。

“秋月暖，雁影还……”爸爸正在朗诵一首他从古代石刻上辨认出来的长诗。

爸爸解释道："下一行的第三个字已被侵蚀，数百年风雨洗刷掉了它的含义，几乎永远不能为后世所知。"

我叔叔打趣地眨眨眼接着说："啊，但多亏有你这样一位文史学者。我相信你肯定能解决这个难题。"

我父亲的答句是："薄雾映芳华！"

妈妈正跟姨妈和几位老太太一起谈论如何将多种草药和虫子混合成一种膏药："你把膏药抹在这里，就在这两点之间的地方，然后使劲按摩，直到皮肤发热，疼痛感也就随之消失。"

"哎！脚肿了该怎么揉呢？"一个老太太哀叹道，"我整个脚都肿了，又酸又疼，碰都不能碰！"

"这天可真热，"一个老太太接着抱怨道，"身上的肉都要烤干了，一碰就破！"

"烤得眼睛都疼！"我姑奶奶也感叹了一句。

每当她们新展开一个话题，我就会唉声叹气。阿妈终于发现我不高兴，于是给了我一块捏成兔子形状的月饼。她说我可以坐到院子里，跟我同父异母的二妹、三妹一起吃。

一拿到兔子月饼，我随即就把游船的事抛到九霄云外了。我们三个马上跑出屋去，穿过通往后院的月亮门洞，然后争先恐后地尖叫着奔向一张石凳。我是三人中年纪最大的，所以抢先坐到石凳的阴凉处，而我的两个妹妹只好坐在太阳底下。我从月饼上把兔耳朵掰下来，分给她俩一人一个。兔子耳朵就只是面，没有甜馅儿或蛋黄，但我那两个妹妹太小，根本不懂自己吃亏了。

"姐姐更喜欢我！"老二对老三说。

“不，更喜欢我！”老三对老二说。

“别吵啦！”我对她俩说，然后津津有味地把兔子月饼给吃掉了，还用舌头舔掉了嘴唇上沾的豆沙馅儿。

我们吃完，又互相帮着把身上的饼屑拾掇干净，一下子有些冷清无聊，我又感觉闲得发慌。突然，我看见一只翅膀透明的暗红色大蜻蜓，立刻跳下石凳，跑去追蜻蜓。两个妹妹紧随其后，蹦跶着伸手去抓飞走的蜻蜓。

“莹映！”一听到阿妈叫我，老二老三便跑开了。阿妈正站在院子里，母亲陪着其他太太们也从月亮门走进来。阿妈赶过来，俯身帮我整理好黄外套。“新衣服！一塌糊涂！”阿妈颇为沮丧地叫着。

母亲微笑着走过来，帮我把几缕乱蓬蓬的头发抚平，然后掖进盘好的辫子里。“男孩子可以跑着追蜻蜓，因为他生来就是这样，”母亲说，“但女孩子要规规矩矩地站好。如果你静静地不动，时间一长，蜻蜓就看不到你了，它自己就会靠近你，还会在你的影子里歇凉呢。”那些老太太们都咯咯地连声称是，之后她们又都走了，把我一人留在灼热的院子当中。

像母亲所说的纹丝不动地站定以后，我发现了自己的影子。院里的砖地上铺着竹席，起初，影子只是那席子上的一小块黑点，它腿短臂长，还有跟我一样盘起的辫子。我摇头时，它也摇摇头。我拍手、抬腿，它都跟我一起做。我转身走开，它紧紧跟随。我猛然转过身，它也刚好面对着我。我掀开竹席想看看能否剥下自己的影子，但它居然又到了竹席后面的地上。我兴奋地尖叫着，赞叹自己的影子竟如此聪明伶俐。我跑到树荫下，一路看着自己的影子追过来后就消失了。我喜欢上了自己的影子，它是我隐秘的另一面，也同样有我那样不易静下来的本性。

我再次听到阿妈叫起来：“莹映！到时间了，你准备好去游湖了吗？”我赶紧点头，向她跑过去，身后跟着我的影子。阿妈连连叫我：“慢点，慢点走。”

我们全家都已站在屋外，正起劲地聊着天。每个人衣着都很正式。爸爸身穿一件崭新的棕色长衫，看上去虽普通，但显然是上等丝绸缝制的，而且做工相当考究。妈妈的上衣和长裙与我的衣服颜色刚好相反，是黑绸配黄边。我两个同父异母的妹妹和她们的母亲——我父亲的两房姨太太——都身穿玫瑰色束腰外套。我哥哥穿着蓝色外套，上面绣着象征长命百岁的禅杖。连那些老太太们也穿上她们最好的衣服，以示庆祝。这些人里有我的姨姥姥、奶奶和姑奶奶，还有叔公的胖太太，她仍像以往那样把发髻扎起来，露出秃脑门，走起路来一次两个小碎步，接着是一副惶恐的表情，仿佛在蹚过一条滑溜溜的小溪。

用人们早已将为这天预备的吃食都装上黄包车，有满满一篮粽子，用糯米制成，内裹炙烤过的火腿或香甜的莲子，外面包着荷叶。车里还有一个煮茶的小炉子，一篮杯盘筷子等餐具，以及大袋的苹果、石榴和香梨。此外，盛着腌菜和糟肉的陶罐外面挂着水珠，旁边有一大摞红盒子，每盒装着四块月饼。当然，我们午休用的睡垫也都齐备了。

大家纷纷登上黄包车，年幼的孩子都和自己的阿妈坐在一起。

出发之时，我突然从阿妈怀里挣脱出来跳下车去，又爬上我母亲的车。阿妈不乐意了，不仅因为我此举十分傲慢无礼，更因为她爱我胜过爱自己的孩子。当年她丈夫去世后，她丢下自己的孩子不管，来到我家做了我的保姆。她从未教我要考虑她的感受，她把我惯坏了。对我而言，阿妈只是个给我带来舒适和安逸的人，就像夏天用的扇子或是冬天生的火炉，是一种只有当你失去的时候才体会和爱惜的福气。

我们来到太湖边，可这里也没有一丝凉风，真叫我失望。我们的车夫已然大汗淋漓，张着嘴像马儿一样喘着粗气。在码头那里，我看着老太太和男人们纷纷登上一条我家租的大船，这船舫貌似一座漂在水上的茶楼，上面有一个露天凉亭，比我家院里的那个还大。凉亭上有许多红柱子，柱子上方是尖尖的屋顶，后面的屋子像是一座带有圆窗洞的花房。

轮到我们登船时，阿妈紧握着我的手，一同越过甲板跳上船。我的脚刚踏上船，我就立马甩脱阿妈的手，跟二妹和三妹一起在大人们深浅各异的丝质衣服下摆中穿梭过去，看谁能抢先跑到船的另一头。

我喜欢这种走在船上左摇右晃的感觉。屋顶和栏杆上挂着的红灯笼也在摇曳，仿佛被微风吹动一般。妹妹们和我把手搭在凉亭的长凳和小桌上一路滑过，用手指感受木栏杆上的装饰图案，我们还把脑袋从栏杆间隙中伸出去看下面的湖水。还有许多好玩的东西等着我们呐！

我拉开通往花房的沉重大门，跑过一个好像是客厅的大屋子，妹妹们紧跟在后面边跑边笑。我们又穿过一扇门，就看到有人在厨房里忙碌着。有个厨师手里拿一把大切肉刀，他回头看到我们，招呼我们过去，但我和妹妹们害羞，只是笑了笑就退出去了。

在船尾，我们见到几个看上去很贫穷的人：一个男人在往炉子里添柴火，炉子带着个很高的烟囱；一个女人正在切菜，还有两个粗壮的男孩蹲在靠近船舷的地方，手里仿佛拽着钓线似的东西，线的一头系着钢丝笼，笼子就在水面之下。他们这样忙活着，都没瞥我们一眼。

我们又回到船头，恰好赶上开船，看见码头渐渐离我们远去。妈妈和其他几位太太已在凉亭周围的长椅上落座，使劲儿用扇子扇着风，见蚊子落到别人头上就用扇子拍打过去。爸爸和叔叔倚着栏杆聊天，声音压得很低，像在谈论要事。我哥哥和另外几个堂兄弟找来一根长竹竿扎进水里，好像他们真能让船走得更快些。用人们扎堆坐在船头，煮水沏茶，剥着烤熟的白果，从篮子里取出用作午餐的冷食。

尽管太湖是全中国最大的湖泊之一，但中秋那天湖面上还是挤满了各式各样的船，有手划船、脚踏船、帆船、渔船，也有像我们这样有凉亭的画舫。我们在和其他船擦肩而过时，常看到有人探出身子，把手伸到清凉的湖水中，还有人在布篷或油伞下小憩。

突然，我听到有人高喊："啊！啊！啊！"我不由得激动起来，终于，中秋庆典就要开始了！我飞奔到凉亭上，只见叔叔婶婶们一边说说笑笑，一边用筷子夹起活蹦乱跳的虾，这些虾还不停扭动着身子，细腿挣扎着直蹬。我猜想这就是水下那个钢丝笼的妙用，原来是捕捞淡水虾的。父亲把虾在香醇的酱油里蘸了蘸，然后塞在嘴里嚼了两下就吞下肚了。

但我们很快就意兴阑珊了，下午过得与平时别无二致。午饭后人们依然觉得无精打采，照例就着热茶懒懒地闲聊。阿妈让我躺在席子上休息，等到一天中最热的下午时分，大家便都睡下了，船里悄然无声。

我坐起身，见阿妈还歪在她的席子上睡着，于是溜到船尾。那两个粗壮的男孩正从竹笼里掏出一只鸬鹚，这个“嘎嘎”直叫的大鸟长脖子上箍着一个金属圈。其中一个男孩用手臂夹着鸟翅膀将它擒住，另一个男孩将一根粗绳系到金属脖圈的挂钩上。之后他们将大鸟松开，它就扑打着白翅膀飞下来，在船舷上盘旋了一阵，最后浮在波光粼粼的湖面上。我走去船舷边看鸟，它也侧过头用一只眼睛警觉地瞧瞧我，然后潜入水中不见了。

其中一个男孩将一捆捆空杆芦苇扎成的排筏丢到湖上，然后一个猛子潜到水中，复又爬上筏子。数秒后，鸬鹚也从水面露出头来，嘴里拼命叼着一条大鱼。鸬鹚跳上排筏想吞下大鱼，但碍于脖套无法如愿。筏上那个男孩干净利落地一把夺下鸬鹚嘴中的鱼，将它抛给船上的男孩。鸬鹚继而再次潜入水中，我不禁鼓掌叫好。

阿妈和其他人都还没醒，于是之后的一个小时，我都像只等待喂食的馋猫一样，盯着一条又一条鱼出现在鸬鹚嘴中，之后又被扔到船上的一个木桶里。最后，水上那个男孩对另一个喊道：“够多了！”船上的同伴朝船上更高处的什么人也喊了一句，但那个人我刚好看不到。船舫又开始移动，迸发出一阵响亮的碰撞声和吱吱声。站在我身旁的男孩也跳到水中，和他的同伴一起爬上排筏，像两只水鸟栖息在枝头那样蹲在筏子正中。我冲他们挥手告别，颇为羡慕他们这般无忧无虑的生活。很快那排筏就划远了，渐渐缩成水上漂浮的一个小黄点儿。

本想看完捕鱼的好戏就回去，但我依然呆立原地，仿佛心神仍被一场好梦所系。然而好梦注定要回到现实，我转过身来时，看到一个表情阴郁的女人蹲在装鱼的木桶旁边，她抽出一把又薄又尖的刀子，开始将鱼肚剖开净膛，她把滑溜溜的血红色内脏拉出来，随手从肩头上往后一甩就丢到了湖里。她刮掉的鱼鳞像玻璃片一样四处飞溅。接着，两只鸡被砍了头，再也不能咯咯乱叫。然后，这女人把一根草伸到一只大甲鱼眼前，待它一下伸出脑袋咬草时，就“霍”地手起刀落砍掉它的头。许多身型细长的深色淡水鳗鱼挤成一团，在一口水缸里拼命地游来游去。这女人一言不发，径直将所有东西搬进厨房，这时我就没什么热闹可看了。

直到此时，我才发现自己的新衣服溅上了点点血渍、鱼鳞，还沾了些鸡毛和污泥，但后悔已然太晚。此时，我突然听到人们睡醒后从船头那边传来的声音，于是在惊慌失措之间，我突发奇想，迅速将双手伸到盛甲鱼血的碗里蘸了蘸，然后将我的袖子、裤子和小褂的前襟都抹上了血。那时我真心感觉，只要将衣服全都染成一片殷红就能掩盖那些污点，而且如果我一动不动地站着就没有人会发现这个变化。

阿妈终于还是发现了我，一个浑身是血的幽灵一般的形象。我至今都还记得她当时惊恐万状地尖叫着朝我扑过来，查看我是不是缺胳膊少腿，还是身上被戳破了几个洞。当她仔细检查了我的耳朵和鼻子，又数过我的手指之后，发现什么都不缺，便开始叫骂起来，骂得很难听，都是些我从没听过的话。但我从她骂人的语气和态度，能感觉出这些话很恶劣。她胡乱扯掉我的小褂，扒下我的裤子，还说我闻着看着就像这种鬼、那种鬼的。她的声音打颤，显然恐惧甚于愤怒。“你母亲现在可以不要你了，”阿妈非常懊恼地说，“她会把咱俩都赶到昆明去。”听了这话我才真的害怕了，因为我曾听说昆明远在天边，人迹罕至，四周全是猴子盘踞的石林。阿妈没理我，丢下我一个人站在船尾号啕大哭，身上只穿着白棉内衣和虎头鞋。

那时我真心盼望母亲快点来找我，一边想象着她会看到被我糟蹋的衣服，还有她精心绣在上面的小花也遭了殃。我觉得她肯定会到船尾来，以她温柔的方式训诫我一番。但是，她没有来。噢，我当时确实听到了脚步声，但只看见两个同父异母的妹妹将小脸贴在船舱的玻璃门上，瞪大眼睛盯着我，指了指我，然后嬉笑着跑开了。

湖水已变成一片深橙色，接着变红，变紫，最后变黑。暮色当空，一盏盏红灯笼渐次映亮了整个湖面。我听到人们谈笑风生，有些是从我们的船头传来，也有些是从其他临近的船上传来。后来我又听见厨房的木门哐当哐当的开关声，随之飘来各式菜肴浓香。凉亭那里则传来上菜后人们一声声惊喜的欢呼：“哎！你看这个！还有这个！”我饥肠辘辘，想和他们共享晚宴。

听着大家宴饮作乐，我悻悻地把双腿伸到船尾外来回晃荡。

尽管已是夜晚，但外面仍很明亮。我能看清自己在水中的倒影，看到倚靠在船舷上的腿和手，还有映在水面上的脸庞。往头顶上看，我突然明白四周为何这般明亮。在幽暗的湖水中，我看到一轮圆月，又大又温暖，看着好似太阳。我转过身，想望着天上的月亮娘娘许个愿。可是就在那一瞬间，其他所有人也一定看到了她。一时间爆竹声骤然齐鸣，我一下跌入水中，连自己落水的声音都没听到。

奇怪的是，湖水让我感到清凉的舒适，所以起初都没觉得害怕，好像沉入轻飘飘的睡梦中似的。我企盼阿妈即刻赶来将我救起，但当我开始呛水的那一刻，我知道她是不会来了。我在水下手脚并用，使劲儿想浮起来，但湖水瞬间涌入了我的鼻子、喉咙和眼睛，我只好更拼命地四肢乱划。“阿妈！”我奋力想要叫出声，十分气恼她竟抛下我，害我等了那么久，还枉受这许多罪。突然，一个深色的东西从我身旁的水里擦过，我立即想到这恐怕就是五毒之一的水蛇。

那个家伙将我团团裹住，还像挤海绵一样越缩越紧，之后又令人窒息地将我抛到半空中，最后我一头栽进了一个绳编的大网，网中满是竭力挣扎的鱼。湖水从我的喉咙里喷了出来，我落得一副又哭又呛的狼狈相。

我转过头，只见月光映照下立着四个黑影。接着又有一人爬上船，身上还滴着水。他气喘吁吁地说：“是不是太小了？我们要不把它扔回水里？也多少值点钱吧？”其他几人听完哈哈大笑。我知道这是些什么人，所以不敢吭声。每当阿妈和我在街上遇到这种人时，她都会用手捂住我的眼睛和耳朵。

“好了，别说了，”船上有个女人嗔怪道，“你们吓着她了。她还以为咱们是强盗，要把她当奴隶给卖了呢。”然后她柔声问我：“你是从哪儿来的，小妹妹？”

滴着水的男人俯下身，假装盯着我仔细瞅瞅：“哦！原来是个小姑娘。不是鱼！”

“不是鱼！不是鱼！”其他人也咯咯笑着附和道。

我开始发抖，吓得都不敢哭了。空气中弥漫着刺鼻的火药味和鱼腥味，让人感觉危机四伏。

“别理睬他们，”那个女人说，“你是不是另一条渔船上的？是哪条船？别害怕，指给我们看。”

我放眼望去，只见湖面上有许多手摇船、脚踏船和帆船，还有像他们这样的渔船，船头挺长，正中有个小房子。我使劲儿张望着，心噗通噗通跳个不停。

“在那儿！”我指着一个船舫喊道，那条船上点着灯笼，还载着欢歌笑语的一群人。“在那儿！在那儿！”我哭了起来，恨不得赶紧找回我的家人，得到他们的抚慰。我们的渔船飞快朝着食物的香味驶去。

“哎——”我们船上的女人仰头向船舫喊道，“你们是不是丢失了一个小姑娘？她掉到水里去啦！”

船舫上响起几声叫喊，我眼巴巴地企盼着能见到阿妈、爸爸和妈妈。船上的人纷纷涌到凉亭的一侧，靠在栏杆上对我们的渔船指指点点。我眼前都是陌生的面孔，他们满面红光，大声说笑。

可是阿妈在哪里呢？妈妈怎么没来？这时我看到一个小女孩从人群中挤出来。

“那不是我啊！”小女孩大叫，“我在这里！我没掉进水里。”画舫上的人听罢一阵哄笑，然后转身走开。

渔船慢慢驶离，船上的女子对我说：“小妹妹，你搞错了。”我什么也没说，再次开始颤抖，因为我感觉没人会为我走失而担忧。我远眺湖面上数百个随风摇曳的灯笼，听到爆竹声此起彼伏，还有人们的笑声。渔船渐行渐远，我眼前的天地也越来越宽阔，我感觉自己会永远迷失在这大千世界中了。

那女人始终注视着我。我的辫子散乱，贴身衣裤又脏又湿，赤着脚，鞋子也弄丢了。

“咱们现在怎么办？”有个男人平静地开口道，“看来没人认领她。”

“她可能是个小叫花子，”另一个男人说，“你看她的衣服，那种划着破筏子四处讨钱的小孩。”

我内心充满恐惧，开始怀疑他说的可能是真的，我已经变成了无家可归的小乞丐。

“哎！你没长眼睛啊？”那女人嗔怒道，“你看看她的肤色，真白啊！还有她的脚，脚底板也太嫩了。”

“那就把她带到岸上去吧，”那男人说，“如果她真有家，家里人肯定会去那里找她。”

“就在这样的夜晚！”另一个男人感叹道，“这样的节日夜晚总是有人落水。醉酒的诗人，还有小孩子。幸亏她没淹死。”他们你一言我一语地聊着，不停地摇着船，慢慢向湖岸驶去。一个男人用长竹篙将我们的渔船从其他船中间撑过去，当我们到达码头后，那个把我打捞起来的男人又用他沾着鱼腥味的手将我拎上岸。

“下次当心啊，小妹妹。”那女人冲我喊。他们渐渐驾船远去了。

在码头上，我背对着明亮的月亮，再次看见了自己的影子。我的影子现在显得短了些，变小了，乱蓬蓬的。我拖着自己的影子跑到路边的矮树丛中躲起来。在这个藏身处，我听到路人在聊天，还有蛙鸣和蟋蟀的窸窣声，接着忽然听到丝竹声还有喧天的锣鼓声。

我透过矮树丛的枝叶向外张望，只见前方有一群人围在戏台前，戏台的布景上也有一个月亮。一个小伙子从戏台侧面冲出来对观众说：“现在，月亮娘娘会来向你们讲述她凄婉动人的故事，请欣赏古唱腔皮影戏。”

月亮娘娘！这几个富有魔力的字在我脑海中回荡，使我暂时忘却了苦恼。我听到更多的锣鼓点响起，接着，一个女子的身影出现在月亮前。她长发披散，正在梳头，然后用甜美而悲凄的声音开场。

她一边悲诉，一边用修长的手指捋着头发：“我命悲来修行苦，独居月来君住阳。日夜交错如参商，唯有中秋得相望。”

听到此处，观众们往台前凑了凑，只见月亮娘娘拨弄着琴弦，开始咏唱她的动人故事。

在月亮的另一侧，我看见有个男人的侧影出现，月亮娘娘向他张开双臂——“噢！后羿，我的夫君，天上的神箭手！”她开始唱起来。但是她的夫君似乎并没有注意到她，而是凝神望着天空。随着天色渐亮，也不知是出于恐惧还是欣喜，后羿也开始慢慢张大了嘴。

月亮娘娘紧紧揪住自己的脖子，倒地而泣：“东天悬挂十骄阳，人间大旱遭了殃。”她的唱腔甫落，后羿便用他的神箭指向其中九个太阳，将它们射落，那九个太阳迸裂出鲜血。“九阳坠落沉大海！”月亮娘娘欢快地唱道。我听到这些太阳落水时发出的嗞嗞声响与痛苦死去时的爆裂声。

此时，西天王母娘娘飞向后羿，她打开一只匣子，取出一个亮闪闪的小球，不，这可不是小太阳，而是一颗仙桃，吃了能长生不老！只见月亮娘娘假装埋头于针线活，实则窥伺她丈夫，看他将仙桃藏于匣内。接着，后羿擎着神弓向天发誓将斋戒一年，以示自己对成仙的诚心和耐心。发完誓他就跑开了，而月亮娘娘就毫不犹豫地把仙桃找出来吃掉了！

月亮娘娘刚一尝到那仙桃的滋味，就开始腾空而起，她飞翔时不像王母娘娘那样飘逸，而是像一只折翼的蜻蜓。在她丈夫赶回家的时候，月亮娘娘向他大喊道：“苦不该当初太鲁莽，而今被迫飞天上。”后羿大骂道：“贼！你这个窃我仙桃的贱人！”他弯弓搭箭对准妻子，随着一阵锣声，戏台上的天幕黑了下来。

“呜咦啊！呜咦啊！”随着凄凉的琵琶曲响起，戏台上的天幕再次亮起。可怜的月亮娘娘背对亮如赤日的月亮站立，长发拂地，正拭去她的泪水。她与丈夫上一次相见已然恍若隔世，这就是她的命，她将永远留在月亮上，追随她自私的愿望。

她悲哭道："女人是阴，她们内心阴暗的一面隐藏着不羁的情感和欲望。男人是阳，他们带来光明的真理，照亮我们的心灵。"

她唱到最后，我也哭起来，因绝望而全身战栗。尽管我不能完全明白她的故事，但我理解她的悲哀。在短短的一瞬间，我们都遗失了自己的世界，而且再也没办法找回来。

锣声响起，月亮娘娘鞠躬谢幕，然后平静地望向戏台一侧。观众们纷纷拍手叫好。之前报幕的那个小伙子走上台宣布："大家等一等！月亮娘娘答应，这里每个人都可以向她许个愿……"观众们开始兴奋起来，高声叫嚷着。小伙子继续说："只要几个铜板……"观众们闻听都哄笑起来，开始散去。小伙子大喊："一年可就这一次机会啊！"但没人听他说什么，除了树丛中我和我的影子。

"我有一个心愿！我要许愿！"我叫喊着赤脚跑过来。但那小伙子对我不理不睬，径直走下台去。我继续向月亮奔跑，想告诉月亮娘娘我要的是什么，因为我现在终于知道自己的心愿了。我快如脱兔地绕过后台，跑到月亮的另一侧。

在那里，我看到了她。尽管只是短短一瞬，但她在十几盏煤油灯的映衬下显得美丽异常，光鲜照人。然后她甩了甩浓密的长发，开始走下台阶。

"我有个心愿……"我低声说。她没有听见，于是我又走近几步，直到我看清月亮娘娘的脸，她双颊凹陷，眼睛布满血丝，大板牙被灯照得直反光，一只大鼻子油光闪亮。她满面倦容，扯掉自己的头发，长衣也从肩头滑落下来。当我的心愿脱口而出时，月亮娘娘看着我，此时，“她”竟已变成了男人。

＊ ＊ ＊

很多年来，我都不记得自己那晚向月亮娘娘许过什么愿，也不记得自己是如何被家人找到的。这两件事在我看来如同幻影一般，许下的心愿靠不住。那一夜，阿妈、爸爸、叔叔和其他人沿着湖岸一路高呼我的名字。尽管被找回来了，但我相信他们找到的已经不是原来的那个小女孩。

之后又过了许多年，我把那天发生的其他事也忘记了：月亮娘娘唱的那个凄婉的故事、我们的画舫、戴脖套的鸬鹚、我衣袖上的小花，还有烧五毒。

我现已年迈，行将就木，但同时也感觉自己更近人生之初。我回忆起那天发生的每件事，因为它们多次出现在我生命中，萦绕不去。当年那样的纯真、笃信和不安，那些惊叹、恐惧和孤独，以及我如何丢失了自己。

我记得所有这些。今夜，在八月十五这晚，我还回忆起很久以前向月亮娘娘许下的心愿：我渴望被找回来。

二十六道凶门

“骑车不许拐过街角。”母亲这样叮嘱七岁的女儿。

“为什么不行？”小女孩顶嘴道。

“因为那样我就看不见你了，你摔下来哭时我也听不到。”

“你怎么就知道我会摔呢？”小女孩嘟囔着。

“书上都写着呢。这书叫《二十六道凶门》，里面说了没有家里的庇护时，所有可能发生的坏事情。”

“你说的我不信。给我看那本书。”

“那是中文的，你看不懂。所以你必须听我的话。”

“都是些什么坏事？”小女孩接着问道，“告诉我那二十六件坏事是什么。”

然而母亲依旧坐在那儿织毛衣，一言不发。

“哪二十六件啊？”小女孩叫嚷起来。

母亲仍不回答。

“你不说是因为你不懂！你什么也不懂！”小女孩说罢就跑了出去，跳上她的自行车，急于想骑走。还没等骑到街角，她已然摔倒在地。

韦弗里·江：游戏规则

我六岁时，母亲教给我如何运用无形的力量。这是一种战术，凭借它可以在辩论中获胜，赢得他人的尊重，并且，最终还能赢得棋盘上的较量。尽管当时我俩谁也没有料到最后这一点。

一天，我们路过一家蜜饯店，我使劲扯着母亲的手，大声哭闹着要吃蜜饯，母亲便训斥叫我“闭嘴”。回到家，她对我说：“聪明的人，从不顶风蛮干。用我们中国话说，就是要学会见风使舵，因势利导。最厉害的风都是不易被察觉的。”

过了一个星期，当我们又走进这家店铺时，我知道吃不着里面的糖果，却忍住一声没吭。母亲挑选完她要买的东西后，又不露声色地从货架取下一小袋蜜饯，和其他东西一起结了账。

母亲总向我们灌输一些她认为能派上用场的日常道理，以便帮助哥哥们和我提升门庭。我们住在旧金山的唐人街，就像其他大多数华裔孩子一样，我们在餐馆和古玩店后面的小巷里玩耍。我并不觉得家境贫寒。我的饭碗总是盛得满满的。一日三餐，每餐都有五菜一汤，最先端出的那道汤里全是些对我来说不可思议而又不想探究的食材。

我家住在韦弗里广场，我们的公寓是一个温暖、干净的两居室。楼下是一家小小的中国糕饼店，专卖各种蒸烤糕饼和点心。拂晓前，当小巷还悄无声息时，我就能闻到熟透了的红豆沙的香气。天明时分，家里则会弥漫着一股炸麻团儿和甜咖喱鸡饺的气味。我在床上能听到父亲做上班前的准备，临行前将身后房门一锁，锁头“咔、咔、咔”地响上三声。

在这个跨越两个街区的小巷尽头，有一个带秋千和滑梯的小型沙地操场，经年累月，滑梯正中已磨得光亮。操场外围是一圈木板长凳，常有年老的乡胞坐在这儿，用他们的镶金大牙嗑炒熟的西瓜子，把瓜子壳撒给一群鸽子，它们急不可耐，咕咕直叫。不过，那条幽暗的小巷本身就是最棒的游乐场，那里每天都充斥着隐秘和奇遇。哥哥们和我躲在草药店外面向内窥视，可以看见老李将称好的虫壳、藏红色草籽和辛辣的叶子倒在一张白纸上，这是在给他的病患们配药。据说，他曾治愈一个差点死于祖先诅咒的女人，她的病曾让最好的美国医生也束手无策。药店旁边是一家印刷所，专门印制烫金的婚礼请柬和过节用的红条幅。

沿这条街再往前走，就是平云鱼市，橱窗里展示着一口水缸，里面挤满即将被宰杀的鱼，还有挣扎着在光溜的绿瓦缸壁上抢占地盘的甲鱼。一块手写的告示称：“本店仅售食品，不卖宠物。”店里，身穿一身血渍斑斑白大褂的屠夫们正动作麻利地给鱼净膛，等待的顾客们争先恐后地吆喝：“给我拿最新鲜的！”而得到的答复总是：“我们卖的都是最新鲜的。”在买卖没那么热闹的日子里，我们可以靠近观看一筐筐的活田鸡和螃蟹，大人们警告我们别去捅这些家伙。我们还看到成箱成箱的墨鱼干，一排又一排的冰冻对虾、鱿鱼和鳗鱼。每次看到比目鱼我都吓得直哆嗦。它们扁平的身子和挤在一侧的眼睛使我想起母亲讲的一个故事，说是有个大大咧咧的小女孩跑到一条拥挤的街道，结果被一辆出租车给碾死了，母亲的原话是“都被轧扁了”。

在小巷的拐角处，有一家摆着四张咖啡桌的小餐馆，名叫“鸿兴”。餐馆门面内侧的楼梯通向一扇门，上面写着“生意人”。哥哥们和我都觉得，一到晚上就会有坏人从这门里出来。游客们从来不光顾鸿兴，因为菜单上只印着中文。曾有个过路的白人男子带着一个大相机，要我和我的玩伴们站在餐馆前摆好姿势照相。他要我们站到橱窗的边上去，这样可以拍到烤鸭晃荡着脑袋，倒挂在一根沾满油汁的绳子上。他拍完照，我便建议他去鸿兴吃一顿。他笑着问我都有什么菜，我大声报出菜名：“猪下水、鸭爪子还有墨鱼鸡胗[1]！”接着就和小伙伴们一哄而散，一路尖声大笑，仓皇地窜过小巷，在中国宝石公司的门洞里躲起来。我的心怦怦直跳，希望他会追过来。

母亲以我家住的街道为我命名：韦弗里·普雷斯[2]·江，这就是我重要的美国证件上的正式称呼。但家里人都叫我“妹妹”，因为我是家中最小的孩子，也是唯一的女儿。每天上学前，母亲都会对

1.这道菜有时又叫“凉拌双鲜”。

2.此处“普雷斯”是广场一词“Place”的译音。

我一头浓密的黑发又是缠又是扯的，直到帮我编好两条紧绷绷的辫子才肯罢休。有一天，当她奋力用一把尖齿木梳对付我那不柔顺的头发时，我忽然生出个狡黠的念头。

我问母亲："妈，什么是中国式的折磨？"母亲嘴里衔着一个扁平发卡，只是摇了摇头。她把手掌沾湿，帮我抚平耳朵上方的头发，然后将发卡紧贴着我的头皮夹上去。

"这是谁告诉你的词？"从她问话的态度来看，根本不知道我在故意使坏。我耸了耸肩说："我班上有个男生说，中国人会搞'中国式的折磨'。"

"中国人会搞很多事的，"母亲轻描淡写地说，"中国人会做生意，会给人看病，还会作画；不像美国人那么懒惰。我们是会折磨人，而且还是最会折磨人的。"

其实，那套象棋是哥哥文森特得到的。那时，我们去参加第一中国浸礼会举办的年度圣诞聚会，教堂地点就在小巷尽头。教会的女传道士们将另一个教堂捐赠的圣诞礼物装在一个大袋子里。礼物外面都没标明是什么东西，不过他们会按照年龄和性别将礼物区分后装在不同的袋子里。

我们堂区有个华人穿上圣诞老人的服饰，还戴着粘白棉球的硬纸假胡子。我觉得如果哪个小孩把他当真，那一定是太幼稚了，居然不晓得圣诞老人不是中国人。当轮到我挑选礼物时，圣诞老人先问我的年龄。我觉得这个问题有点难，因为按照美国人的算法，我七岁；而按中国人的习惯，我八岁。于是我只好说自己是1951年3月17日出生的，这样圣诞老人应该是能明白了。然后他严肃地询问我在过去的一年里，是不是个乖孩子，信奉耶稣基督，听父母的话。我知道只有一种答案，便以同样严肃的态度点了点头。

我仔细观察过其他小孩打开的礼物，所以早已心知肚明，那些看上去大大的礼物不一定是最好的。有个跟我同龄的女孩选了一个大的，结果是一本关于《圣经》人物的彩印书。但有个不那么贪心的女孩选了只小盒子，却得到了一个玻璃瓶装的薰衣草香化妆水。摇晃盒子发出的声响也很关键。有个十岁的男孩选了个一晃就叮当作响的盒子，结果是个镀锡铁皮的地球仪存钱罐。他肯定觉得里面塞满10美分和25美分的硬币，因为当他发现里面只有10个1美分硬币时，他当即拉长了脸孔，无法掩饰自己的失望之情。他母亲见状在他头上扇了一巴掌，然后把他拉出了教堂大厅，还边走边对在场众人道歉，说这么好的礼物她儿子都不懂得珍惜，真是太不懂事了。

所以我一边往口袋里看，一边飞快地用手掂量着剩下的几个礼物，根据它们的分量来猜测里面装的是什么。我选了个包装严密的沉甸甸的礼物，外面裹着亮闪闪的银色箔纸，还扎着红色缎带。那是一盒十二支装的卷筒状棒棒糖，所以余下的时间我都在一次次根据自己喜好的口味整理这些糖果。我哥哥温斯顿选得也挺不错，他的礼物是一盒复杂的塑料零件，按照包装盒上的说明，要是全部组装好就会成为一艘二战潜水艇的仿真微缩模型。

文森特选到的是一套国际象棋，在教堂的圣诞聚会上这本来算是相当不错的礼物，不过明显看得出用过，而且我们后来才发现，它还缺了一个黑兵和一个白马。母亲当场对这位不知姓名的捐赠者表达了感激之情："礼物真好，太贵重了。"一个满头银丝的老太太听后，对我们全家点了点头，低声说了一句："圣诞快乐。"

到家以后，母亲让文森特将象棋扔掉。"她不要的东西，咱们也不要。"母亲说着，使劲把头甩向一侧，脸虽绷着，却流露出一丝颇为高傲的微笑。我的哥哥们可不听她这一套，他们早已摆好棋子，正翻阅着那本皱皱巴巴的说明书。

圣诞节假期那一周，我都在观看文森特和温斯顿下棋。棋盘对于我而言，似乎蕴含着许多有待解决的玄妙谜局。棋子比老李用来治愈祖先诅咒的魔法草药更厉害。哥哥们严肃的表情使我坚信，有种东西比躲开鸿兴餐馆那扇诡异的小门更重要。

"让我下！让我下！"哥哥们每下完一局我都这样热切地恳求，他俩中获胜的那个会靠着椅背长长地松一口气，另外那人则十分懊恼，对输棋的事耿耿于怀。文森特起初不同意让我玩，我见他们用纽扣顶替遗失的棋子，就把棒棒糖贡献出来取代纽扣，下完棋都归赢家。文森特终于让步了，他选用野樱桃味的棒棒糖做黑兵，薄荷味的做白马。

有一天，母亲和了面，揉好小圆面皮，准备那晚吃蒸饺子。文森特指着每个棋子，向我解释游戏规则："咱们每人都有十六个棋子，一个王，一个后，两个车，两个马，两个象和八个兵或卒。兵只有第一次走棋可以向前走两格，之后每次只能向前走一格。但是兵在吃子时，只能向斜前方走一格。但最开始走棋时，兵可以向斜前方走一步，吃掉平行相邻的过路兵。"

"为什么？"我一边挪动着我的兵一边问道，"为什么一次不能多走几格？”

“因为它们是兵啊。”哥哥说。

“但为什么只能吃斜前方的棋子啊？为什么棋子里没有女人和小孩？”

“为什么天空是蓝色的？为什么你总问这些愚蠢的问题呢？”文森特反诘道，“这是个游戏，要遵守游戏规则。规则又不是我定的，你看这里，书上都写着呢！”他手里拿着“兵”，翻开解释兵的规则那页：“兵。P-A-W-N，兵。你自己看吧。”

母亲拍掉手上的面粉，心平气和地说：“让我看看这书。”她漫不经心地快速浏览了一下，似乎没有特意在查找什么。

她看后总结道：“这是美国人的游戏规则。每到一个国家，人都必须要知晓当地的规则。如果你不知道，裁判会说，很不幸，你没过，回去吧。他们不会告诉你为什么按他们的规定办就行。他们只会说，不知道为什么这么规定，你自己琢磨去吧。其实他们始终心知肚明，所以你最好还是遵守规则，然后自己去想道理吧。”说罢，母亲把头往后一甩，露出得意的微笑。

我后来终于明白了所有这些“为什么”。我仔细阅读了游戏规则，还翻词典查了一些不懂的词汇。我从唐人街的图书馆借阅相关书籍，研究每个棋子，试图从中汲取能量。

我学会了如何开局，也明白尽早把控棋盘中心地带的重要性。我懂得了两点之间的直连线最短，还学会了中局的应对方法。我还认识到对弈双方战术的较量就像思想的碰撞，而棋艺更高的那个人往往对发起进攻和脱离陷阱都具有最清晰的思路。在终局阶段，最关键的是具有前瞻性，用数学思维快速计算出所有棋招的可能结果，还要有耐性。一位棋艺高手能对对手的优缺点洞若观火，而一个疲于应付的棋手则往往蒙昧其中。我发现就全局而言，一个棋手必须蓄势，棋局未开就对终局有充分的判断。

我还认识到永远不可以向他人解释"为什么"，因为自己私藏的一点小本领总是能在将来派上大用场。这就是象棋的力量，游戏的奥秘只可展示，不能言传。

我爱上了自己在国际象棋六十四个黑白方格之间发掘的奥秘。我仔细地手绘了一张棋盘，把它钉在床头的墙壁上，一到晚上便凝视那张棋盘，脑海中想象着各种棋局。很快，我就不再输棋，也不会输掉棒棒糖了，但我却失去了对手。温斯顿和文森特不愿和我对弈，他们发现自己更喜欢放学以后戴着卡西迪牛仔[1]帽在街上游荡。

一个春寒料峭的下午，我放学后走在回家路上，绕道穿过巷子尽头的那个操场。我看到有一群老人摆了张折叠桌，有两人坐在桌边下象棋，其他人一边观战，一边抽着烟斗，吃着花生。我赶紧跑回家，抄起文森特用皮筋捆着棋盘的那个纸盒，还精心挑选了两卷棒棒糖。我回到公园里，慢慢走近一个观棋的人。

"想下吗？"我问道。他露出极其诧异的表情，但当他看到我胳膊下夹着的纸盒时，不禁咧嘴笑了。

1.卡西迪牛仔（Hopalong Cassidy），美国作家莫佛德（Clarence E. Mulford）于1904年创造出来的一个牛仔英雄角色，该角色之后作为主人公出现在同一作家的多部畅销小说和短篇故事当中。

“小妹妹，我好久没跟娃娃下棋了。”他友善地笑着说道。我当即把纸盒往他身边的长椅上一放，以实际行动来表明自己的反击和挑战。

他让我称呼他“老伯”，我发现他的棋艺比我哥哥们高多了，所以一开始我输掉了很多棋局和棒棒糖。但是几周下来，随着棒棒糖越来越少，我也悟出了许多新的诀窍。老伯告诉我每个棋招的名字：“两面夹击”“落井下石”“同宗急集”“睡哨惊起”“卑奴弑君”“飞沙蔽目”“一石二鸟”“无血双杀”等等。

下棋的礼仪和规矩也有颇多精微之处，比如吃掉的子要排列整齐，就像善待囚犯一样；永远不要沾沾自喜地喊“将”，以防别人会“暗剑封喉”；输棋时不要负气将棋子扔到沙坑里，因为事后你不得不向周围的人道歉，还得自己把丢掉的棋子找回来。到夏末时，老伯已经对我倾囊相授，我的棋艺也有很大进步。

每逢周末，我下棋时接连击败对手，总能引起一小群中国人或是游客围观。母亲也会加入观棋的行列，因为这几乎成了一种户外表演赛。她自豪地坐在长椅上，以中国式的谦逊态度向我的仰慕者们解释说：“这是运气。”

有个看我在公园下棋的人向母亲建议，叫我参加当地的象棋锦标赛。对此，母亲优雅地报以一笑，不置可否。我虽然十分渴望参赛，但还是忍住不动声色。我知道她不会同意我跟陌生人下棋，所以当我们一起走回家时，我小声说自己不想参加当地的锦标赛，因为他们遵守的都是美国人的那套规则，而且如果我输了，会给家里丢脸。

“没人推你，你自己就倒了，那才叫丢脸呢。”母亲如是说。

我第一次参加锦标赛时，母亲陪我坐在最前面那排，等待首轮比赛开始。我们坐在金属折叠椅上，我不停地从冰冷的椅子上抬腿。当点到我的名字时，我从椅子上一跃而起。母亲把一个小包展开摊在她腿上，原来是外婆当年送她的那块“璋”——一小块如骄阳之火的红玉。“它能带给你好运。”母亲低语道，然后将红玉塞到我衣兜里。我转头看着我的对手，是个来自奥克兰的十五岁男孩。他瞅了我一眼，皱了皱鼻子。

我一下起棋来，那个男孩就从我视野中消失了，屋里的一切都黯然失色，我眼中只有自己的白子和棋盘那边他的黑子，一阵微风拂过我的耳畔，低语着只有我能听到的秘密。

那阵微风呢喃道：“南风来，了无痕。”我看到一条清晰的路，也看出需要避开的陷阱。观赛的人们在窃窃私语，屋角有人发出“嘘！嘘！”声请大家保持安静。我耳畔的风声更猛烈了。“从东面扬沙扰乱他。”我将一个马走到前面，准备牺牲掉它。耳畔的风吹得越来越响了。“吹吧，吹吧，吹吧。他看不清了。现在完全看不见了。让他避开风头吧，这样他就更容易被击败了。”

“将！”我这么说着，连风里都卷着阵阵笑声，后来渐渐停歇，只能听到我自己的呼吸。

母亲将我的第一个奖杯放在一套崭新的象棋旁边，这是社区的一个道教组织送给我的。母亲用软布擦拭每个棋子时对我说：“下次少丢些棋子，多赢点。”

我解释道：“妈，你丢多少棋子并不重要，有时需要弃子争先的。”

“还是少丢些好，要看是否真有必要。”

我又赢得了下一场锦标赛，但母亲笑得比我还开心。

“这次丢了八个棋子，上次是十一个。我跟你说的对吧，丢得越少越好。”我听得烦，但没法回嘴。

我参加了更多的锦标赛，每次比赛都在离家更远的地方。我赢得了所有赛区的全部比赛。我家楼下那家中式糕饼店在橱窗里陈列着我不断增多的奖杯，奖杯周围是些从来无人打理、落满灰尘的蛋糕。在我赢得一个重要地区性锦标赛的第二天，橱窗里摆出一块新鲜出炉的单层大蛋糕，上面铺着奶油糖霜和红色贺词：“祝贺你！韦弗里·江，唐人街的象棋冠军。”不久，一家经营鲜花、墓碑和殡葬服务的店铺提议要赞助我参加全国锦标赛。从那时起，母亲决定我不用帮家里洗碗了，由温斯顿和文森特来分担我所做的家务。

“为什么她可以玩，而我们必须做家务。”文森特抱怨道。

“这是新的美国规则。”母亲说，“妹妹下棋时，要绞尽脑汁去赢棋。你们玩，还不如去把毛巾拧干呢。”

到九岁生日时，我已成为全国象棋冠军。我距离大师级别虽然还差429个赛事积分，但已被誉为“美国的伟大希望”“神童”，而且是女孩。《生活》杂志还刊登了我的一张照片，旁边配上了博比·菲舍尔[1]的话：“棋坛上永远不会出一个女子象棋大师。”下面

1.博比·菲舍尔（Bobby Fischer），美国首位国际象棋世界冠军。

的文字说明是:“该你走了,博比。”

他们拍摄杂志照片那天,我扎着平整的辫子,夹着人造钻石镶边的条状发卡。我在一个高中的大礼堂里下棋,礼堂中回荡着带痰的咳嗽声,还有带橡胶垫的椅子腿在新打蜡的木地板上移动的刺耳声响。坐在我对面的是一个美国男子,年纪与老伯相仿,约莫五十岁上下。我记得他额上沁着汗珠,仿佛我每走一步,他的汗水都会流泪似的齐刷刷掉下来。他身穿臭烘烘的深色西装,其中一个口袋里鼓鼓囊囊地塞着一大块白手帕,他每次都先用这块手帕擦擦手掌,然后夸张地挥手掠向选定的棋子。

我身穿笔挺的粉白两色裙装,领口的蕾丝花边直扎脖子,这是母亲为此类特别场合专门缝制的两件衣服中的一件。按照母亲调教好的专供媒体摄影的姿势,我双手交握,顶住下颌,将肘部最凸出的部位轻轻支在桌上。我像个校车上不耐烦的孩子,来回晃动着醒目的皮鞋。我会不时停下来,噘起嘴唇,将我选定的棋子拿在半空画着圆圈,显得踌躇不决,随后猛然将它放在一个极具威胁的新位置,同时向对手甩出一个胜利的微笑作为回敬。

我已不在韦弗里广场的小巷子里下棋了,也不再去那个老人与鸽子们聚集的小操场了。我去学校上课,之后径直回家学习新的棋艺,如何机智地不露锋芒,如何找到更多逃生路径。

但我发现在家很难集中精力。母亲习惯于站在旁边观看我摆棋局,我觉得她将自己视作保护我的盟军。她双唇紧闭,我每走一步,她鼻子里就会喷出一声长长的“哼嗯……”

“妈,你那样站在这儿,我都没法练了。”我有一天终于忍不住说了出来。母亲便缩进厨房里，将锅碗瓢盆弄得乒乓乱响。当碰撞声止歇后，我用眼角余光瞥见她正站在我屋门口，哽塞的喉咙里只发出“哼嗯”的一声。

父母为支持我练棋，做出过不少妥协。有一回，我抱怨和哥哥们共享卧室太吵闹，根本无法认真思考。结果，哥哥们被勒令移到临街客厅的一张床上。我说自己吃不下那么多米饭，因为吃得太饱脑子就不转了，碗里的饭菜还剩一半时，我就离开餐桌，谁也不数落我。但有一项义务我无法避免，那就是每逢周六只要没有锦标赛，我就必须陪母亲去购物。母亲会自豪地跟我一起去逛很多商店，但很少买东西。只要有人向母亲这边看过来，她都要这样夸耀：“这是我女儿，韦弗里·江。”

有一天，我们走出一家商店后，我压低声音说：“我希望你以后别这样，不要对每个人都说我是你女儿。”母亲停下脚步。步行道上，人群摩肩接踵，拎着沉重的购物袋从我们身旁挤过。

“哎呀，和妈妈在一起，就让你这么丢人吗？”她直勾勾地盯着我，抓着我的那只手又钳得更紧了些。

我低下头。“不是这样，只是这是明摆着的事实。让人多难堪呀。”

“做我的女儿很难堪？”母亲声音中爆出怒气。

“我不是这意思。我也没这么说啊。”

“那你想说什么？”

我明白再说什么都不对，但仍不禁脱口而出：“你就一定要拿我来炫耀吗？如果你想炫耀，那为什么你不去学下象棋？”

母亲的眼睛眯成了两道令人胆寒的黑线。她对我无话可说，只留给我一片死寂。

我感到风猛烈地吹过我涨红的双耳。我使劲甩开母亲紧抓的手，扭头就走，结果和一个老太太撞个满怀，她购物袋里杂七杂八的东西撒了一地。

“哎呀！笨蛋！”我母亲和老太太异口同声地嚷道。只见柳橙和罐头沿着人行道滚了下去。母亲赶紧弯腰帮老太太捡拾四散的食品，我则趁机一溜烟跑了。

我沿街一路向前跑，在人群中快速穿梭着，母亲厉声大喊“妹妹！妹妹！”，可我头也不回。我沿着小巷继续跑，那里有深色窗帘遮挡的商店，商贩们在清洁橱窗上的污垢。我冲进一条阳光明媚的大街，这里挤满了正在挑选小玩意儿和纪念品的游客。我又闪进另一条昏暗的小巷，然后又是一条大街，之后是另一条小巷。我拼命跑着，直到感觉难受，发现自己已走投无路，我什么也逃不过。小巷子里没有任何出路可寻。

我大口喘着粗气，好像愤怒地喷出烟雾一般。天气很冷，我瘫坐在一个倒扣的塑料桶上，旁边堆了一大摞空盒子。我双手托腮，陷入沉思。我想象母亲先是快步走过一条条街道找寻着我，后来放弃了，只好在家里等我回去。两个小时以后，我站起身，拖着疲惫不堪的双腿，慢慢走回家去。

通向我家的小巷寂静无声。我能看见我家公寓那里射出昏黄的灯光，像夜色中的两只老虎眼睛。我蹑手蹑脚地爬上通向大门的十六级台阶，极力不发出任何声响告示我已归来。我转动门把手，但门已上锁。我听到屋里有椅子移动的声音，有人快步走来，将门锁“咔咔咔”地转动三下，随后，门开了。

“你早该回家了，”文森特说，“伙计，你有麻烦了。”

他说完就溜回餐桌边。盘子上是一条吃剩的大鱼，鱼头上有点肉，还连在鱼骨上，似乎正徒劳地向上游着准备逃脱。我站在那儿，等着接受惩罚，只听见母亲冷冰冰地说：“咱们别理睬她。她根本不把我们放在眼里。”

没有人看我，只见大家狼吞虎咽，用筷子把碗刮得“当当”作响。

我走进自己的房间，关上门，躺倒在床上。屋里很暗，邻居家用餐时的灯光和人影透过来，映得天花板上满满当当。

我脑海中呈现出六十四个黑白格的棋盘，我对手的眼睛眯成两道愤怒的黑线，带着满脸胜利的笑容说：“最厉害的风都是不易被察觉的。”

她的黑子步步进逼，势如破竹地向我这一方压倒过来。我的白子尖叫着四散奔逃，接二连三地跳下棋盘。当她的黑子挺进到我的棋盘这边时，我感到浑身轻飘飘的。我升到空中，从窗口飞了出去，越飞越高，飘过小巷，飞越一个个屋顶。一阵风将我卷起，推向夜空，直到下面的一切都从我眼前消失，只剩我孤身一人。

我闭上双眼，思考自己的下一步，该怎么走。

丽娜·圣克莱尔：隔墙有声

小时候，母亲告诉我，外曾祖父曾以最恐怖的方式将一个乞丐处以极刑，后来那个人变作厉鬼向外曾祖父索命。反正他在那之后一个星期就去世了，也可能是死于风寒吧。

我曾一次次在脑海中重演那乞丐生命的最后时刻，我看到刽子手扒掉他的上衣，将他带到一个空旷的地方。刽子手高声宣布："这个谋反者被判凌迟处死。"但还没等刽子手举起尖刀杀他，人们发现那乞丐早已吓得魂飞魄散。几天之后，我的外曾祖父看书时突然一抬眼，只见那乞丐的鬼魂就站在面前，全身上下犹如摔得粉碎的花瓶于仓促间被拼回原状似的。厉鬼对他说："尖刀砍下来时，我以为这是要忍受的最痛苦的折磨。但我错了。最痛苦的，是阴间的煎熬。"厉鬼说罢，伸出嶙峋的手臂勾住外曾祖父，拽着他穿墙而过，叫他也去体会一下个中滋味。

我有一次问母亲，他究竟是怎样死的。母亲说："死在床上，很快的，就在他病倒的两天以后。"

"不，不，我问的是另一个人。他怎么被杀死的？他们是先剥了他的皮吗？他们有没有用切肉刀砍碎他的骨头？他尖叫了没有？他真能感受到千刀万剐吗？”

“啊！你们美国人怎么满脑子都是些变态的想法？”母亲用中国话冲我嚷道，“那个人死了都快七十年了，他到底怎么死的，跟你有什么关系？”

我总觉得这与我密切相关。我需要知道会有什么最糟糕的事降临到自己身上，清楚自己该怎样避免它，要懂得如何避免被某种不可言说的魔力抓走。尽管那时我只是个孩子，但我已能察觉到我家屋子周围笼罩着一些大人们讳莫如深的恐怖东西，这些东西不停地纠缠我的母亲，直到她被迫将自己深藏于内心的一个黑暗角落。但是，这些恐怖的东西还是找到了她。这些年来，我一直在旁观察，眼见它们一点点将母亲吞没，直至她彻底消失，最终变成一个鬼魂。

我记得，母亲心中黑暗的一面肇始于我们奥克兰老房子的地下室。那时我五岁，母亲总是刻意不让我看到它，为此，她用一把木椅子挡在地下室门后，还用一个链子和两种不同型号的锁将门牢牢锁住。于是，那扇门在我眼中变得极其神秘，我千方百计想要打开它。终于有一天，我用纤细的手指将门撬开了，结果一头栽进门后的黑洞中。后来，母亲抱着我不断安抚，我看见自己的鼻血滴落在她肩头，吓得大叫起来。直到我终于平静下来后，母亲这才告诉我，有个坏人住在地下室里，还向我解释为什么永远都不能再打开这扇门。母亲说，那人已在这里住了好几千年，十分邪恶和贪婪，要不是母亲及时将我救起，他会让我生下五个孩子，之后把我们当作六道菜吃掉，最后还会将吃剩的骨头扔在邋遢的地板上。

从那以后，我开始看到自己周围可怕的东西。我是用自己遗传自母亲的中国式眼光看到这些东西的。我在沙坑里挖了个洞，然后能看到那个洞下面群魔乱舞。我看到闪电长了眼睛，四处搜寻它想要击倒的小孩。我看到一只甲虫长着小孩的面孔，吓得赶紧用我的三轮车轮将它压扁。到我长大些了，我能看到学校里那些白人女孩看不见的东西。吊环会突然断裂，将正在玩吊环的小孩甩到空中。链球会瞬间将一个女孩的头砸破，脑浆流遍整个操场，她的朋友却在一旁哈哈大笑。

我看到的这些事情，没有告诉过任何人，甚至也没对母亲说起过。可能因为我的姓氏是圣克莱尔，所以周围大多数人都不知道我有一半中国血统。别人对我的第一印象，都是觉得我长得像父亲。我父亲是个英籍爱尔兰人，骨骼粗大却不失纤巧。如果别人观察我时凑得足够近，并且知道我的长相有部分遗传自中国血统，那么他们就能看出我身上的中国零件了。我的脸颊不像父亲那样棱角分明，而是像沙滩上的鹅卵石一般光滑。我不像父亲那样拥有草黄色头发和白皙的皮肤，但我的肤色看上去太苍白了，仿佛曾经的深色皮肤被阳光晒得褪了色。

我的眼睛和母亲一样，几乎没有眼皮，犹如用短刀迅速划在万圣节南瓜灯上的两道切口。我曾习惯用手将眼睛往中间挤，这样可以使它们看上去更圆些。我有时也会把眼睛瞪得很大，直到露出眼白为止。但当我这样圆睁双眼在家里走来走去时，父亲便会问我为何看上去如此惊恐不安。

我有一张母亲的照片，那上面的她同样这般惊恐不安。父亲说，这是母亲从天使岛移民站释放后第一次照的相。她在那儿待了整整三个星期，直到移民站的工作人员得到足够的证明文件，从而判断她究竟是战争新娘、难民、学生，还是美国公民华裔的妻子。父亲说，移民站本来没有针对白人公民娶的中国妻子的规定，但最终，他们将母亲判定为逃难到美国的人，于是母亲便沦落成众多移民类型中的一员。

母亲从不对我说起她在中国的生活，但父亲说，是他，将母亲从水深火热中解救出来，那是一段她无法诉说的悲惨经历。在母亲的移民申请中，父亲骄傲地将她命名为“贝蒂·圣克莱尔”，并一笔勾销了她的曾用名“顾莹映”。随后，他又将母亲的出生年份从1914改为了1916。因此，随着父亲的大笔一挥，母亲不仅丢掉了姓名，生肖也从虎变成了龙。

从这张照片，你能看出我母亲为何看上去像个逃难的人。她紧抓着一个河蚌形状的大包，仿佛有人会趁她不备将包偷走似的。她身穿长至脚踝的旗袍，两旁的开衩不算太高。母亲上身套着一件西式夹克衫，配上她瘦小的身材、隆起的垫肩、夹克的翻领和超大的衣扣，让人觉得有点时髦，也有点别扭。这是父亲送她的礼物，也是母亲的结婚礼服。从她这身行头，既看不出她是从哪儿来，也说不好她要到哪儿去。她的头稍向下低，所以你能清楚地看到左额上面平整的白色发线一直向头顶的黑发间延伸过去。

尽管她低着头，显出几分挫败的谦恭，但她双眼圆睁，目光向上抬起，越过相机，到达后面更远的地方。

“她为什么显得很害怕？”我问父亲。

父亲向我解释说，只是因为他想让母亲笑一笑，结果母亲使劲儿睁着眼直到明晃晃的镁光灯亮过十秒钟后才眨眼。

其实，母亲看上去总是如此，始终挂着一副惊恐的表情，似乎在等待什么事情发生，直到后来她再也无力睁眼为止。

❋ ❋ ❋

有一次，我们走在奥克兰的唐人街上，母亲突然抓起我的手，将我拉近她身边，还对我说：“别去看她。”我当然要看看是怎么回事了。只见一个女人倚墙坐在人行道上，看上去年纪不太大，可也不算年轻，双眼无神，好像多年未眠似的。她的手指尖和脚趾尖都是黑色的，犹如浸泡过印度墨水一般，但我知道那是溃烂造成的。

“她怎么把自己搞到这个地步？”我轻声问母亲。

“她遇到了一个坏男人，”母亲说，“让她怀了一个她不想要的孩子。”

我明白这不是实话。我知道为了警告我，让我避开那些未知的危险，母亲什么故事都能编造出来。母亲能在所有事物中看到危险，甚至在其他中国人身上也是如此。在我们生活和购物的地方，大家都讲广东话或英语。母亲来自无锡，离上海很近，所以她讲普通话和一丁点英语。父亲只会说几个零星的中文短语，所以他坚持主张母亲学英文。母亲和父亲说话时，通常会掺杂进情绪、手势、表情和沉默来辅助，有时英文说得磕磕绊绊，就沮丧地用中文来发泄：“说——不——出——来。”这时，父亲便会按自己的想法来解读母亲的话。

“我觉得妈妈是想说她累了。”每当母亲情绪不佳时，父亲会这样低声对我说。

“我想妈妈在说，咱们简直是全国最棒的家庭！”当母亲做出美味佳肴时，父亲会如此兴高采烈地欢呼。

但母亲单独和我在一起时就会讲中文，估计她说的这些父亲是无法想象的。我完全能听懂她说的词语，却无法明白它们用在一起的含义，因此在我看来，母亲说的只是些彼此风马牛不相及的想法。

“不管是去上学还是放学回家，你都必须两点一线，不走岔路。”母亲认为我已长大，可以独自上下学时，便这般叮嘱我一番。

“为什么？”我问。

“你不会明白的。”她回答。

“为什么不会？”

“因为我还没把它灌输到你脑子里。”

“为什么不灌输给我？”

“哎呀！哪儿来这么多‘为什么’！因为想想都觉得太可怕了。你可能会被坏人掳走，他们把你卖给别人，还强迫你生孩子。然后你就只好杀死这个孩子。当别人在垃圾桶里发现这孩子的尸体，接下来会怎么样呢？你只有去坐牢，最后死在牢里。”

我清楚这不是真正的答案，但我也会编造一些谎言来防止坏事发生。当我把学校里那些没完没了的表格、指示、通知和打来的电话翻译给母亲听时，其实也经常撒谎。有一次，母亲把杂货店的罐子打开闻闻是否新鲜，引来店员不满地冲她大吼。母亲问我："什么意思？"我十分尴尬，只好扯谎说这家店不许中国人购物。学校发通知说要给学生接种小儿麻痹症疫苗，我把时间和地点告诉了母亲，然后说学校现在要求全体学生必须使用金属午餐饭盒，因为老式的纸质餐袋会传播小儿麻痹症病毒。

❊ ❊ ❊

有一天，父亲骄傲地宣布："咱们高升啦！你妈可要高兴坏了！"原来是父亲被提拔为制衣厂的销售主管了。

从地理位置上来说，我们也确实高升了。我们跨过海湾区，来到旧金山，而且搬到位于北滩的一座小山上，邻居都是意大利人。这里的人行道很陡，我每天不得不将身体使劲儿前倾才能从学校走回家去。那时我十岁，心中盼望着能将多年来的恐惧统统留在奥克兰的老宅里。

我们的新公寓共有三层楼，每层两户。公寓的外墙翻新过，盖着一层白色泥灰，还安装了几排相互连接的金属防火救生楼梯。但公寓内部比较老旧，推开嵌着狭长玻璃窗的前门，就来到布满灰尘的走廊，混杂着这幢公寓里每个住户的生活气息。所有住户的姓氏都挂在前门上，姓氏旁是各家的蜂音器。这里住着安德森家、吉奥迪诺家、海曼家、瑞奇家、梭奇家，还有我们圣克莱尔家。我家住二楼，由于是夹心层，所以既能感受到楼下飘来的饭香，也能听到楼上的脚步声。我的卧室临街，每当夜幕降临，我便在脑海中勾勒出另一种生活：雾气缭绕的小山上，汽车在奋力爬坡，不停地加大油门，不断地打着轮。快活的人们抽着烟，高声谈笑着："我们就要到了吧？"一条猎兔犬爬起身，开始吠叫，数秒后救火车的警笛应声响起，一个愤怒的女人冲那狗嚷道："山米！坏狗！闭嘴！"这一切都在我意料之中，带来踏实放心的感觉，所以我很快就睡着了。

母亲对我们的新家并不满意，不过最初我没察觉到这一点。我们搬来后，母亲一直忙于安置新家，她将家具摆放好，开包取出餐具，还往墙上挂了些照片。这些工作大概花了她一周时间。不久后的一天，在母亲和我走去汽车站的路上，一个男人的出现瞬间扰乱了她平稳的生活。

那是个红脸的中国人，在人行道上踉踉跄跄地走过来，仿佛迷路了。他那糊着眼屎的双眼看到了我们，马上挺直身子，伸出双臂冲我们喊道："我终于找到你啦！苏西·王，我的梦中情人！哈！"他咧着大嘴，张开双臂朝我俩飞奔过来。母亲见状，突然松开我的手，双臂挡在自己身前，仿佛赤身裸体，别无他法保护自己。母亲放开我的那一刻，我眼见这危险的男人扑面而来，吓得尖叫起来。之后来了两个嬉笑的男人将这个红脸男人拉走了，使劲晃着他说："乔，得了，看在基督的分上。你吓着这个可怜的小姑娘和她的女佣了。"直到此时，我仍尖叫个不停。

那一整天，无论是坐公共汽车，出入商店还是买晚餐食材的时候，母亲始终在颤抖，她紧抓着我的手，弄得我生疼。当母亲松开我的手要掏钱包结账时，我准备偷偷溜去看糖果，但被她飞快地一把揪了回来。这一刻我突然意识到，母亲对之前没能更好地保护我而深感内疚。

我们买完东西刚一回到家，母亲就开始收拾起罐头和蔬菜来。然而，她似乎觉得有什么不对劲似的，忽而又将两个架子上的罐头对调了一下。之后，她快步走到客厅，将正对前门那面墙上的圆形大镜子移到了靠沙发那边的墙上。

“你干吗呢？”我问。

她用中文嗫嚅着说了些“东西没摆正”之类的理由，我感觉她是指东西看起来的样子，而不是给人的感觉。后来，她又开始挪动大件的家具，包括沙发、椅子、茶几和一幅金鱼的水墨画卷轴。

“这是怎么了？”父亲下班回家问道。

“妈想让家里看着更舒服。”我帮着打圆场。

翌日，我放学回家后，发现母亲又将所有家具都折腾过一次了，每样东西都放置在新的地方。我预感到要有大祸降临。

“你为什么要这样做？”我问母亲，但打心底害怕她会对我说实话。

但母亲仍旧对我嘟囔了一番荒诞不经的中国式解释：“当有东西违背你的天性时，你就不是处于平衡状态。我们这幢房子建得坡度太陡了，从山顶刮下一阵邪风，你的全部能量就会被吹到山脚下了。所以你永远都无法进步，总是倒退。”

然后，母亲指着墙壁和房门继续说：“看到这门廊有多窄了吧，就像被人勒住的脖子。厨房正对着厕所，所以你的全部价值都会被冲走。”

“但这到底是什么意思呢？如果不均衡会怎样？”我追问道。

事后，父亲向我解释说：“你妈妈只不过是在发挥她筑巢的本能罢了，所有做母亲的人都有这种本能。等你长大了就会明白。”

父亲居然从不担心，真叫我感到诧异。难道他看不见吗？为什么母亲和我比他看到的更多呢？

数日后，我发现父亲一直是对的。那天放学回到家，我刚一走进卧室，就发觉母亲又将这里的格局重新调整了一番。我的床从窗边移到了靠墙的地方，取代它原先位置的，竟然是一个二手的婴儿床。所以那个“隐秘的危险”原来是母亲隆起的肚子，这也是母亲感到不平衡的根源，她又要生小宝宝了。

“看到了吧。”父亲和我一同站在婴儿床前时，他对我说，“筑巢的本能。这就是小窝了，将来会有小宝宝住在里面。”父亲想象着这个即将住进婴儿床的小婴孩，喜悦之情溢于言表。但他看不到我之后所见的事：母亲开始不停地撞到东西，有时撞的甚至是桌脚，好像她全然忘记自己肚里有孩子，又仿佛是她有意跟自己过不去似的。她从未提及迎接新生命的愉悦心情，恰恰相反，她总抱怨周围有种沉重感在压抑自己，苦恼于周围事物不平衡或是不和谐。所以，我对她肚里怀的孩子深感忧虑，担心它会在从母腹到婴儿床的半途中遇到麻烦。

自从我的床靠墙以后，我夜里幻想的生活内容都改变了。现在我已听不到街上的动静，而是听到从墙那边的邻居家传来的声音。按照公寓大门上蜂音器旁的名字，这户邻居就是梭奇一家了。

第一晚，我听到不清楚的叫喊声。是个女人？还是个小姑娘？我将耳朵紧贴墙壁，能听到一个女人愤怒的叫嚷声，之后是一个女孩更大声地顶嘴。现在，所有这些声音似乎都有意往我耳朵里钻，仿佛火警警报转向我们这条街似的。我听见她们俩互相之间的指责声此起彼伏："我跟你没什么好说的了！……你干吗总来烦我？……你给我滚出去，别回来！……我死了算了，我恨不得现在就死！……你怎么还不去死啊！"

之后，我听到摩擦声、撞击声，她们推搡着、叫嚷着，突然传来"啪！啪！啪！"三声，我想是杀人了，有人正在被宰杀。在一片尖叫和吵闹声中，我看到一个母亲将利刃高高举过女孩头顶，正将女儿千刀万剐，先砍掉辫子，然后一刀刀地刮掉头皮、眉毛、脚趾、手指、颧骨、鼻梁，直到一点不剩，寂静无声。

我躺回枕头上，想到自己刚刚以耳朵和想象所"目睹"的一切，心怦怦跳个不停。有个女孩被杀了。我偷听到这一切，既欲罢不能，又爱莫能助，心中的恐惧始终难以平静。

但到了第二晚，那个女孩复活了，伴随更多尖叫声和打骂声，我觉得她再次陷入生命危险中。这种情况夜复一夜地继续着，墙那边的声音不断涌向我，这就是可能降临的最坏厄运——因为不知道这厄运何时才会结束而感到恐惧。

有时，我在楼道都能听见这个住在对门大声嚷嚷的人家。他们家住在通往三楼的楼梯那边，我家则住在通向一楼大厅的楼梯这边。

"你要是从楼梯扶手滑下去摔断了腿，我就拧断你脖子！"一个女人喊道。随后从楼梯上传来一阵沉重的跺脚声："记得取回你爸的西服！"

由于我对于她们可怕的生活了解如此细微，所以当我第一次直接亲眼见到那家的女孩时，不禁吓了一大跳。当时我抱着一大摞书，正要关上公寓楼的前门。当我转过身时，一眼看到她正向我走来，已然近在咫尺，我失声尖叫起来，怀里的东西掉了一地。她见状窃笑了一下。我很清楚她是谁——这个高个子，我猜大概十二岁、比我大两岁的女孩子。她猛地冲下台阶，我赶紧拾起书本，然后尾随她而去，小心翼翼地在马路另一侧盯梢。

她实在不像那个在我的幻觉中被杀死过一百次的女孩。我在她衣服上找不到血渍。她穿着一件干净利落的白色衬衫，套着蓝色开襟毛衣，下穿蓝绿色百褶裙。其实，我觉得她看上去挺开心的，两条棕色辫子随着她的步伐欢快地跳动。接着，她像是发现我正在端详着她一般，突然转过头来，冲我扮个鬼脸，然后飞快地躲进一条小路，从我视野中消失了。

从那以后，我每次再见到她，便假装低头忙于整理书本或是系毛衣扣，为自己已洞悉她的一切而感到内疚。

* * *

有一天，我父母的朋友许阿姨和坎宁叔到学校来接我，说要带我去医院看望母亲。一路上，他俩神色严肃地说着些无关痛痒的闲话，这使我意识到问题的严重性。

“现在四点了。”坎宁叔看着手表说。

“公共汽车从不准时。”许阿姨搭话道。

当我在医院见到母亲时，她正辗转反侧，似乎半梦半醒。她忽然睁开眼，死死盯着天花板。

“都是我的错，是我的错。我早料到会发生这种事，”她不停念叨着，“可我什么也没做，没阻止这事发生。”

“哦，亲爱的贝蒂，亲爱的贝蒂。”情急之中父亲一个劲儿大声呼喊，但母亲只顾着一刻不停地自责，还紧紧抓住我的手。我感觉她浑身颤抖。然后，她抬眼看着我，眼神很怪异，像是在乞求我饶她一命，好像她能从我这里得到宽恕。她开始用中文对我嘟囔起来。

“丽娜，她在说什么？”父亲大声问。这一次，他可没法为母亲的话加工或代言了。

而这一次，我也无言以对。我很快意识到最坏的事情已经发生，母亲一直以来忧惧的事不再是警示的预言，而的确成真了。所以，我仔细听着母亲接下来所说的话。

“快临盆时，”母亲嗫嚅道，“我早已听见他在我肚子里尖叫。他那小小的手指，紧紧抓着周围，不想出来。但是护士们，还有医生，他们都说要把他拽出来，弄出来。孩子刚一露头，护士们就惊叫起来。原来他的眼睛睁得大大的！他什么都看得见！然后他的身子也滑了出来，躺在桌上，身上冒着新生的热气。

“我一眼就看见他了，他的小腿，他的小胳膊，他脆弱的脖子，然后我突然看到他那颗可怕的大脑袋，我的目光无法从他的脑袋上移开。他睁着眼睛，而且他的头，他的头居然也是打开的。我能透过他的头看到一切，看到他本该有思想的地方，竟然空空如也。‘没有大脑！’医生惊叫起来，‘他的脑袋简直就是颗空蛋壳！’

“那孩子可能听到我们的声音了，他的大脑袋好像充满了热气，从桌上升了起来。他的头转向一边，再转向另一边。他把我看穿了，我知道他能看到我心里所想的一切。我怎么会无意中杀死了自己的儿子呢！我怎么会没想到自己怀了个孩子呢！”

我无法将母亲的话如实告诉父亲。父亲心里想到那个空空的婴儿床，肯定已经非常难过。我怎么还能将母亲的这番疯话告诉他呢？

所以，我这般向父亲翻译道：“她说，我们坚信将来还会再有一个孩子的。她还说，希望这个孩子在另一个世界过得快乐。她觉得我们现在最好离开，去吃晚饭。”

自从那孩子死后，母亲的精神崩溃了，不是瞬间发生的，而是一点一点的，像盘子从碗柜上一只只跌落下来。我从来不知道什么时候会再掉一只盘子，因此，从始至终，我都在焦虑地等待着。

有的时候，她会开始做饭，但中途会突然停下来，任凭水龙头哗哗地流，或是菜切到一半，菜刀凝滞在半空不动了，她也默立不动，任凭自己泪流满面。还有的时候，我们正吃着饭，但不得不放下叉子停下来，因为母亲忽然掩面哭泣，一边却说“没关系”。这时，父亲唯有怔怔地坐在那里，寻思究竟什么事会“没关系”到这种程度。而我，会起身离开餐桌，因为知道这般情形还会发生，而且没完没了。

父亲似乎也崩溃了，不过表现的和母亲不同。他总尝试着想让形势好转，但往往事与愿违，仿佛他本来想跑去接住掉落的东西，但还没接住任何东西他自己就先摔倒了。

“妈妈只是疲劳而已。”父亲是这样对我解释的，当时我们正在金穗饭店用餐，只有我们父女俩，因为妈妈整天像个木头人一样躺在床上。我明白父亲一直惦念着母亲，因为他神色忧郁地盯着面前的餐盘，仿佛里面不是美味的意大利面，而是满满一盘蠕动的虫子。

在家里，母亲总是一副失魂落魄的样子。父亲下班回家，经常拍拍我的头说：“我的大乖女表现如何？”他说这话时，眼神却总是越过我，落在母亲身上。我感到很恐惧，这不是头脑中的反应，而是深深嵌入到了我身体里。我已经不知道是什么令我如此惧怕，却能切实感受到它。我能觉察到寂静家中的任何微小变动。每到夜晚，我能感受到卧室隔壁那边的剧烈打斗，感到那个女孩被活活打死。我躺在床上，将毯子拉到脖子上。我曾经思考哪家更不幸，是墙这边的我们家，还是那边的他们家？我思考良久，又自怨自艾一番，但想到隔壁那个女孩比我更不幸，心里便多少好过了一些。

一天晚饭后，我家门铃响了。这有点奇怪，因为人们通常都会先按响公寓一楼大门上的蜂音器。

“丽娜，能看看是谁来了吗？”正在厨房洗碗的父亲对我喊道。母亲此时躺在床上，而今她总是卧床“休息”，仿佛她已然死去，化作鬼魂。

我心怀戒备地将门拉开一条缝，但认出来人之后，我惊得豁然将门完全敞开。面前正是对门那个女孩。我毫不掩饰自己的惊奇，呆呆地盯着她，只见她冲我笑笑，衣服皱皱巴巴，好像在睡梦中从床上滚落下来似的。

“是谁呀？”父亲问。

“对门的邻居！”我冲父亲叫着，“是……”

“特蕾莎。”她快速提示道。

“是特蕾莎！”我朝父亲喊道。

“请她进来吧。”父亲话音未落，这个不速之客特蕾莎已从我身边挤进家里，并朝我卧室走去。我关上家门，紧跟着她，她脑后两条棕色辫子好似抽打马背的皮鞭一般甩来甩去。

她径直来到我卧室窗边，准备开窗。“你干什么？”我大叫。她坐在窗台上，眼望楼下的小街。然后，她转头看着我，咯咯娇笑起来。我坐在自己床上打量着她，等着她笑完，同时感到一阵冷空气从黑洞洞的窗口吹来。

“有什么好笑的？”我终于按捺不住了，因为我感觉也许她是在嘲笑我和我的生活。或许她也曾贴着墙壁偷听，还从一片死寂中领悟到我家并不快乐。

“你究竟为什么笑？”我责问道。

“妈妈把我赶出来了。”她终于开口了，还说得神气活现，仿佛对此很自豪似的。接着，她又窃笑了一下，继续说道：“我们打了一架，她把我推出家门，还把门锁起来。现在，她肯定以为我会等在门外，直到觉得错了向她赔礼道歉，但我才不会呢。”

“那你打算怎样呢？”我屏住呼吸问，心想她妈妈这次必定会一劳永逸地干掉她了。

“我打算从你家的救生楼梯爬回自己的卧室去，”她压低声音回答，“这样，就换成是妈妈等我了。当她等急了，就会打开家门，然后发现我不在那里！那时我已回到自己卧室，躺在床上了。”她说完又咯咯笑起来。

“等她最终找到你，不得气疯了？”

“才不会呢，她见我没死也没事，高兴还来不及呢。哦，当然了，她表面上会装作气疯了，嗯，差不多吧。我们经常玩这把戏。”言毕，她从我的窗户溜出去，悄无声息地摸回自己家去了。

我久久凝视着那扇打开的窗户，心中不由得为她盘算起来：她怎么还能回去呢？难道她看不出自己的生活有多可怕？难道她还没意识到这种生活永远不会结束？

我躺在床上等待隔壁传来尖叫和吵闹，直到夜深我依然没睡，最后终于听到隔壁在大声说话了。梭奇太太边哭边叫：“你这个笨蛋。我都快急出心脏病了。”特蕾莎也大叫道：“我没死就不错了。我差点掉下去把脖子摔断了。”继而，我听到她俩笑笑哭哭，哭哭笑笑，叫声中充满爱的抚慰。

我愕然了。我几乎看到她们彼此拥抱和亲吻。我也流泪了，真心替她们高兴，看来我之前所想都是错的。

每当忆及此事，我仍能感受到那晚心中激荡起的希望。从那以后，我牢牢把握住这个希望，日日夜夜，年复一年。我虽仍不时看到母亲躺在床上，或坐在沙发上喃喃自语，但我坚信，这种最糟糕的生活终有一日会过去。我头脑中仍会浮现出坏事，但现在我可以设法改变它们。我依旧听到梭奇太太和特蕾莎那些可怕的打斗，但我能从中感受到不同以往的东西。

我头脑中浮现出一个女孩，她抱怨说，不被人关注的痛苦实在不可忍受。我还看见一个母亲，她穿着长长的宽大睡袍躺在床上。然后，那个女孩抽出一把利剑，对母亲说：“你必须忍受凌迟之苦，唯有这样才能救你。”

母亲闭眼坦然接受了。利剑砍了下来，剑影来来去去，上下翻飞，“嗖、嗖、嗖”地剐着母亲。母亲尖声号叫着，痛苦而恐惧。但当她睁开眼睛，却既没看到鲜血，也没见到被割下的肉。

女孩说：“现在你明白了吧？”

母亲点点头。“现在我彻底明白了。我已然经历了最痛苦的时刻，从今往后，不可能有比这更痛苦的事了。”

女儿继续说：“现在，你必须回来，到另一边去。这样你就会明白，之前自己为什么错了。”

女孩说完，拉起母亲的手，带着她穿墙而过，回家去了。

罗丝·许·乔丹：一半一半

母亲以前每周日去第一中国浸礼会时，总会随身携带一本小小的人造革封皮的《圣经》，这是她信仰的明证。但后来，当母亲不再信仰上帝时，这本人造革封皮的《圣经》就被用来垫在一条有点偏矮的桌腿下了，这是母亲用来矫正生活失衡的一种方式。它垫在底下至今已有二十多年。

母亲却装作不知《圣经》在那里。每当有人问及把它搁在那里的原因，她便有些刻意地提高嗓门说："噢，这个啊？我都忘了。"但我知道她是看在眼里的。母亲并不算天下最好的家庭主妇，但这么多年来，那本《圣经》始终一尘不染。

今晚，我看着母亲重复每天晚饭后例行的工作——在同一张厨桌底下清扫。她轻轻地用扫帚在垫桌腿的《圣经》周围拨弄。我望着她扫来扫去，想等时机合适时跟她说说泰德和我的事，我们要离婚了。当我告诉她时，我知道她一定会说："不可能。"

我若又说这是真的，我们的婚姻的确结束了，我知道她仍会来一句："那你必须挽回它。"

尽管我明白一切已无可挽救，也完全没有挽救的余地，但我还是担心如果这么说，她依旧会劝我再努力试试。

❊ ❊ ❊

母亲要我捍卫自己的婚姻颇具讽刺意味，因为十七年前，我刚开始和泰德约会的时候，母亲曾为此十分气恼。我的姐姐们在婚前都只跟教堂里认识的中国男孩约会。

泰德和我是在生态政治学课上相识的。有一次他凑过来，提出愿意花两美元，借我上周的笔记看看。我没有收他钱，却同意让他请喝一杯咖啡。这是我在加州大学伯克利分校第二学期的事，在那里我以文科专业入校，后来转到艺术专业。泰德当时在读医学预科三年级，他告诉我，自从六年级时解剖了一只猪的胚胎，他就为自己设定了这个专业目标。

我不得不承认，最初被泰德吸引，正是由于他和我的哥哥们，以及那些我约会过的中国男孩们迥然不同：他直来直去，对自己所想要的毫不含糊，也笃信自己定能得到，一副固执己见的样子；他的脸棱角分明，身材瘦高，胳膊粗壮。此外，他的父母来自纽约泰兰城，而不是从中国天津来的移民。

有天晚上，当泰德来我家接我出去时，母亲想必也注意到了他身上的这些差异。我回家时，母亲没有上床，仍在看着电视。

“他是美国人。”母亲警告我，好像我自己瞎了眼，没看出他是个外国人。

“我也是美国人，”我回敬道，“再说，我也没说要嫁给他之类的。”

泰德的母亲乔丹太太也有话要说。泰德非正式地邀请我去参加一次家庭野餐，也就是他们家族每年在金门公园马球场旁的一次聚会。尽管最近一个月我们只约会过几次，并且由于各自住父母家，当然也没一起上过床，泰德还是将我作为女朋友介绍给他家所有亲戚，而在此之前我从未意识到这个身份。

后来，泰德和他父亲去跟其他亲戚打排球了，他母亲拉起我的手，沿着草坪散步，离其他人渐行渐远。她亲切地攥着我的手，但眼睛似乎从没看我。

“终于见到你了，我真高兴。”乔丹太太说。我刚想告诉她，自己其实不是泰德的女友，但她继续道：“你和泰德在一起很快乐，我觉得这挺好。但有些话我不得不说，希望你不要误解。”

之后，她心平气和地跟我谈论起泰德的未来，说他必须集中精力攻读医学，因此结婚一事若干年内他连想都不用想。她还向我保证，说她对少数族裔没有一丁点偏见。她和丈夫拥有一家办公用品连锁店，结交了许多不错的东方人、西班牙人，甚至还有黑人。但是泰德将来的职业，注定会被别人用一种不同的标准来衡量，因为病人和其他医生可能不会像他们乔丹家那么通情达理。然后，她对世界上其他人的态度表达了遗憾之情，还说越南战争如何不得民心。

“乔丹太太，我不是越南人，”我柔声说道，虽然几乎要大声吼叫，“我也无意嫁给你儿子。”

那天泰德开车送我回家时，我告诉他以后不能再见面了。他问我为什么，我耸了耸肩。当他不断追问时，我只好将他母亲的话原原本本地告诉他，未加任何评论。

“难道你就只会坐以待毙，听任我妈的摆布？！”他冲我大声嚷嚷，仿佛我从他的同谋变成了叛徒。我见泰德如此难过，心中倒是为之感动。

“我们该怎么办呢？”问出这句话时，我心里不禁有种触痛的感觉，我想，这就是爱情的开始吧。

最初几个月，我俩不顾一切，天天紧黏在一起。这种拼命的劲头有些矫情可笑，因为不管我母亲或乔丹太太说些什么，事实上她们并没阻止我们见面。在这种想象出来的悲情氛围中，我们是阴阳两半合二为一，变得不可分离。如同受难之人幸逢救命英雄，我总是身陷险境，他总是救我脱险；每当我跌倒，他总会将我扶起。这种感受令人心醉神驰，也让人精疲力竭。幻想英雄救美与被救的情感经历让人沉迷，它不逊于我们的任何床笫之欢，都是我们彼此示爱的方式：柔弱之处需要得到呵护，因此有了彼此的结合。

“我们怎么办呢？”我不断追问他。终于，在邂逅还不满一年时，我们开始同居。在泰德进入加州大学旧金山分校医学院前一个月，我们在圣公会教堂举办了婚礼。婚礼当天，乔丹太太坐在教堂的前排长椅上，就像所有新郎的母亲那样哭泣。泰德结束他在皮肤病科的住院实习后，我们在艾什博雷山庄买下了一栋年久失修的三层维多利亚式小楼，还带一个大花园。泰德帮我在一楼建了个工作室，这样我作为自由职业的平面艺术家制作助理，可以在家工作。

这些年来，都是泰德决定我们每次去哪里旅行，该买什么新家具，也是他决定等我们搬到更好的地方再生小孩。起初，我们也曾一起讨论类似的问题，但我俩都明白最后的结果无非是我说一句：“泰德，你来决定吧。”所以没过多久，我们就不再讨论了，全凭泰德做主。而我也从没想过要提反对意见。我宁愿对这些事情少费点心，只集中精力于我面前的丁字尺、美工刀和蓝铅笔。

但是去年，泰德对于他所说的“决定和责任”的感受发生了变化。一个新来的女病人向泰德咨询，怎样除去脸上的蛛网血管瘤。当泰德表示可帮她去掉脸上的红色血管，使她恢复靓丽容颜时，那位病人相信了泰德的话。不幸的是，泰德做手术时不慎将一根神经吸出，造成病人左脸部神经瘫痪，她因此起诉了泰德。

泰德因不当执业而败诉。我现在意识到，这是他经历的第一次重大打击，从那以后，他开始逼迫我做出决定：你觉得我们是买美国车呢还是日本车？我们要不要把终身保险换成定期保险呢？你对那个持反对立场的候选人有何看法？打不打算生个孩子？

我思考这些问题，权衡利弊，但到头来脑子里只会是一团糟，因为我从不认为这些问题有唯一正确的答案，然而错误的答案却有许多。每当我以“你决定吧”“我无所谓”或是“怎么都好”来敷衍了事，泰德便会不耐烦地回敬：“不，你来决定。你不能两头卖乖，既不担责任，又不落埋怨。”

我能觉察出我们之间的关系发生了变化，那层保护者的面纱已被揭开，现在对于任何事情，泰德都要逼我做出决定。即便是些鸡毛蒜皮的琐事，他也要我拿主意，似乎是存心诱我上钩：点意大利菜还是泰国菜？一份开胃菜还是两份？哪种开胃菜啊？付现金还是刷信用卡？维萨卡还是万事达卡？

上个月，泰德准备赴洛杉矶参加一个为期两天的皮肤病课程，临行前问我要不要一起去，但还没等我回答，他已自顾自地说："算了，我还是自己去的好。"

"也好，这样可以多些时间学习。"我表示赞同。

"才不是这么回事，我这么做，是因为你对任何事从来都没个主意。"他不客气地说。

我反驳道："我只对无关紧要的事才放手不管。"

"对你来说，从没什么事是要紧的。"他用厌恶的口气说。

"泰德，如果你要我去，我就去。"

他的反应就像心中绷着的一根弦突然崩断："真见鬼，我们到底怎么会结婚的？难道你在婚礼上说'我愿意'，就只是在跟牧师学舌吗？我要是不娶你，你这辈子打算怎么过？这你自己想过吗？"

我和他说的话之间，从逻辑上看存在巨大的跳跃性，使我感觉我俩像站在不同山头上的两个人，鲁莽地探出身子用石头猛砸对方，却没意识到脚下那危险的裂痕已将我们的心隔得很远。

现在我明白了，泰德其实早有思想准备，他是有意让我看清我俩之间的裂痕。因为那晚他抵达洛杉矶后，打电话来向我提出离婚。

自从泰德走后，我一直在思考他说的话，即便我早已料到结局如此，即使我对自己未来的生活有充分构想，然而，这个打击依旧让我喘不上气来。

当你遭受如此猛烈的打击，你不得不失去平衡而倒地。当你重新站起来以后，你就会明白自己不能指望任何人来搭救，无论是你的丈夫，你的母亲，还是上帝。那么，如果想避免自己再次失去重心而跌倒，究竟该怎么办呢？

❈ ❈ ❈

多年来，母亲对上帝的意志笃信不疑。仿佛她打开了一个天庭的龙头，上苍的慈爱从中源源不断地流出来。她说正是由于她的这种信仰，才使得我家好运连连，只是我觉得她指的是“命运”（fate），因为她发不出“信仰”（faith）这个词中的唇齿音。

后来我发现，从始至终可能都是“命运”在左右一切，而信仰只不过是你以为自己在掌控局面的一种幻觉。我发现我能拥有的至多只是希望；这样看问题，我便不否认结果可能好也可能坏，任何可能性都存在。其实我想说的是，即便有得选，不论你是信仰亲爱的上帝抑或其他什么，总该这样看待世事。

我还清楚地记得开始思考这个问题的那一天，因为它给了我如此重大的启示。就在那一天，母亲对上帝失去了信仰，她发现那些曾经确凿无疑的事情，再也不值得她信赖了。

那天，我们全家到城南魔鬼坡附近一个较为偏僻的海滩度假。父亲从《日落》杂志上得知，这里是钓海鲈的好地方。尽管父亲并非渔夫，只是过去在中国有行医经历，而今在此担任药剂师助理，可他认定自己很“能干”，坚信但凡他用心做的事，无论什么都能成功。母亲也同样相信自己“能干”，觉得但凡父亲有心抓到的东西，她都有办法用它来烹出好菜。正是这种对自己“能干”的笃信促使我的父母来到美国打拼，它支撑着他们仅凭借很少的积蓄，在美国生养了七个孩子，还在日落区买了房。相信自己能干，他们便坚定了自信，以为自己的好运永无穷尽，上帝总会站在他们这边，灶王爷等诸位家屋神祇上天也尽言好事，使我们的祖宗之灵深感欣慰，因此有如获得终身保险一般，我们家的红运连绵不绝，阴阳五行平衡适量，凡事顺风顺水。

就这样，我们一家九口人，包括我的父亲、母亲、两个姐姐、四个弟弟还有我自己，满怀信心地一起踏步，首度走上沙滩。我们九个人排成一列纵队，迈过清凉的灰色沙滩。队伍按年龄从大到小排列，我那时十四岁，排在正中间。如果有人目睹这般情景，一定会觉得颇为壮观：九双在沙地上跋涉的光脚板，九双拎在手里的鞋子，还有九个满头黑发的脑袋一齐朝着海水，注视着海水滚滚而来。

海风把我双腿上的棉质长裤管吹得呼啦啦作响，我环顾四周，想找寻一个避风的地方躲躲，以免被沙子吹迷了眼睛。我们站在一个小海湾的浅洼里，它犹如一只裂成两半的大碗，其中一半已被海水冲走了。母亲向右手边一块干净的沙地走去，我们也都跟了过来。从这边看去，小海湾周围的岩壁环抱着沙滩，使这里显得风平浪静。海湾岩壁周围及其下的阴影中，隐藏着一道礁石，它始于沙滩的外侧，一直绵延到风疾浪大的海湾之外。尽管这暗礁看上去又硬又滑，但人似乎可以在这暗礁上通行，然后一路走到海里去。在海湾的另一边，岩壁受海浪拍击，变得更加嶙峋。岩壁上有许多坑洼的裂缝，每当海浪拍击岩壁之后，海水就会像白色溪流般从这些裂隙中喷涌而出。

现在回想起来，我记得那个海湾其实挺可怖的，到处都是岩壁投下的潮湿阴影，让人心惊胆寒；无数细小无形的沙粒，不停迷乱我们的双眼，使我们无法看清自己所处的危险境地。我们这个中国家庭，正试图像一个典型的美国家庭般在海滩上嬉戏，这种新鲜的体验使我们看不到危险。

母亲在沙滩上展开一张旧的条纹床单，它不时被海风掀起，直到我们用九双鞋子将它压住。父亲将他的长竹钓竿组装起来，这是他根据幼时在中国所见的钓竿样式，自己亲手制作的。我们几个孩子肩并肩围坐在床单上，纷纷伸手去抓食品袋里装得满满的大红肠三明治，然后混着手指上的沙子狼吞虎咽地吃下肚去。

然后，父亲站起身，欣赏着手中钓竿的风姿和劲道。意兴酣然的父亲拾起自己的鞋，走到海滩边，然后爬到礁石上海水刚好打不到的一处地方。我的姐姐詹妮丝和露丝从床单上一跃而起，拍掉大腿上的沙粒。她俩拍着对方的后背，然后兴奋地尖叫着奔向大海。我刚要起身追上她们，母亲把头朝我四个弟弟的方向点了点，提醒我“当心他们的身体”，意思是要我“照顾好他们”。我的这四个弟弟，马修、马克、卢克和宾，就是我生活的全部重心。我颓然坐倒在沙滩上，感觉如鲠在喉，只得像往常那样嘟囔着抱怨：“为什么又是我？”为什么偏偏是我要照顾他们呢？

母亲跟平时一样用中文回答我："一定。"

她的意思是，我必须照顾他们，因为他们是我的弟弟。我的姐姐们也曾经这样照顾过我，若非如此，我怎能学会承担责任？又怎能学会感恩父母为我的操劳呢？

十二岁的马修、十岁的马克和九岁的卢克已是大孩子了，知道如何喧嚣着自娱自乐。马修和马克已把卢克埋在一个沙坑里，只露脑袋在外面，现在他们又开始在卢克身上用沙子垒砌一个城堡的轮廓。

但宾只有四岁，容易激动，也容易感到无聊或烦躁。他不想和哥哥们一起玩，因为哥哥把他推到一边，不带他玩，还训诫他说："不行，宾，你只会把事情弄糟。"

所以宾只好无精打采地向海边走去，像个被罢黜的国王。他从海滩上拾起一些碎石和浮木块，然后使出全力将它们甩到大海中。我远远跟在他身后，想象着涨潮时海浪的样子，琢磨着涨潮时的对策。我不时招呼着宾："别离海水太近，会把脚弄湿的。"我觉得自己在这方面简直就是母亲的翻版，内心总是过度担忧，但表面上又会将危险说得没那么严重。忧虑将我团团包围，就像这海湾周围的岩壁，使我感觉一切都已思虑周全，安然稳固。

母亲迷信地认为，根据生辰八字计算，小孩命里注定会在某天遭遇某种灾祸。一本名为《二十六凶门》的中文小册子对此有具体描述，那册子每页上都画着即将降临到年幼无知孩子们身上的可怕灾祸。在书页下角有中文描述，因为我看不懂汉字，所以只能通过图画理解其中的意思。

每幅图上都会出现同一个小男孩，例如他爬树时树枝断了，他站在即将倾覆的门下，在木浴盆里滑倒，被恶狗叼走，还有逃避雷击之类的。每幅画上都有一个男人出现，穿着仿佛蜥蜴般的奇装异服，他前额似有一条很深的褶皱，又好像是长了两个圆圆的犄角。在其中一幅画上，那个男人站在一座弯弯的桥上，瞧着小男孩从桥栏杆那里失足跌落下去，双脚在空中乱蹬，他哈哈大笑。

这些灾祸但凡有任何一个降临到小孩子身上，想来都是非常可怕的。虽说每人的生辰八字只和其中的一种危险有关，但母亲对所有这些可能的危险都颇为焦虑，因为她不知道如何将中国的阴历日期换算成美国的阳历日期。所以母亲只好全盘考虑，面面俱到，这样她就有绝对的信心，可以避免自己的孩子遭受其中任何一种灾祸。

太阳偏西，照到小海湾岩壁的另一侧。一切都就绪到位。母亲在忙着将吹到地垫上的沙子掸掉，将我们鞋里灌的沙子抖落，然后用她整理好的干净鞋子再次压住地垫边缘。父亲仍站在礁石尽头，耐心地一次次甩出钓竿，期待自己钓上一条大鱼再显“能干”。我望见远处海滩上有小小的人影晃动，从她们的黑头发和黄裤子可以依稀认出是我的两个姐姐在玩闹。弟弟们的笑闹和海鸥的鸣叫此起彼伏，宾捡了一个空的汽水瓶，正蹲在阴凉的岩壁下用它挖着沙子。我坐在沙滩上阴影和阳光恰好交会的地方。

我见宾用汽水瓶猛敲岩石，便冲他大叫：“别太用力，不然你会把岩壁凿出个洞，然后你就掉到地球那边的中国去啦！”看着宾怔怔地瞪着我，似乎把我说的话当真了，我不由得大笑起来。他站起身，开始朝海水走去。他小心翼翼地抬起一只脚踩在礁石上，我见状警告道："宾！不行！"

"我要去找爸爸。"他申辩道。

"那你靠近岩壁站好，离海水远点，"我继续警告他，"水里的大鱼可不好惹，你站远些。"

接着，我目睹他用背贴着坑坑洼洼的岩壁，在暗礁上一寸寸往前挪动。那个画面至今仍历历在目，我几乎觉得自己可以使他永远定格在那里。

我看到他安稳地靠岩壁站着，朝父亲叫着，父亲扭头看了他一眼。我真高兴父亲终于可以替我照看宾一会儿了！宾开始继续朝前走，就在那时，父亲感到有东西在扯动钓线，于是他迅速地收回钓线。

一阵叫喊突然爆发。有人向卢克脸上扬沙子，他猛然从压在身上的沙城堡底下蹦出来，扑过去将马克压在身下，跟他扭打成一团。母亲叫我赶紧制止他们，正当我将卢克从马克身上拉开，恰好抬头看见宾已独自走到暗礁尽头，而在弟弟们扭打的混乱当中，其他人都没注意到宾，只有我看到他正在做什么。

宾又往前走了一步，两步，三步，他那小小的身影快速移动着，似乎他发现海边有什么好玩的东西。我当即觉得，他会掉到水里，我当时是这样预感的。正当我这么想着，危急时刻降临了。只见他已两脚朝天，随后扑通一下坠入海中，连个水泡都没冒就消失了。

我颓然跪倒，眼睛还盯着他坠海的地方，一动不动，哑然无语。我被这突如其来的事件弄懵了。我头脑中迅速闪过许多念头：自己应不应该跑过去，试着将他捞起？应不应该叫父亲？我现在站起还来得及吗？我能否让时光倒转，阻止宾到父亲所在的礁石那儿去？

此时，姐姐们回来了，其中一个问："宾哪去了？"大家面面相觑，愣了几秒之后，突然一齐叫嚷着扑向海边，从我身边冲过，扬起一路飞沙。我呆立原地，眼睁睁地看着姐姐们顺着岩壁找寻，弟弟们掀起一块块浮木搜索，我的父母更是竭力想用手劈波斩浪。

我们在那里折腾了好几个小时。我记得几条搜救船也来了，也记得黄昏时西沉的落日。我从未见过这样的夕阳：一团橙灿灿的光焰先是映亮了天边的海水，随后成扇状铺散开来，照暖了整个大海。当天色渐黑，搜救船点亮了它们晕黄的圆灯，在波光粼粼的水面上起伏荡漾。

现在回想起来，在那样一个时刻，我竟有心思关注落日余晖和船只的颜色，真是不可思议。但那时所有人都有着各种古怪的念头。父亲在以分钟为单位倒推宾落水的过程，估摸海水的温度，修正他对宾在哪一刻落水的判断。姐姐们大声呼喊"宾！宾！"，好像他就躲藏在海滩岩壁上的某片灌木丛中似的。我的几个弟弟则静静地坐在车里看着漫画书。搜救船熄灭它们的黄色圆灯以后，母亲游到了海水中。尽管她从未游过一次水，她对于自己"能干"的信念使她坚信，但凡美国人能干的，她也一定能做到，她坚信自己可以找到宾。

当母亲最终被救援人员从海里拖上来时，她坚信自己依旧

"能干"。她的头发和衣服浸透了冰凉的海水，沉甸甸的，但她默然伫立，如同出水的美人鱼皇后一般平静而庄严。警方宣布搜救工作结束，让我们上车回家去兀自悲伤。

我料想自己会被父母、姐姐和弟弟们一起揍死。我知道这是我的过错，我没有紧紧地守护好宾，而且还是我眼见他落水的。但当我们回家后，大家坐在暗淡的客厅里，我听见他们纷纷低声表达着自己的悔恨。

"我真自私，只想着自己要钓鱼。"父亲说。

"我们不该去散步的。"詹妮丝这样说时，露丝又使劲擤了一下鼻子。

"你们为什么要往我脸上扔沙子啊？"卢克哀叹道，"你们干吗要逼我跟你们打一架啊？"

母亲则平静地对我承认："是我让你阻止他们打架的。是我让你在看护他的时候分了心。"

假使我当时有片刻觉得稍松了一口气，那种感觉随即烟消云散，因为母亲接着说："所以，我告诉你，咱们必须去把他找回来，而且要快，明天一早就去。"虽然大家都低着头没看我，但我把这一切看作惩罚，那就是我必须和母亲一起，回到海滩上，帮助她找到宾的遗体。

翌日，母亲的举动完全出乎我的意料。我醒来时，天还没亮，母亲已整装待发。厨房餐桌上摆着一个保温壶，一只茶杯，白色人造革封皮的《圣经》和一串车钥匙。

"爸爸准备好了吗？"我问。

“爸爸不去。”母亲回答。

“那咱们怎么去呢？谁开车送我们？”

母亲拿起车钥匙，我只好跟她出门走向汽车。母亲开车带我去海滩的整整一路上，我都在惊叹她是如何在一夜之间学会开车的。她也没看地图，只是平稳地一直向前行驶，下了吉瑞街，然后上了高速公路，每次需要打信号灯时她都操作正确，之后上了通往海岸的高速路，轻而易举地拐过那些急转的弯道，经验不足的司机路过这些弯道时，常常会坠落悬崖。

我们刚到海滩，母亲立即沿着一条土路走到岩礁尽头，也就是我目睹宾消失的地方。母亲手捧《圣经》，远眺苍茫大海，开始向上帝祷告，她那细小的声音好似随着海鸥直升到了天堂。除了开头一句“亲爱的上帝”和末了的“阿门”外，她中间讲的全是中国话。

“一直以来，我都坚信您给我们赐福，”母亲赞美上帝时，语调就像她平时用中国话夸张地恭维人时一样，“我们知道您会赐福，从不质疑。您的抉择就是我们的意志。您对我们的信仰给予奖赏。

“为了报答您的恩典，我们始终努力表达着自己最诚挚的景仰。我们去教堂参加礼拜，向教堂捐款，一起唱赞美诗。您赐予了我们更多的福分。然而现在，我们对您所赐的福泽不够谨慎，这也是事实。因为我们已经从您这里得到太多的福分，所以无法时刻在心中牢记您的全部恩典。

“或许，您为此决定将宾藏起来，为此给我们个教训，使我们今后更加珍惜您所赐予的祝福。我已经领受了这次的教训，并将永远铭记。所以，现在我来此将宾带回去。”

母亲说这些话时，我一直在旁默默听着，诚惶诚恐。这时，母亲又加上几句：“请您原谅宾的所有顽劣之处吧。还有，我的女儿，站着的这位，在宾重升天堂之前，一定会教导弟弟更好地学会恭敬顺从。”我闻听此言，不由得哭起来。

母亲祷告完毕，信仰的力量果然了得，以至于她恍若看见了宾，前后三次，远远地在第一个浪头上向自己连连挥手。“那里！”母亲像个哨兵一样站得笔直，直到目力清楚所见三次都使她失望：“宾”原来只是一团翻腾的暗黑色海草。

母亲并不气馁，她走回沙滩上，将《圣经》放在地下。然后，她拿起保温壶和茶杯，又走回海边。母亲接着告诉我，之前那个晚上她梦里重回旧日的生活，回到她年幼时在中国的一段经历，以下是她的发现：

“我记得，有个小男孩放爆竹时出了事，把手炸掉了，自此他的这只手就废了，”母亲对我叙述道，“我当时亲眼看见，那男孩的手臂被炸得血肉模糊，疼得痛哭流涕，然后男孩的妈妈安慰他说，他还会长出一只新手，比之前的还要好。这位母亲说，她会加十倍地把一笔先人欠的债还上，还会用水祭来平息祝融[1]——那长着三个眼睛的火神——的暴怒。果不其然，一星期后，那男孩就从我眼前骑着自行车过去了，他两只手灵活自如地操纵着自行车，让我

1.祝融是中国古代传说中的火神。

惊愕不已！”

说罢，母亲平静下来，然后用一种沉思而虔敬的语调继续说：“我们家族有位祖先，曾经偷盗了一口圣井中的神水，现在水神想要索回。我们必须让海中的蟠龙息怒，献给他另一样可藏掖的宝物，来换取他释放宾。”

母亲将加了糖的茶水倒在杯中，然后抛洒到海水中，她接着摊开手掌，露出一枚镶嵌着水蓝色宝石的戒指。这是已故多年的外婆送给母亲的礼物。母亲告诉我，这枚戒指，曾吸引许多女人觊觎的目光，以致她们无心照看平日里百般呵护的孩子。它也会使神龙忘却宾的。母亲说罢，便将戒指投入大海。

即使如此，宾也没有立即显现。差不多过了一个小时，我们都只看到海草漂过。突然，我见母亲将手捂在胸口上，用一种惊叹的语气说：“看呐，都是因为咱们看错了方向。”听母亲这么一说，我也看到宾正在远处沙滩尽头那里艰难跋涉着，手上拎着鞋子，脑袋疲倦地耷拉着。我能感受到母亲感觉到的一切，我们内心深处的渴望瞬间得到了满足。但还没等我俩站起身，就已看到那人点了一根烟，身形也渐渐高大起来，最后终于看清，原来只是个陌生人。

“妈，咱们走吧。”我尽量轻柔地对母亲说。

“他就在那儿。”母亲指着海滩那面嶙峋的岩壁，语气坚定地说，“我看到他了，他在一个洞穴里，坐在海面之上的一个小台阶上。他肚子饿了，身上有点冷，但已懂得不要总是抱怨了。”

随后，母亲站起来，开始朝沙滩另一边走去，步伐矫健，如履平地。我努力想跟上她的脚步，但沙地这般松软坑洼，所以只得一脚深一脚浅地费力前行。母亲大踏步攀上陡坡，来到我们停车的地方，连粗气都不喘，毫不费力地从汽车后备箱里拉出一个大大的内胎。她把这当作救生圈，用父亲竹钓竿上的钓线将它捆住，然后又回到海边，将轮胎甩进大海，自己则手握钓竿等候。

“轮胎会找到宾，然后我就可以把他带回去。”母亲情绪激昂地说，我从未听过她的语气里有如此多的“能干”。

那轮胎顺应母亲的心意，向远处漂去，漂到了浪头更猛烈的海湾另一侧。钓线被绷得紧紧的，母亲只得死死拽住不放，但钓线终于“啪”的一声断裂，被海浪卷走了。

我们一起爬到岩礁尽头向海里张望，那轮胎已被冲到海湾的另一头。恰好一个大浪打来，将轮胎猛拍向岩壁。鼓胀的轮胎跳起来，然后被卡在岩壁下的一个洞穴中。紧接着，轮胎又冒了出来，一次又一次，它先是消失不见，复又出现，闪着乌黑的光泽，忠实地向我们报告它见到了宾，还试图将他从洞穴中拉回来。

一次又一次，轮胎潜入水中，然后冒出头来，依旧空无所获，却又满载希望。如此往复约莫十几次以后，它又被黑色的洞穴吸进去，待它再次现身时，已然破损，生气殆尽。

那一刻，直到那一刻，母亲才终于放弃了。她脸上的表情使我终生难忘，彻底的绝望和恐惧交织在一起，既为永远失去了宾，也为自己竟一直愚蠢地认为可以凭借信仰来改变命运。这个结局也使我愤怒，一股无名怒火涌上心头，因为一切努力都被证明是徒劳的。

＊ ＊ ＊

我现在明白，自己当时并未指望会找到宾，正如我而今清楚地知道自己的婚姻已不可救药一样。尽管如此，母亲仍要我再努力试试。

“有什么用呢，”我反驳道，“既然已没指望了，没什么理由再去努力。”

“因为你必须这么做，”母亲说，“不是有没有希望和理由的问题，这是你的命，是你的生活，是你必须做的。”

“那我又能做什么呢？”

母亲回答：“你必须自己去思考，到底应该怎么做。如果要别人告诉你，那就表明你自己没有努力去尝试。”母亲说完就走出了厨房，让我自己继续思考这个问题。

我回忆宾出事时，自己是如何明知他有危险，又是如何目睹灾祸发生而无所作为。我又想到婚姻，自己是如何觉察到危机的征兆，我确实已然觉察到了，但仍任由它发展下去。现在我领悟到，命运一半取决于期望，一半取决于漠视。但不知不觉中，当你失去自己所爱的东西时，信仰就取而代之了。此时，你必须正视自己所失去的，并因此放弃自己的期望。

我的母亲，她直到现在依然忧心于自己所失去的，因为我知道，她肯定还看得见那本垫在桌下的《圣经》。我记得，她在将《圣经》塞到桌下之前，曾经在里面写过东西。

我抬起桌子，将《圣经》拾起来放在桌上，快速地翻看搜寻着，因为我确信母亲写的话就在里面。在《新约》开始的前一页，有一栏叫《死亡》，就在那里，母亲轻轻用铅笔写下了“许宾”——两个可以擦掉的字。

吴菁妹：望女成凤

我母亲相信，在美国你所想的任何事都能遂愿。你能开餐馆，也可以为政府工作，得到优厚的退休待遇。你可以几乎不用首付就买到房子。你能变得富有，甚至一夜成名。

“当然，你也能成为神童，”我九岁时，母亲对我说，“你干什么都能成为最棒的。林多阿姨懂什么？她的女儿啊，不过是要要小聪明罢了。”

美国寄托着母亲的全部希望。她1949年来美国之前，在中国已经失去了一切，包括双亲、家宅、前夫，还有两个襁褓中的孪生女儿。但回顾这些往事，母亲从不懊悔，因为在美国有很多方式可以改善自己的处境。

❊ ❊ ❊

我们并未马上选择我将成为哪种神童。起初母亲觉得，我可以成为中国的秀兰·邓波儿。我们一起在电视上观看秀兰·邓波儿主演的老电影，完全把它们当作教学片似的。母亲经常捅捅我的胳膊说："你看！"这时，我通常会看到秀兰跳着踢踏舞，或是唱着一支水手的歌曲，又或是将她的小嘴噘成一个圆圆的O形感叹道："噢，我的天啊！"

"你看，"当秀兰热泪盈眶时，母亲对我说，"这个你早就会，哭又不需要什么天才！"

就在母亲想到将我培养成秀兰·邓波儿之后不久，她把我带到教区的一家美容培训学校，将我交托给那里一个初学乍练的学员，那人握剪刀时手还直哆嗦呢。就这样，我没能得到秀兰那样一头大波浪似的卷发，而是换上了满脑袋参差不齐的黑色小卷毛。母亲将我拽到浴室里洗头，想把一头卷毛给弄平整。

"你简直像个中国的小黑鬼！"母亲悲叹道，好像这一切是我故意造成的。

美容培训学校的讲师只得将一团一团湿漉漉的头发都剪掉，这样才能使我的头发恢复平整。"这可是近来流行的彼得·潘式发型。"讲师向我母亲保证。于是我有了和男孩一样短的头发，眉毛上方五公分的地方斜斜地垂着一绺整齐的刘海儿。我喜欢这个发型，它使我真的对自己未来的成名有了憧憬。

事实上，我最初跟母亲一样兴奋不已，甚至有过之而无不及。我把自己的神童天赋臆想成许多不同的形象，像试衣一样看哪个更适合自己。我把自己想象成一个优雅迷人的芭蕾女孩，倚立在帷幕旁，等待着音乐节拍响起，随之踮着足尖翩翩起舞。我又像圣婴被人从马槽里抱起来，啼哭声里有种神圣而凛然不可侵犯的气势。又或是灰姑娘辛德瑞拉，在活力四射的卡通背景音乐中，款款走下她的南瓜马车。

在所有梦幻般的想象中，我心中始终充满自豪感，仿佛自己即将臻于完美之境。到那时，父母会宠爱我，而我将无可挑剔，也再不会为任何事而愠怒。

但有时，我身上潜藏的天赋会变得不耐烦起来，它警告我说："如果你再不抓紧将我展现出来，那我就永远被湮没了，之后你就等着一辈子平庸吧。"

每天晚饭后，母亲和我都会坐到那张塑料贴面的餐桌旁，她会拿出新的测验题，它们取材于她在《瑞普利：信不信由你》《好管家》或《读者文摘》上读到的神童事迹。这类杂志我家还有十几种，都是母亲为别人打扫屋子时收来的，被她堆成一摞，存放在浴室里。由于母亲每周都为很多人家做保洁服务，家里积攒了五花八门的各种杂志。每本杂志母亲都会从头至尾浏览一遍，从中搜寻天才少年的故事。

第一晚，她举出一个三岁男孩的事例，那孩子能说出美国每个州的首府，甚至还知道大部分欧洲国家的首都。杂志中援引一位老师的话，说这个小男孩还能将外国城市的名字准确地念出来。

"芬兰的首都是哪里？"母亲一边看着杂志上的故事，一边问我。

我当时只知道加利福尼亚州的首府，因为我家就住在中国城的萨克拉门托[1]大街。"内罗毕[2]！"我只好硬着头皮猜了一个，这

1.萨克拉门托（Sacramento）是美国加利福尼亚州的首府。

2.肯尼亚的首都。

是我能想到的最有异国情调的单词了。母亲先查词典，看这个词是否可能为“赫尔辛基[1]”的另一种发音，然后无奈地将正确答案告诉我。

测试难度不断加大，比如：要我做乘法心算，在一叠纸牌中找出红心王后，不依赖双手做倒立，还要预测洛杉矶、纽约和伦敦每日的气温等等。

有一天晚上，母亲要求我先用三分钟读一页《圣经》，然后把记住的内容统统讲出来。“约沙法大有尊荣资财[2]，就……我只记得这么多了，妈。”

再一次看到母亲失望的表情之后，我心中的某种东西开始衰亡。我厌恶这些测试，这些被它们鼓起后又破灭的希望。那晚临睡前，我凝视着浴室洗手池上挂的镜子，看到的仍旧是自己那张永远都平凡无奇的脸，我哭了起来。这样一个哭丧着脸的丑女孩！我发出癫狂的野兽一般的尖叫，拼命想将镜中的那张脸抓挠掉。

然而就在那个瞬间，我发现了自己身上或许称得上天赋的一面。因为此前我从未见过这样一张脸。我打量着镜中的自己，还眨了眨眼以便看得更清楚。镜中的女孩也回瞪着我，愤怒而坚强。我意识到这个女孩和我就是同一个人。于是我产生了新的意念，坚定的意念，或者说是充斥了许多“不”字的反抗意识。我向自己

---

1. 赫尔辛基是芬兰首都。

2. 此句出自《圣经·旧约》中“历代志下”（2 Chronicles）第十八章第一节，《喜福会》英文原著中的原文是：“Now Jehoshaphat had riches and honour in abundance, and joined affinity with Ahab.”

发誓不会被母亲改变，我只会做我自己。

之后每晚，当母亲对我进行测试时，我都会无精打采地把脑袋往胳膊上一支，装出一副无聊的样子——事实上我也的确觉得如此。我对母亲的测试厌倦至极，当她孜孜于在新的领域操练我时，我开始在心中默数海湾传来的雾角声。这低沉的声响有种抚慰的作用，使我联想起"奶牛跳过了月亮"这首童谣[1]。第二天，我跟自己打赌，看母亲会不会在八次雾角声后放弃当天的测试。又过了些日子，我通常只数到一次雾角，或许至多两次，母亲的测试就停住了。她终于放弃了希望。

此后大约两三个月的时间里，母亲只字未提她的"神童计划"，直到后来有一天，母亲在电视上看到了爱德华·沙利文主持的一个真人秀节目。我家的电视机老掉牙了，声音总是断断续续的。每次母亲只要从沙发起身去调电视机，它的声音就会立即恢复，能听到爱德华滔滔不绝的话语。可只要她一坐下，爱德华那边也没声了。当她又一次起身，电视中突然响起一阵钢琴声。她坐下，又没声了。就这么起起坐坐，来来去去，停停响响。她和电视仿佛跳着一支动作僵硬、没有拥抱的舞蹈。最后，母亲索性站在电视机旁，将手按在音量调节钮上。

1.这首童谣的旋律可追溯至16世纪，"奶牛跳过了月亮"这句歌词则出自18世纪流行的英语童谣集《鹅妈妈童谣》(*Mother Goose's Melody*)："The Cat and the Fiddle，/ The Cow jumped over the Moon，/The little dog laugh'd to see such Craft，/ And the Dish ran away with the Spoon."（猫儿拉起小提琴，奶牛跳过了月亮，小狗见状哈哈笑，盘子跟着勺子也跑掉了。）

母亲似乎被播出的乐曲迷住了，那是一支有几分狂暴却又有些催眠性的钢琴曲，先是类似快板的乐段，接着是逗弄式的轻快段落，之后又回归戏谑、明快。

“你看，”母亲急忙招手示意我过去，“看这个。”

我能看出母亲为何对这段音乐痴迷。这支曲子是一个中国小姑娘弹奏的，她约莫九岁上下，留着一头彼得·潘似的短发，还有秀兰·邓波儿的那种可爱调皮劲儿。她又像有教养的中国孩子那样自豪而不失谦逊。她温文尔雅地行了个屈膝礼，蓬松的白色裙裾仿若一朵大大的康乃馨的花瓣徐徐铺散在地面。

尽管有这些预警的信号，我仍不以为意。我们家没有钢琴，而且也买不起，更不消说那一摞摞的琴谱，还有钢琴课了。因此，当母亲对电视上这个小姑娘颇有微词时，我对她却不吝赞美。

“音弹对了，但不好听。没有歌唱性。”母亲批评道。

“您为何这般挑剔呢？”我不经意地说，“她弹得挺好。也许不是最棒的，但至少尽力了。”话音未落，我已后悔自己说错话了。

“正像你一样，”母亲对我说，“不是最棒的，因为你不努力。”她松开电视调音钮，有些气恼地坐回沙发上去。

电视上那个中国小姑娘又坐下来，加演一首格里格的《安妮特拉之舞》。我至今记得这首钢琴曲，因为后来我不得不学会弹奏它。

看完爱德华·沙利文的真人秀节目后三天，母亲将上钢琴课和练琴的计划告诉了我，她说已跟住在我们公寓楼一层的钟先生商量好了。钟先生是位退休的钢琴老师，我母亲为他家做清洁，作为交换条件，钟先生每周为我上一次钢琴课，还允许我每天下午四点到六点在他家练琴。

当母亲这么对我说时，我觉得自己简直是被送进了地狱。我呜呜直哭，因为实在忍无可忍，接着还又踢又蹬了好一会儿。

“你为什么就不喜欢我本来的样子？我真的不是个天才！我弹不了钢琴。即便我会弹，你就是给我一百万美元，我也不上电视节目！”我冲母亲哭喊着。

母亲扇了我一记耳光，朝我吼道：“谁叫你成为天才了？只不过是让你达到自己的最高点。都是为了你好。你居然认为，我想让你成为天才？哼！有用吗？你以为呐！”

“真是不识好歹，”我听到她用中文嘟囔着，“她的本事要是跟脾气一样大，早就成名了。”

我私下偷偷给钟先生起了个绰号，叫“老钟”。他是个古怪的人，时常用手指为他头脑中幻想的交响乐曲敲着节拍。在我眼中，他看上去是个老古董，谢顶比较厉害，眼镜片厚得像瓶底，眼神总是很困倦。但他肯定比我估计的要年轻，因为他至今未婚，还跟他母亲住在一起。

我见过钟老太太一次，一次就够了。她身上有股奇怪的味道，就像小孩在裤裆里拉屎了似的。她的手指像是死人的，又像我曾在冰箱最里面发现的一个放久了的桃子，刚一拿起，它的表皮就从果肉上脱落了。

我很快发现，老钟之所以退休，是因为耳聋。“就像贝多芬一样！”老钟有次冲我大喊，“我们都是只用脑子听音乐！”说完，老钟便开始指挥起他头脑中那狂野而无声的奏鸣曲了。

老钟给我上课时会摊开一本谱子，指着上面的内容向我解释道：“调性！高音！低音！没有升降音！所以这就是C大调。现在听好了，然后跟我弹！”

接着，他会弹几遍C大调音阶，一个简单的和弦，然后，他仿佛从一种遥不可及的古老冲动中汲取到灵感似的，会渐渐增加一些音符，再加上流畅的颤音，最后砸出几个低音，直至整支曲子听起来颇有一些气势。

我跟着他弹，先是简单的音阶和简单的和弦，之后我便胡乱弹了一通，听起来像猫在垃圾桶上跑来跑去。老钟面带微笑，鼓掌叫好：“很好！不过现在你得学着把节拍弄对！”

就这样，我发现老钟的眼神也不太好，根本无法跟上我敲错的那些音符，他总是会慢半拍。为了帮助我掌握好节拍，他站在我身后，每一节拍都用手在我右肩推一下。他将硬币放在我的手腕上，为的是让我练习慢慢弹奏音阶和琶音时将手腕放平。他还让我练习将手弯曲夹住一只苹果，当弹和弦时保持这种手形。他的手在键盘上僵直地来回跑着，向我演示每个手指怎样抬起、落下，像个驯顺的小兵一样随着指令上下跳跃。

他把所有这些都教给了我，而我却学会了偷懒，学会如何漏洞百出却依然蒙混过关。我因练琴太少弹错音时，也从不纠正，只管跟着节奏继续往下弹。老钟也浑然不觉，依旧为他自己头脑中的梦幻曲打着节拍。

或许，我从未真正给自己一个好好学习的机会。我相当快就学会了基本技巧，照此势头发展下去，没准还真能小小年纪就成为一个不错的钢琴演奏者。但我铁下心来不努力，不愿从此改变自己，结果到头来，我弹出的只是些最刺耳的小曲子和最不和谐的圣歌。

之后整整一年，我都这样为完成任务练琴。在一次教堂礼拜结束后，我听到母亲又在跟她的朋友江林多阿姨大声吹嘘，好叫周围人都听见。我身穿白色硬衬里的长裙，倚靠教堂的砖墙站着。林多阿姨的女儿韦弗里与我年龄相仿，她站在离我大概两米开外的墙那边。我们从小一起长大，分享过一对姐妹间所有的亲密无间，包括为争抢蜡笔和娃娃发生的口角。换句话说，大多数时候，我俩都相互记恨。我觉得她不知天高地厚。韦弗里·江那时已颇有名气，被誉为“唐人街年纪最小的象棋冠军”。

“她带回家的奖杯太多了，”那天林多阿姨如是抱怨道，“她整天就知道下棋。每天我别的什么都没空做，就只够给她那些奖杯掸灰的。”说罢，她还瞪了韦弗里一眼，而韦弗里则假装不睬她。

“你没有这样的烦恼，还真是走运啊。”林多阿姨边对我母亲说边叹了一口气。

作为回应，母亲也挺起胸膛，吹起牛皮来：“我们的烦恼比你还糟糕呢。菁妹一门心思只想着音乐，我们叫她去洗碗都听不见。这真是天赋挡都挡不住呀。”

而就在那一刻，我下决心不让她这般傻气的夸耀再继续下去了。

数周后，老钟和母亲暗中商量妥当，要让我在教堂举办的一场才艺表演中弹奏钢琴。那时，父母已攒钱为我买下一架二手的沃立策牌[1]小型立式黑色钢琴，连同一张斑痕累累的琴凳，摆在客厅里作为炫耀的资本。

在才艺表演上，我将弹奏《孩子的请求》，这是舒曼作品集《童年情景》中的一首乐曲[2]。曲调简单沉闷，技巧听上去比实际要难。我必须记住整首曲子，还要把带有反复记号的段落弹奏两次，可以让曲子显得更长一些。不过我每次都偷懒，弹了几个小节后，就作弊去偷看下面的音符。我也根本无心听自己弹得如何，只在心里做着白日梦，幻想自己到了别的地方，变成了另一个人。

我最喜欢练习的内容其实是优雅的屈膝谢幕礼：右脚轻轻探出，足尖点在地毯的玫瑰花上，然后向右一扫，再将左膝微屈，抬起头粲然一笑。

父母邀请了喜福会的所有成员去见证我的首演。林多阿姨和江亭叔叔来了，韦弗里和她的两个哥哥也都到了。教堂大厅的前两排座位上挤满了孩子，有比我大的，也有比我小的，年龄小的孩子先登台表演，有的孩子背诵了几首简短的儿歌，有的用迷你小提琴刺刺啦啦地演奏了几支曲子，有的表演转呼啦圈，还有的身穿粉色芭蕾舞短裙跳了欢快的舞蹈，所有孩子鞠躬或屈膝谢幕时，场下

1.沃立策（Wurlitzer）家族可追溯到300年前的德国萨克森地区一个制作乐器的世家。19世纪，家族中一个叫Rudolph Wurlitzer的人来到美国发展，之后Wurlitzer逐渐成为美国重要的钢琴品牌。

2.《童年情景》（*Scenes from Childhood*）是一组钢琴套曲，由德国作曲家罗伯特·舒曼（Robert Schumann）于1838年创作。套曲共由十三首乐曲组成，每首乐曲都有标题，《孩子的请求》（Pleading Child / Bittendes Kind）是其中第四首，亲切温柔的旋律充满稚气，并带有祈求、幻想的情绪，形象地描绘了孩子提出请求期待答复时的神情。

观众都会异口同声地惊叹“哇——”，继而热烈鼓掌。

轮到我登台时，我信心满满。我记得当时那种幼稚可笑的兴奋劲儿，仿佛确信自己身上真有神童潜质，所以我无所畏怯，也毫不紧张。记得当时我还在心里对自己鼓劲：“没错！就是这样！”我环视观众席时，瞥见母亲面无表情，父亲在打哈欠，林多阿姨生硬的笑容，还有韦弗里郁闷的神情。我身着饰有多层蕾丝花边的白裙，彼得·潘似的短发上还扎着一个粉色蝴蝶结。我在钢琴前坐下，想象着人们为我欢呼雀跃，爱德华·沙利文冲上台来，把我介绍给电视机前的观众们。

我开始了演奏。这种感觉真是美妙！我陶醉于一身可爱的装扮，所以起先并不担心自己弹得如何。因此，当我弹错第一个音时自己都感到惊愕，意识到有点儿不对劲。紧接着，我一个接一个地摁错键。一股凉气从头皮开始，向下蔓延到全身。而我的双手仿佛被施了巫术一般，根本无法停止弹琴。我唯有企盼自己的手指会恢复正常，就像一列错轨的列车能够回到正道。我将杂乱、诡异的曲子重复了两次，那些别别扭扭的不和谐音一路追随着我，直到整首曲子结束。

我站起身，竟发现自己双腿在颤抖。或许这只是紧张而已，观众们肯定跟老钟一样，都会觉得我发挥正常，没听到任何失误。我将右脚轻轻朝前扫出，屈膝行礼，并抬起头来微笑。大厅里鸦雀无声，只有老钟满脸笑容，大声叫好：“好啊！好啊！太棒了！”但那一刻，我看到了母亲的脸——一张如霜打过的脸。在台下稀稀落落的掌声中，我走回自己的座位，因为尽力压抑住不哭，我的整个脸都在抽搐。这时，我听见一个小男孩凑到他母亲耳边大声说：“真难听。”那位母亲低语道：“算了，她肯定还是努力了的。”

直到此刻我才意识到，今天来了这么多观众，似乎全世界的人都来了。我感到背后有无数双眼睛灼烧着自己。我的父母僵直地坐在那儿，坚持看完了后面的演出，我能感受到他们已然颜面扫地。

我们本可以趁着中场休息溜之大吉，但自尊心和某种奇怪的荣誉感将我的父母牢牢固定在他们的座位上。就这样，我们观看了后面的全部演出：一个十八岁的男孩嘴上贴着八字胡，为大家表演了一段魔术，还骑在独轮车上抛接火圈；一个胸部丰满、脸上涂抹白妆的女孩演唱了《蝴蝶夫人》中的一个选段，并因此获得了荣誉奖提名；而一个十一岁男孩因一首听着像《野蜂飞舞》的炫技小提琴曲夺得了桂冠。

演出结束后，喜福会成员中许家、江家和圣克莱尔家的人纷纷走过来，跟我父母攀谈起来。

“有才艺的小孩可真不少啊！”林多阿姨满脸堆笑，语意暧昧地说道。

“也不尽然吧。”我听父亲这么回应，估摸着他或许是用幽默的方式暗指我表现不佳，抑或他甚至都不记得我的表现了。

韦弗里瞧瞧我，耸耸肩，用就事论事的语调说：“你可不是像我这样的天才。”我若不是当时太失落，肯定会揪住她的辫子，狠揍她一顿。

但真正击垮我的是母亲的表情，那副平静而麻木的表情证明，她已经失去了一切。我其实也这么觉得，好像所有人都聚拢过来，犹如车祸现场看呆了的围观者，正窥探伤者身上失去了哪些部件。我们登上回家的公共汽车时，父亲哼起了《野蜂飞舞》的曲调，而母亲则沉默不语。我始终觉得，她是准备等我们进家门之后，再冲我大吼大嚷一番。但在父亲打开家门时，母亲第一个走进去，随后径直回了自己的卧室。没有指责，也没有怪罪。这多少让我有些失望。我一直在等母亲先开口冲我叫嚷，这样自己便可以回敬她，哭闹着把我的一切不幸都归罪于她。

我本以为，在才艺表演那出闹剧之后，自己再也不会被强逼着去练琴了。但两天后，我放学回到家，刚开始看电视，母亲便从厨房走出来。

“四点了。”她又如平常那样提醒我。我惊呆了，仿佛她是叫我重温才艺表演的痛苦经历一样。于是，我更是一副雷打不动的样子定在电视机前。

“关掉电视。”五分钟后，她在厨房里叫道。

我没有丝毫挪动，因为心意已决，自己不必再照母亲说的做。我不是她的奴隶，而且这里也不是中国。我之前听了她的话，可你看看现在结果如何，都怪她自己太蠢。

母亲从厨房走出来，站在通往客厅的拱门那里，更大声地提醒我：“四点了。”

“我再也不弹琴了，”我漫不经心地说，“我为什么要弹呢？我又不是天才。”

她走过来站在电视机前，胸脯上下起伏，显然怒火中烧。

“不弹！”我坚定地说，同时感到自己更坚强了，仿佛原本一直潜藏在我内心深处的那个真实自我终于崛起了。

“不！我不弹！”我开始尖叫。

母亲揪住我的胳膊，一把将我拽起来，接着“啪”地关掉了电视。她力大惊人，竟半拖半抬地将我带向钢琴那里，我一路不停蹬踹着脚下一块块的小地毯。她将我举起，放在硬邦邦的琴凳上。此时，我正呜咽着狠狠瞪她。她胸口的起伏愈发明显，张嘴露出反常的狞笑，仿佛高兴看到我在痛哭。

“你想让我变成另外一个人！”我啜泣道，“我永远不会成为你心中设想的那种女儿！”

“只有两种女儿，”她用中文吼道，“要么是乖顺听话的，要么是固执己见的！只有一种女儿能生活在这个家里，那就是听话的！”

“那我真希望自己不是你女儿，你也不是我妈！”我回吼了一句，但话音未落，我已心惊胆战，仿佛蠕虫、癞蛤蟆和那些黏滑可鄙的家伙一齐从我胸口向外涌出，但同时我又感觉痛快，因为自己令人惊骇的一面终于浮出水面，得到了宣泄。

“要想改变，太晚了！”母亲尖叫道。

我能感到她的愤怒已达顶点，一触即发，而我就是要看看她爆发的样子。鬼使神差地，我突然想起她在中国失去的两个娃娃，那两个我们从不提及的孩子，于是我喊道：“那我希望你从没生过我！希望自己已经死了！就像她们俩！”

我说的话犹如胡地[1]的咒语一般，使母亲的表情顿时呆滞，她紧闭上嘴，胳膊变得松软，一脸震惊地退出屋去，仿佛一片瘦小枯干、了无生机的棕色树叶被风卷走了似的。

❊ ❊ ❊

我让母亲失望的不止这一回，在此后的岁月里，我又令她失望过许多次。每次都是我固执己见，认为辜负母亲的期望是我自己的权利，所以我的学习成绩不是全优，也没有当上班长，上不了斯坦福大学，最终读大学时还辍了学。

我不像母亲那样，坚信自己不管想成为什么样的人都能做到，我只能做我自己。

这么多年来，我们绝口不提那次演出的惨败，也不谈及在那之后我坐在琴凳上的恶毒责难。我们对所有这一切都讳莫如深，仿佛那是一次令人无法启齿的背叛。因此，我始终没找到合适的机会问问母亲，她当初为何要抱那种注定会失败的远大理想。

更糟的是，我从未问过她那个最令我胆寒的问题，就是最终她因何放弃了希望。

因为，自从我俩在钢琴前打的那一架之后，她再也不提要我弹琴的事。钢琴课也结束了。钢琴盖永远地合上，这样上面便不再落灰，同时也将我的痛苦和母亲的梦想全部关在门外。

1.胡地（Alakazam），是日本任天堂公司开发的掌机游戏系列《口袋妖怪》中登场精灵的一种。它的头脑性能凌驾超级电脑，据推测智商高达5000，擅长使用超能力，包括各种神奇的咒语。

所以，母亲有个举动使我颇感意外。那是在几年前，我三十岁生日时，她忽然提出将钢琴送我，而我这许多年来从没弹过琴。我将她的这一馈赠当作冰释前嫌的表示，一块已许久压在我们心上的大石头终于被搬开了。

“你确定吗？”我不好意思地问，“我是说，你和爸爸不会记挂它吗？”

“不会，这是你的钢琴，”母亲毫不含糊地回答，“永远都是你的，也只有你能弹。”

“嗯，我可能再也不会弹了，”我犹犹豫豫地说，“都那么多年了。”

“你上手快，”母亲似乎当真确信地说，“你有天赋。只要你愿意，已经[1]成为天才了。”

“不，我不能。”

“你只是不努力罢了，”母亲的语气既不愤怒，亦无伤感，说来就像在宣布一个不争的事实，“拿去吧。”最后母亲淡淡地说。

但我一开始并没把琴搬走，而是觉得她愿意将琴给我，这已足够了。从那以后，每当看到它安然置于父母客厅的飘窗前时，我都深感自豪，仿佛它就是我赢得的一尊闪亮的奖杯。

上个星期，我雇了一个调音师去父母公寓为这架钢琴调音，但只是一种纯粹的情感寄托。母亲已于数月前去世，因此我近来

1.原文是“You could been genius if you want to”，估计是由于母亲的英语不灵光而犯的语法错误；根据上下文，她想说的应该是“you could have been a genius if you had wanted to”，是对过去的虚拟假设，而非现在，因为女儿都已经年满三十，母亲寄予她的天才梦早已消逝。

一直在为父亲拾掇东西，每次做一点点。我将母亲的首饰收回特制的丝囊中，又将她亲手织的毛衣放进防虫收纳箱里，那些毛衣都是我所厌恶的黄色、粉色和亮橙色。我找出一些老旧的、两侧带小开口的中式丝绸女衫，拿它们抚摩我的皮肤，然后用布将它们包起来，打算带回我自己家去。

在钢琴调好音后，我掀开琴盖，按响了琴键。琴音听来比我记忆中更加饱满，这确实是一架相当不错的钢琴。琴凳里还保留着我原先用过的练习乐谱，上面是一些手写的音阶，还有几本封皮用黄色胶带贴合好的二手乐谱。

我翻开舒曼的乐谱，找到当年被我演砸了的那首小曲子。它在左手边这一页上，就是《孩子的请求》那首。它看上去比我记忆中更难些。但我弹了几个小节以后，突然惊讶地发现，那些熟悉的音符又都如此轻而易举地回到了我的头脑中。

此刻，我才第一次发现，在它右边那页上的曲子，名字叫做“心满意足”[1]。我也试着弹起这支曲子。这首曲子旋律更加轻快，但弹来依然韵律流畅，一练就会。《孩子的请求》谱子短一些，节奏较为舒缓，而“心满意足”的曲子较长，旋律更为欢快。我将这两首曲子都弹了若干次后，方才领悟到，原来它们要合在一起，才是一支完整的曲子。

1. “心满意足”（英语 Perfectly Contented / 德文 Glückes genug）是舒曼《童年情景》中的第五支乐曲，刻画了孩子得到所期望的东西后满足幸福的心理。

母亲一眼看见，女儿新家主卧套房的衣橱上嵌着一面镜子，惊呼起来："哇！你可不能把镜子放在床尾啊，这样的话，你们新婚的喜气都会被冲掉的，不吉利。"

"嗯，没有其他地方好放，所以就放那儿了。"女儿这么说着，心里对母亲凡事都看出凶兆颇感不悦，从小到大，这种警告总是不绝于耳。

母亲眉头一皱，伸手到用过两次的梅西百货公司的购物袋里摸索："哈，还好我有办法帮你弥补。"言毕，她掏出一个镶金边的小镜子，这是她上周在普莱斯会员店[1]买的，准备送给女儿作为庆祝乔迁之喜的贺礼。母亲将这把小镜子靠在床头板上，置于两个枕头之上。

"你把它挂在这里，"母亲指着床头上方的墙壁说道，"这把镜子对着那面镜子，这下好了，你们就等着桃花运翻倍吧。"

"什么是'桃花运'？"

---

1. 普莱斯会员店（Price Club）是一家实行会员制的仓储式连锁超市，以物美价廉著称。

母亲眼中透着狡黠的神情，指着镜子微笑道：“就在这里。你往镜子里看看。告诉我，妈说的对不对？在这面镜子里，我能看见未来的小外孙，到明年春天时已能坐在我腿上玩啦！”

女儿也往镜子里瞧了瞧，结果，镜中的自己正反过来凝视着她。

丽娜·圣克莱尔：饭粒丈夫

直至今日，我依然相信母亲具有某种神奇的力量能预知未来。对此，她用一个中国成语来解释，叫做“唇亡齿寒”。我猜它的意思就是，事物之间总存在某种因果关系。

但母亲并不预测何时地震，或股市何时走高，她只预知那些会不利于我们家的坏事，她知道这些事背后的原因。但而今，她只得哀叹自己从未有防患未然之举。

我幼年有段时间家住旧金山，母亲总觉得我家公寓建在山上，过于倾斜，她还说腹中的胎儿会因此流产，结果真被她言中了。

有个经营下水管道和卫浴设备的商店在银行对面开业时，母亲预言，这家银行的钱很快都会流失掉。结果一个月后，那家银行的一位职员就因挪用公款被逮捕了。

去年父亲刚过世时，母亲说她早有预感，因为尽管母亲精心照料，但父亲送她的那盆天南星此前还是枯萎凋谢了。母亲说，那盆植物的根部已烂，不能再吸收水分了。之后，母亲在父亲的尸检报告上看到，他的动脉血管百分之九十都有血栓，最终导致他在74岁时死于心脏病突发。我的父亲与母亲不同，他不是中国人，而是兼有英格兰和爱尔兰血统的美国人，所以他每天早餐时都要享用五片培根和三个单面煎的鸡蛋。

此时，我想起母亲这种未卜先知的能力，是因为她要来我们在伍德赛德区新买的房子看望我和丈夫，不知道这次她又会看出些什么。

哈罗德和我能找到这个地方真是走运，这里毗邻9号高速路的最高路段，你只需左转、右转再左转，在一条没有路标的土路上过三个岔口就到了。之所以没有路标，是因为被附近居民拆除了，这样可以防止推销员、地产开发商和市里的督察来骚扰。我们距离母亲位于旧金山的住所只有40分钟车程，但若开车带上母亲一起从那里返回，则需要忍受60分钟的煎熬。因为，当我们行驶到通往最高路段的双车道曲里拐弯的路段时，母亲会用手轻碰一下哈罗德的肩膀，然后柔声说："哎，轮胎在吱吱叫呢。"没过一会又提醒道："这样对车磨损太厉害了。"

哈罗德笑着减了速，但我看到他双手紧握捷豹的方向盘，紧张地瞥了一眼后视镜中每分钟都不断增多的汽车，这条长龙已经不耐烦了。我见他这般狼狈，心中暗自得意。他平时总是紧随驾驶别克车的老太太们，边拍车喇叭边猛踩油门，仿佛那些老太太要是再不让路，他就会从她们的车上碾压过去。

与此同时，我也不喜欢自己居心不良，竟会觉得哈罗德遭罪是咎由自取。但我又无法控制自己不这么想，因为我和他正彼此大动肝火。那天早上，就在我们开车去接母亲之前，他对我说：

“你该为杀虫剂掏腰包，因为米卢盖是你的猫，所以它身上那些跳蚤也是你的。这样才公平。”

我们的朋友中不会有人相信，我们会为像跳蚤这样的无聊琐事大动干戈，但他们也绝不会相信，我们之间的问题其实远比这事要根深蒂固，深到连我都不知何处是底。

不过，既然我母亲在这里——她要在这儿待上一周或一直住到她在旧金山的公寓完成电路改造——我们只好装出相安无事的样子。

在这期间，她屡次诘问我们为何花那么多冤枉钱，买下这块四英亩[1]的土地，上面只不过是一栋谷仓翻建的房子和一个四周长霉的游泳池，而且其中两亩地还种满了红杉和漆树。其实，当我们领她在这块地皮和屋子各处参观时，她并未真问，只是不住地说：“唉，花了这么多钱，这么多啊。”面对她的连连慨叹，哈罗德只得用浅显易懂的话向母亲解释：“嗯，你看，装修在一些细节上要花挺多钱的，比如这里的木地板，全是手工漂白的。墙壁的材质看起来像大理石，是手工用海绵反复擦拭出来的。所以，这些的确是物有所值啊。”

母亲点头赞同：“嗯，漂白剂和海绵确实挺费钱的。”

一趟走马观花的新居参观中，她已挑出毛病了。她说地板的倾斜度让她感觉自己好像在“走下坡路”。母亲即将入住的那间客房，原本是个屋顶向下倾斜的草料仓，她认为这个屋子“两头斜”。她在天花板的角落里发现了蜘蛛网，还看到蹿到半空的跳

1.英美制地积单位，1英亩合4046.86平方米。

蚤，“啪！啪！啪！”地仿佛热锅里溅出的油点子。母亲知道，尽管有各种昂贵却华而不实的细节处理，这幢房子仍旧只是个谷仓。

她能洞察一切。使我恼火的是，入她慧眼的全是不好的部分。但当我环顾四周时，却发现她说的每一条都是对的。这也使我确信，她必定看出了正发生在哈罗德和我之间的其他事情，还有将要发生的事情，因为我记起自己八岁时，她曾经看到的另一样东西。

母亲在看过我的饭碗以后，说我将来会嫁给一个坏男人。

多年前，母亲在一次晚饭后对我说：“唉——丽娜，你现在碗里剩多少粒米饭，你未来的丈夫脸上就有多少颗麻子。”

她将我的饭碗搁下，继续说：“我当年认识一个满脸麻子的男人，是个小人，坏人。”

我马上想起邻居家一个讨厌的男孩，他脸上坑坑洼洼的，而且那些小坑的确跟米粒大小相仿。这个男孩约莫十二岁，名叫阿诺德。

每当我放学回家经过他家楼前时，阿诺德常用弹弓朝我的腿上打石子，还有一次，他骑车从我的玩偶上轧过去，将它膝盖以下碾烂了。我决不想让这个残忍的男孩成为自己未来的丈夫，所以赶紧端起那碗已经冷掉的米饭，将所剩不多的几个饭粒扒拉到嘴里，完后冲母亲露出笑容，自信未来的丈夫不会是阿诺德，而是一个面颊光洁得宛如我现在扒光了米粒的瓷碗面一般的男人。

但母亲叹了一口气说：“昨天，你也没把米饭吃完。”我想起昨天那几口没吃干净的米饭，还有前天碗里剩的饭粒，而且想到我此前很多时候也都如此。事已至此，我这颗八岁的心灵变得越来越恐慌，因为我愈发感到，自己命定的丈夫将会是这个可恶的臭小子阿诺德。由于我不良的用餐习惯，他那张丑陋的脸最终将变得如同月球上的环形山一般。

这原本可以成为我童年记忆中的一段趣事，但事实上，我时常带着厌恶和悔恨交织的情绪回想起这件事。我对阿诺德痛恨至极，所以终于想了个让他死掉的办法。我利用了事物间的因果效应。当然，这一切可能只是并无多少关联的巧合而已。不管他的死与我究竟有没有必然联系，我都清楚地知道自己确有杀人意图。因为，当我想要什么事发生或是不让它发生时，我便开始把所有的事件和事物都看作与我的目标息息相关，都能成为可利用或应规避的际遇。

我终于找到了这样的机会。就在母亲告诉我关于饭碗和我未来丈夫的关系之后的那个星期，我在主日学校看了一部吓死人的电影。我记得老师将屋内的光线调得很暗，我们只能看到彼此的轮廓。然后，老师看着我们，一屋子局促不安、丰衣足食的华裔美国孩子，开口说道："看了这部电影，你们就会明白，为什么我们要向上帝缴什一奉献[1]，为什么要做上帝的荣工。"

老师还说："我希望在看电影时，你们能够想想平时买糖果花掉的零钱，想想自己每周吃掉的食物，还有'好又多'甘草糖[2]、

1.原文是"tithings"，中文对应的名称可以是什一奉献、什一税或什一捐，由欧洲基督教会向居民征收的一种主要用于神职人员薪俸、教堂日常经费以及赈济的宗教捐税，这种捐税要求信徒按照教会当局的规定或法律的要求，捐纳本人收入的十分之一供宗教事业之用。

2."好又多"（Good and Plenty）是一种胶囊形状的甘草糖，黑色的甘草软糖外面包了一层硬糖壳。

Necco威化饼[1]，还有枣味胶糖，然后把这些和你们将在电影中看到的做个比较。我还希望你们思考一下，自己生活中真正的幸福是什么。”

她接着就放电影，放映机咔嗒咔嗒地转动起来。这部电影讲述传教士们在非洲和印度的生活。这些善良的传教士救助了许多当地居民，其中有人双腿浮肿得像树干一样，还有人四肢麻木、蜷曲，变得像藤蔓似的。但最可怕的是那些麻风病人，他们满脸都是麻点、脓包和溃疡，坑洼不平，要多惨有多惨，让我觉得这些脓包、烂疮迸裂时，其惨烈犹如蜗牛在盐堆里痛苦挣扎后的模样。如果母亲当时也在场，她会告诉我这些可怜病人的丈夫或妻子小时候肯定也经常剩饭，而且一剩就是一满盘。

看完电影后，我明白自己如何才能摆脱嫁给阿诺德的厄运了，所以我做了件可怕的事。我剩的饭越来越多，之后，我不仅浪费中餐，对于奶油玉米、花椰菜、“家乐氏”卜卜米[2]和花生酱三明治之类的也尽情糟践。有一次，我咬了一口士力架，觉得这条东西上藏满了黑点，里面是黏糊糊的玩意，于是把它也扔掉了。

我心想，阿诺德也许什么事都不会有，他不会得麻风病，不会因迁到非洲而毙命。这种想法或多或少平衡了一些心里关于他可能罹难的阴暗想象。

1.Necco（New England Confectionery Company）即新英格兰糖果糕点公司，创建于1847年，是美国境内最古老的糖果公司。

2.“家乐氏”卜卜米（Rice Krispies）是由美国家乐氏（Kellogg）公司于1927开始生产的一种以膨化米为主要配料的早餐。

阿诺德并没有立刻暴毙；事实上，这是大约五年以后的事了。当时，我已变得相当清瘦。我节食倒不是为了早已被遗忘的阿诺德，而是因为厌食症在当时颇为流行，我就像其他所有十三岁的少女一样，通过节食减肥或其他方式来承受成长之苦。有天吃早餐时，我坐在餐桌旁，等母亲将我的一袋午餐装好，我通常出门一转弯就迅速将袋子扔掉。父亲则在一旁吃饭，一只手捏着培根肉卷去蘸蛋黄酱，另一只手里拿着报纸。

“哦，天啊，你们听听这个新闻。”父亲一边蘸着蛋黄酱一边说：原先在奥克兰有个邻居家的男孩，名叫阿诺德·瑞斯曼，最近死于麻疹并发症。真可惜，他刚被加州大学海沃德分校录取，打算将来毕业当足科医生。

“‘起初，医生们对他的病症感到困惑，他们说这样的病例极为罕见，患者通常都是十到二十岁左右的孩子，潜伏期多是他们感染麻疹病毒之后的数月到数年之间。’”父亲继续念道，“‘据男孩的母亲说，他在十二岁时曾患过一次轻微的麻疹。今年男孩发病之初，首先是家人觉得他动作协调性出现问题，之后是神经性嗜睡，直至最终陷入昏迷。这个十七岁的男孩再也没能清醒过来。’”

“你认识这个男孩的吧？”父亲问，我只得站在那里不做声。

“真倒霉，”母亲一边望着我，一边感叹道，“真是太倒霉了。”

我觉得母亲一眼就把我看穿了，她知道是我把阿诺德给害死的。我心里害怕极了。

当晚，我躲在自己屋中，抱着从冰箱偷拿出来的半加仑[1]草莓冰激凌，一勺接一勺地硬往喉咙里塞。此后的几个小时，我都弓身坐在卧室外的消防逃生楼梯上，将吞下的东西呕回到装冰激凌的盒子里。我记得自己当时觉得很奇怪，不知为何吃好东西让我感觉那么难受，而呕出恶心的东西反倒令我心情愉快。

我可能导致了阿诺德死亡，这一想法并不那么荒谬。或许，他确实是我命定的丈夫。因为时至今日，我仍在寻思，为何在这个如此混乱的世界却还有那么多机缘巧合？为何会有这么多相似之处，同时又存在截然相反的情况？为什么阿诺德偏偏选择用弹弓来欺负我呢？他为何恰巧在我开始有意记恨他的那一年得了麻疹？当母亲说出关于饭碗的预言后，为何我第一时间想到的是阿诺德，之后又如此记恨他呢？仇恨难道不就是出自受伤的爱吗？

即便我最终将这一切都当作无稽之谈，但我依然觉得，大多数时候，我们最终的结局都是咎由自取。我并没有嫁给阿诺德，而是跟哈罗德在一起了。

哈罗德和我在同一家建筑公司上班，公司名叫利沃特尼合伙公司，不过哈罗德·利沃特尼是公司合伙人，而我只是普通雇员。我们在八年前相识，当时哈罗德还没组建利沃特尼联合公司。那年，我二十八岁，是个项目助理。哈罗德三十四岁。我俩都在哈尼德·凯利和戴维斯合伙公司的餐厅设计和开发部供职。

起初，我们在中午工作餐时间会面，讨论设计项目，餐后结账

---

1. 英美制容量单位，英制1加仑等于4.546升，美制1加仑等于3.785升。

时我们总是均摊账单，尽管我通常只点一个沙拉，因为自己很容易长胖。后来，我们开始在晚餐时秘密约会，但仍旧平分账单。

在交往过程中，我们始终保持这种将所有东西都平均分配的做法。如果非要问为什么的话，其实还是我纵容的结果。有时，我会坚持都由我来买单，包括饭菜、饮料和小费。对此，我的确一点也不在乎。

经过六个月的外出晚餐，五个月的饭后亲热，一个星期腼腆而可笑的爱情告白之后，哈罗德对我说："丽娜，你真是不同凡响。"当时我俩正躺在床上，床上铺着我为他新买的紫色床单。他那套旧的白床单在令人尴尬的位置有明显的污斑，显得不够罗曼蒂克。

哈罗德用鼻子在我脖颈上温柔地磨蹭着，一边喁喁私语道："我觉得，自己从没见过别的女人，像你这样镇定自信……"我至今还记得当自己听到"别的女人"这几个字时，心头因恐惧突然一沉的感觉，因为我能想象到几十个甚至几百个倾慕他的女人，会心甘情愿为哈罗德的一日三餐买单，以此博取他在自己脖颈温存爱抚的快感。

随后，他轻咬我的脖颈，喘着气说："也从来没有人像你这样温柔、湿润和可人。"

听到这些话，我禁不住神魂颠倒，他的这番最新表白让我方寸大乱，弄不明白像哈罗德这么出色的人，怎么会觉得我"不同凡响"。

因为我正跟他闹别扭，很难记起他有什么出色的地方了。但我知道他的确有很多优点，因为我还没有蠢到会无缘无故地爱上他，并最终嫁给他。我现在只记得，当时感到自己是何等幸运，继而又何等担忧，担心所有这一切原本不该让我消受的福气，有一天会从我身边偷偷溜走。每当我憧憬有一天能搬去和他同住时，也同时搅起了心底最深处的一些恐惧：他会不会嫌弃我的体味？会不会觉得我如厕的习惯很糟糕？或是觉得我在音乐和电视节目方面太没品位？我真担心，有朝一日哈罗德会换副全新的镜片，当他早晨戴上眼镜后，会将我从头到脚打量一番，然后说："哦，天啊！你根本就不是我心目中那个姑娘，对吧？"

我始终都没能摆脱这种恐惧感，总害怕自己将来有一天会像女骗子似的，被他抓个现形。但就在最近，我的朋友罗丝因为婚姻破裂，正在接受心理治疗。她跟我说起，像我们这样的女人，有这种想法是很普遍的。

罗丝说："最初我认为，产生这种想法，是由于自己是被这种中国式的谦卑观念带大的，换句话说，身为中国人，就该接受道家关于顺应天命的观念。但心理医生反问我，你为什么要归罪于自己的文化和种族呢？我记得曾读过一篇关于婴儿潮一代的文章，文中说，我们这代人总是期望得到最好的，但当我们得到以后，又疑虑自己可能原本应该期望更高一些，因为过了一定的年龄，我们的所得就会逐年减少。"

与罗丝谈过话后，我的自我感觉好了些，我想，自己跟哈罗德当然在许多方面都是不相上下的。虽然他皮肤白皙，精瘦结实，斯斯文文，自然颇具魅力，但算不得道地的英俊。尽管我并无倾国倾城之貌，但有氧健美班上许多女伴都夸我颇具“异域风情”，还羡慕我的胸部不会下垂，因为现今小胸脯挺时兴的。另外，我的一位客户还赞美我活力无限，魅力四射。

因此，我认为自己理应得到像哈罗德这样的男人——我是指好的方面的般配，而非报应那样的坏的意思。我们旗鼓相当。我也很聪明，通情达理，而且具备很强的直觉。当初就是我鼓励哈罗德，说他完全有能力自己开一家公司。

当我们还在哈尼德·凯利和戴维斯合伙公司工作时，我就向他建议：“哈罗德，咱们这个事务所还真明白有你这样的雇员多划算。你就像会下金蛋的鹅，如果现在你自己另起炉灶，肯定能带走一半以上餐饮业客户。”

“一半？乖乖，那真太妙了！”他笑着说。

我也跟着笑起来，一边冲他喊道：“超过一半！你就是这么了不起。你在餐厅设计和开发部是最棒的。这一点你我心知肚明，很多餐饮业开发商也都清楚。”

就在那一晚，哈罗德决定为此“大干一场”，对他用的这个词，我私下里是比较厌恶的，因为我之前供职的那家银行就曾以“大干一场”为口号来激励员工参与业务竞赛活动。

尽管如此，我仍鼓励哈罗德说：“我也想帮你一起大干一场。我的意思是，你将会需要一些启动资金。”

哈罗德表面上显得不愿意接受我的钱，不管是作为资金援助、贷款或是投资，甚至作为合伙人出资都不行。他声称非常珍视我们之间的关系，所以不希望让它沾染铜臭。他还对我解释说：“我跟你一样不想受人施舍。只要我们保持财务独立，就能确保爱情永不变质。”

我本想反驳他说：“不！虽然我们一直是均摊账单的，但我在钱的问题上，其实态度不是这样的。我为你掏钱都是心甘情愿的，我是想……”我虽有满肚子的话要说，却又不知该如何启齿。我真想问他，到底是哪个女人曾狠狠伤过他的心，导致他对表达爱情的许多美好方式竟然如此恐慌。但随后，我听他说出了我期盼已久的心声。

“其实，你搬来和我住在一起，就可以帮上我的忙了。我的意思是，那样的话，我就可以用你付给我的500美金去……”

“真是个好主意！”我赶紧附和道，因为明白他能这样说已经够让他难堪的了。我那时已欣喜若狂，所以根本不在意自己工作间的月租实际只有435美金。再说，哈罗德的住处比我的可舒适多了，是个两居室的海景房，240度观景。这样的房子，无论跟谁合住，要我多付点房租也感觉很划算。

哈罗德和我于同年辞职离开哈尼德·凯利和戴维斯，他随后创建了利沃特尼联合公司，我则以项目协调人的身份在其中工作。不过，他没能成功带走哈尼德·凯利和戴维斯一半的餐饮业老客户。实际上，公司威胁说，哈罗德在辞职后一年内哪怕只带走一个客户，他们都会提起诉讼。那天晚上，哈罗德心情沮丧，我则对他说些鼓劲的话，告诉他应该多做些比较前卫的主题餐厅设计，以便在同业中获得差异化的竞争优势。

我启发他说：“现在，谁还想要黄铜和橡木材质的酒吧和烧烤屋？谁会想再要个一律现代气派、光亮装潢的意大利面食店？警车好像从墙上呼啸而出，这种装潢的餐馆你还没去够吗？我们这座城里的餐馆无非是些老旧主题的翻版，毫无新意可言。所以，你应该寻找一个标新立异的市场定位，每次设计都要与众不同。再拉来一些有兴趣对美国式新颖设计砸钱的香港投资者。”

他对我报以爱慕的一笑，意思是：“我就喜欢你这种天真劲儿。”而我则喜爱他那般看我的模样。

所以，我结结巴巴地向他倾吐了我的爱意：“你……你……可以设计创新的主题餐厅、食屋，比方说，呃……‘原野上的家’[1]之类！卖的都像是妈妈做的家常饭菜，‘妈妈’系着方格棉布围裙在灶前忙活，还有妈妈形象的服务员凑过来叮嘱你把汤喝干净。

“或许……或许你可以设计一个专营小说中的食物的地方，菜单上都是小说中出现的食物……比如劳伦斯·桑德斯谋杀悬疑小说中的三明治，诺拉·埃弗朗《妒忌》中的甜点等等。你还可以设计魔术主题的，笑料和插科打诨，或者……”

哈罗德当真听取了我的建议，他从我出的点子中提取精要，然后以一种训练有素、有条不紊的方式将它们付诸实践。他的确做得很成功，但我心里明白，这些毕竟还是我出的主意。

如今，利沃特尼联合公司不断壮大，聘有十二个全职雇员，专门经营主题餐厅设计，不过，我还是喜欢用自己当初提议的“主题用餐”来称呼它。哈罗德负责定制每家餐厅的创新概念，出总体创

1.《原野上的家》（“Home on the Range”），是一首描写美国西部生活的经典歌曲。

意，是设计师、策划人，并将最终的设计成品对新客户进行展示。而我则在内部设计师手下干活，对此，哈罗德解释说，因为我们现在是夫妻，所以如果他提拔我，会显得对其他员工不公平。我们是五年前结婚的，那时他组建利沃特尼联合公司已有两年了。他还说，虽然我在工作上表现出色，但毕竟从未接受过这方面的正规训练。我在大学主修专业是亚美文化研究，只选修过一门与此相关的课程，就是剧场布景设计，当时学院在排演《蝴蝶夫人》。

在利沃特尼联合公司，我负责获取各种主题元素。我的宝贵成果之一是为一家名为“渔夫故事”的餐厅设计的一条木船，船身漆成黄色，印着“征服号”的名字。按照我的设计，每张餐桌上安置一根迷你钓鱼竿，菜单就悬在钓竿上，而餐巾上印着尺度的标记及尺寸的换算规则。我还为一家名为“图雷·谢赫”的阿拉伯的劳伦斯[1]式熟食店进行设计，我主张这里应该具有阿拉伯集市的效果，还在店内放置了眼镜蛇标本，盘踞于好莱坞拍片用的仿真大圆石上。

如果不仔细权衡各种利弊的话，我其实很热爱自己的工作。但当我考虑到自己的工资水平和对工作的努力投入时，就会觉得懊恼，因为哈罗德对别人都很公平，唯独对我不是如此。

所以，我们虽然看似平等，但哈罗德挣的工资差不多是我的七倍。他对此也一清二楚，因为我每月的工资支票都是他签发的，然后我再将工资存入自己在银行单独开立的个人账户。

1.《阿拉伯的劳伦斯》(*Lawrence of Arabia*)是由大卫·里恩执导的电影，该片主要讲述了奥斯曼土耳其作为德国的盟友参加一战，在此背景下，英国试图支持奥斯曼土耳其统治下的阿拉伯人的独立运动。

不过近来，这种凡事均等的做法开始让我不舒服。这本来早已存在于我的脑海，只是以前没意识到而已。过去，我只是觉得哪里有些不对劲，大约一星期前，这个问题完全彰显出来了。那天早餐后，我正收拾餐具，哈罗德在启动车子，准备和我一同上班。我忽然瞥见摊在厨房餐台上的报纸，上面放着哈罗德的眼镜，报纸旁边是他最喜爱的咖啡杯，杯子把手缺损了一块。不知为何，看着这些熟悉的家庭细琐，看着这种日常惯例，我的内心突然泛起一种晕眩迷离的感觉。那仿佛是一种我们第一次做爱时的感觉，只觉得自己把一切都委付给他了，无所保留，不计回报。

上车后，我心中还激荡着那种炽热的感觉，不由得抚摸着他的手说："哈罗德，我爱你。"他眼睛盯着后视镜，把车子倒出来，然后敷衍了一句："我也爱你。你锁门了吗？"仅此而已，我开始觉得，他的这种回应完全不够。

哈罗德将一串车钥匙晃得叮当作响，问道："我要去山脚下买点晚餐。牛排怎么样？还需要什么特别的吗？"

"我们没有米了。"我一边说着，一边将头朝我母亲那个方向小心翼翼地点了点。母亲当时正背对着我，欣赏厨房窗外棚架上盛开的叶子花。哈罗德随后出了门，我听到汽车发动机的轰鸣声，然后传来车轮碾过碎石路的声响。

屋里只剩我们母女二人了。我开始为家中养的绿植浇水，母亲站在冰箱前，踮起脚尖仔细查看冰箱门上贴的一张物品清单。

清单上写着"丽娜"和"哈罗德"，在各自名字下方列着我们买的东西和价格：

丽娜

· 鸡肉、蔬菜、面包、花椰菜、洗发水、啤酒$19.63

· 玛丽亚（打扫卫生+小费）$65

· 各种杂货（见购物小票）$55.15

· 矮牵牛花、培植土$14.1

· 冲洗照片$13.83

哈罗德

· 车库用品$25.35

浴室用品$5.41

汽车用品$6.57

· 灯具$87.26

铺路砂砾$19.99

· 汽油$22.00

· 汽车烟雾检查$35

电影和晚餐$65

· 冰激凌$4.50

照这周的情形看，哈罗德的花销已超过100美元，所以我还欠他大约50美元，从我的支票账户还。

“这清单是怎么回事？”母亲用中国话问我。

“哦，没什么。只是我们分摊东西。”我尽可能轻描淡写地回答。

母亲盯着我，皱了皱眉，但什么也没说。她又走过去，把清单重新读了一遍，这次她看得更仔细，还用手指点着每一项念过去。

我知道母亲看到了什么，觉得颇为尴尬。不过，幸好她没看到事情的另一面，也就是此前的讨论。哈罗德和我经过无数次协商，最终对私人用品不纳入均摊成本的范围达成共识，私人物品比如说有“睫毛膏”“剃须润滑油”“头发喷雾剂”“剃须刀”“卫生棉棒”和“爽足粉”等。

我们在市政厅举行婚礼时，他坚持要支付全部开销。我请来自己的朋友罗伯特担任摄影师。之后，我们在自己的公寓搞了次聚会，大家都带来了香槟。我们买房时又达成协议，约定双方清偿抵押贷款的比例，以及对共有财产的所有权，都是依据我俩的工资所得比例计算的，这些全都写进了我们的婚前财产公证协议。因为哈罗德出资比较多，所以他对房屋的布置和风格具有绝对的话语权。我们的房间光洁、简约，他称之为“流畅”，不能有任何有碍这种流畅的东西，也就是说，不允许我将屋里堆得乱糟糟的。如果我们去度假，那么对于我们一起挑选的旅游线路，花销就对半分，其他由哈罗德支付，并将它看成是送给我的生日或圣诞礼物，又或是为了庆祝我俩的结婚纪念日。

对于那些界限模糊的东西，我们则以泰然处之的态度商讨，比如我的避孕药，还有在家招待客人的晚宴，这些客人其实是他的客户或我的大学旧友；再有就是那些我订阅的美食杂志，他有时也会翻看，但他肯定不会想要订这些杂志，随手看看无非是打发无聊的时间。

我们总是争论不休的还有米卢盖这只猫——不是我们的猫，

也不是我的猫，而是“这只猫”，因为它是哈罗德去年送给我的生日礼物。

“什么！你们不会连这个也均摊吧？”母亲突然惊呼起来，我也吓了一跳，还以为是她看出我正想米卢盖的事。不过，我随后看到她正指着哈罗德清单中的“冰激凌”。母亲肯定对那次消防逃生楼梯上的事件记忆犹新，那晚，当她在楼梯上找到我时，我正浑身颤抖、疲惫不堪地坐在一桶被呕出的冰激凌旁边。这件事之后，我就再也无法承受冰激凌这玩意儿了。我心里接着又是一惊，因为我突然意识到，哈罗德每周五晚都把冰激凌买回家，我其实一丁点儿也没吃过，可他从未注意到这一点。

“你们为什么这么做？”

母亲问话时声音里流露着伤感，仿佛我把清单贴出来是有意要伤害她。我踌躇着要怎么对她解释，心中不由得想起我俩过去为了说服对方所说的话：“这样做，那些虚幻的依赖成分就全剔除了……要平等相待……并非受责任所迫而相爱……”但这些措辞，是母亲绝不会理解的。

因此，我只好回答说：“其实，我也不知道。早在我们结婚前，就已经这样做了。因为什么原因，我们就这么做下来了。”

哈罗德买东西回来后，烧煤取暖。我将他买的东西从车上卸下来，把牛排用调料汁浸上，蒸上米饭，然后布置餐桌和餐具。母亲坐在大理石餐台前的凳子上，正在喝我为她倒的咖啡。每隔几分钟，她都会用掖在毛衣袖里的纸巾擦拭一下咖啡杯底部。

晚饭时，哈罗德一直滔滔不绝地谈论房屋改建计划，比如在哪里开几扇天窗，扩建露天平台，在花圃里种上郁金香和番红花，清理掉那些漆树，加盖厢房，还要建一个日式浴室。之后，哈罗德收拾好桌子，将餐盘叠放在洗碗机里。

“谁现在想要甜点吗？”哈罗德边说边将手伸进冰箱。

“我吃饱了。”我回答说。

“丽娜不能吃冰激凌。”母亲跟了一句。

“好像是吧，她总是在节食。”

“不，她从来不吃冰激凌，因为根本不喜欢吃。”

哈罗德只得堆着笑，迷惑地看着我，等我为他翻译母亲说的话。

“确实如此，”我语气平淡地说，“我几乎一辈子都讨厌吃冰激凌。”

哈罗德盯着我，仿佛我也说的是中文，让他丈二和尚摸不着头脑。

“我可能一直以为你是在减肥呢……嗯，那好吧。”

“她已经变得很瘦了，所以你都看不见她了，”母亲继续说，“她瘦得像个鬼，不见了。”

“说得太对了！天啊，形容得太妙了！”哈罗德大笑道，以为我母亲是好意替他打了个圆场。

晚饭后，我将干净的毛巾铺在客房的床上。母亲此时正坐在那里，观察这间屋子。这个房间充分体现了哈罗德的极简风格：一张铺着洁白床单的双人床，上面盖着白色毛毯，木质地板打磨得很光亮，一张褪色的橡木椅，倾斜的灰色墙壁上空空如也。

屋子里唯一的装饰，是床边放置的一张长相怪异的茶几。茶几的面是一块切割不平整的大理石板，纤细的桌腿交错着，由黑漆木料制成。

母亲刚把手提袋往茶几上一搁，上面摆放的圆柱形黑花瓶就摇摇欲坠了，瓶里插的苍兰也跟着颤动起来。

“小心点，这茶几不太稳。”我向母亲解释道。这茶几原本是哈罗德在学生时代设计的一件比较糟糕的家具。我很诧异他为何总是对此颇为自豪。茶几的线条比较笨，丝毫体现不出哈罗德如今最看重的“流畅”特点。

“这有什么用啊？”母亲轻摇着桌子抱怨道，“只要你在上面放其他东西，就全部都会倒下来，这多像‘唇亡齿寒’啊。”

我将母亲留在她的房间里，然后独自下了楼。哈罗德推开窗户想透透气，他每晚都如此。

“我冷。”我念叨了一句。

“怎么啦？”

“请你关上窗户好吗？”

他瞧瞧我，微笑着叹了口气，把窗户合上了，然后盘腿坐在地板上，随手翻开一本杂志。不知为何，我坐在沙发上，感到怒火中烧，这倒并不是因为哈罗德做错了什么，哈罗德还是哈罗德。

我尚未发作时，就已知道将要挑起一场战斗，一场大到我不知如何收场的战斗，然而我还是这么做了。我走到冰箱前，提笔将“冰激凌”从哈罗德名下划掉了。

“这是怎么回事？”

“我只是认为，我们不该再均摊属于你自己的冰激凌。”

他耸耸肩，好像觉得有点好笑似的说：“那好吧。”

“真见鬼了，为什么你一定要这么均摊地过日子呢！”我突然大喊道。

哈罗德放下杂志，惊讶地张大了嘴，“你这是什么意思？为什么不直截了当地说说到底哪里不对了？”

“我不知道……我不知道。所有这一切……我们对所有东西都斤斤计较一番，不论是我们共享的，还是不共享的，总是这样。我烦了，生活中随处都必须加加减减，好让你我账面上保持平衡，我讨厌这样。”

“想要养猫的人，其实是你。”

“你扯这个干什么？”

“好吧，如果你认为杀虫剂都由你付账不公平，那我们一人一半不就得了。”

“这不是问题的关键！”

“那么，请你告诉我，问题的关键到底是什么？”

我开始哭泣。这是哈罗德很讨厌的，这样令他不舒服，还会生气。他总觉得，哭的目的就是要操纵他、控制他。但我实在身不由己，因为我突然意识到，自己也不清楚这次争论的目的究竟是什么。难道我是想请求哈罗德支持自己吗？难道我是想少付点钱？我是否当真认为，我们应该停止对每样东西都把账计算明白的做法？即使表面上不算，难道我们在心里就不会斤斤计较了吗？到头来，哈罗德会不会要掏更多腰包？果真如此，我会不会反而觉得自己没被平等对待？又或者说，也许我们当初就不该结婚。哈罗德或许就是个坏男人。不过，没准他这么做都是我纵容的结果。

我思前想后，但怎么样都不对劲，总觉得一切都说不通。我不知如何才能指明问题所在，因而陷入了彻底的绝望。

“我只是在想，咱们必须有所改变，”待我感到情绪平复了之后，才开口继续说，但我之后说话的腔调都犹如哀鸣一般，“你我都得想明白，我们婚姻的基石究竟是什么…… 我想，它不应该是这张收支平衡表，也不该总算计谁欠了谁的。”

“胡说。”哈罗德嘟囔了一声，然后叹了口气，后背倚靠着墙，仿佛在仰头思考这个问题。最后，他终于用颇为受伤的语调说：“当然，我也知道咱们的婚姻不是仅仅建立在一张收支平衡表上的，有许许多多的因素让我们走到了一起。如果你不这么认为，那在你改变我们的生活以前，我觉得你应当先思考清楚，自己究竟还想得到些什么。”

听他如此说，我脑子里糊里糊涂的，不知该做何感想。我既不知道自己在说什么，也不明白他在说些什么，我们坐在同一个屋子里，一言不发。空气仿佛瞬间凝固住了。我望着窗外远方低洼的山谷，千万点光亮在夏日暮霭中闪烁。突然，我听到楼上传来一阵玻璃被摔碎的声音，接着是椅子在木地板上拖动的摩擦声。

哈罗德先站起身来，但我阻止了他：“不，还是我去看看吧。”

我上楼后，发现母亲的房门是敞开的，但屋里很暗，于是我叫了一声：“妈？”

随后，我看清了眼前的景象：那张桌腿纤细的大理石茶几整个翻倒了过来，光溜溜的细圆柱黑花瓶被摔在一旁，断成了两截，那束苍兰也撒在一小滩水里。

我看见母亲坐在敞开的窗前，夜色映衬着她黯淡的侧影。她在椅子上转过身来，但我看不清她的脸。

“倒了。”母亲轻描淡写地说，并没有道歉的意思。

“没关系，”我安慰道，之后开始收拾地上的碎玻璃，“我早料到会这样。”

“那你为什么不事先阻止呢？”母亲问。

这，可真是个简单的问题啊。

韦弗里·江：四面八方

我邀请母亲到我最中意的一家中国餐馆共进午餐，原本希望能让她心情愉快，结果却是一场灾难。

我们在“四方”餐馆刚一见面，母亲立即不满地盯着我，用中国话责怪道：“哎——呀！你的头发是怎么回事啊？”

“什么‘怎么回事’啊，”我答道，“我不就是理发了嘛！”理发店的罗瑞先生这次为我做了新发型，他剪了个左高右低、参差不齐的斜刘海儿，这种造型还算时髦，但并不过分。

“像被削掉一样，”母亲说，“你得让他退钱。”

我叹了口气：“咱们还是一起好好吃顿午饭吧，行吗？”

母亲像往常一样，紧抿双唇，蹙着鼻子，边扫视菜单边嘟囔：“这菜单上没多少好吃的。”接着，她拍了拍服务员的手臂，用手指把筷子从头到尾擦拭了一遍，还凑近闻闻：“这种油腻腻的筷子，难道你想让我用它吃饭？”她夸张地用热茶将自己的饭碗洗刷了一番，并且告诫邻桌的食客都这么做。她还对服务员说汤必须是很热的，但以她行家的舌头估测，这里的汤“连温热都算不上”。

母亲还为餐厅多收的两美元发生了争执，对方的理由是她特别指明要菊花茶，而不是普通的绿茶。“你不该这么动气，”我劝母亲，“再说了，平添不必要的压力，对你的心脏也不好啊。”

“我的心脏一点问题也没有。”她一边气鼓鼓地反驳，一边鄙夷地盯着服务员。

她说的没错。尽管她经常给自己和周围的人施加压力，医生依旧宣布我母亲在六十九岁高龄，血压还跟十六岁的人似的，体力充沛得像匹马。这倒是跟她的属相恰好呼应——她生于1918年，属马，注定性格倔强直率到不讲策略的地步。她和我很不搭调，因为我生于1951年，属兔，大家认为属兔的敏感细腻，有脸皮薄的性格倾向，别人稍有微词就会紧张起来。

这顿令人扫兴的午餐后，我不再奢望有什么合适的时机告诉母亲：里奇·希尔兹和我就要结婚了。

“你干吗这么紧张呢？”我的朋友玛琳·弗柏有天晚上在电话里问，“里奇又不是人渣，我的老天，他可是和你一样的税务律师啊！你妈还有什么可挑剔的？”

“你不了解我妈，”我说，“她眼里就没有够格的人。”

“那干脆和他私奔吧。”玛琳怂恿道。

“我和马文当年就是这么干的。”马文是我的第一任丈夫，我俩在高中时就相爱了。

“所以说嘛。”

“所以当我妈发现的时候，她抡起鞋子就朝我俩砸过来，这还只是个开始。”

母亲从没见过里奇。事实上，每次我刚一提到他的名字——比如说里奇和我去听交响乐，里奇带我四岁的女儿秀珊娜去动物园时——母亲总会千方百计地转移话题。

在"四方"餐厅等待结账时，我对母亲说："我跟你讲了没，秀珊娜和里奇在探索博物馆[1]里玩得有多开心？他——"

"哦！"母亲打断我，"我还没告诉你呢，本来医生说，你爸可能得做个探查手术[2]。但现在，他们说你爸一切正常，只不过是便秘。"我只得就此作罢。之后我们又重复每次结账的惯例。

我掏出一张十块和三张一块的钞票去买单。母亲将三张一块的钞票一把抽回来，另数出应付的十三美分，一分不多，一分不少，将它们放在托盘里，还斩钉截铁地说："没有小费！"她把头往后一扬，露出胜利的微笑。我趁母亲去洗手间的时机，悄悄将五美元钞票塞给服务员，他深表理解地冲我点点头。母亲不在的这段空当，我酝酿出另一个计划。

"那里臭死了！"母亲回来后小声抱怨道，还用一小包便携式舒洁纸巾轻轻捅了捅我，"你要用吗？"她从来不用别人厕所里的手纸。

我摇摇头："不过把你送回家以前，咱们还是先去我那边坐一下吧，很快的，我想给你看点东西。"

1.探索博物馆坐落于旧金山，成立于1969年，是旧金山最受人欢迎的科学博物馆，在全美也很闻名。

2.女儿提到里奇带秀珊娜到探索博物馆（Exploratorium）去玩，而母亲岔开话题，顺着这个词的相近音提到父亲做的探查性外科手术（exploratory surgery）。

母亲有好几个月没去我的公寓了。早在我第一段婚姻时，她习惯于经常不打招呼就来，直到有一天我忍无可忍，只得向她提出，下次再来之前要提前打个电话告知。从那以后，她就再也不来我家了，除非我发出正式邀请。

这次，当母亲走进我公寓时，我便留意她对这里发生的变化有何反应。我刚离婚那会儿，突然有大把时间可以规整自己的生活，所以那时将家里收拾得井井有条。与那时的崭新居所相比，现今可谓乱七八糟，却有一个充满了生机和爱的家庭氛围。走廊地板上散落着秀珊娜的玩具，都是些色彩明丽的塑料制品，加上零件。客厅有一副里奇的杠铃，咖啡桌上摆着两只脏兮兮的酒杯，还有些被肢解的电话机零部件，那是秀珊娜和里奇拆开的，想知道声音是从哪里发出来的。

“东西在里面呢。”我对母亲说着。我们一路走到最里面的卧室。床上没有整理过，衣柜抽屉半开半合，还有袜子和领带耷拉在外面。母亲小心翼翼地迈过了跑步鞋、还有一些秀珊娜的玩具、里奇的黑色便鞋、我的围巾，以及一叠刚从洗衣店取回的白衬衣。

从母亲的表情看，她在竭力无视眼前的现实，让我不禁联想到很久以前，她带我和哥哥们去诊所注射小儿麻痹症加强疫苗的情形。当针头扎入我哥哥手臂时，他尖叫起来，母亲满脸痛苦地望着我，却向我保证说：“下一针不疼。”

但是现在，母亲怎会看不出我和里奇同居了呢？又怎会看不出这一切是当真的，即使她避而不谈也不会销声匿迹呢？她非得发话表态不可。

我走到壁橱前，取出一件貂皮外套，这是里奇送我的圣诞礼物，也是我迄今得到的最奢侈的礼物。

我把它穿上身。“这件礼物有点傻，”我紧张地解释道，“旧金山几乎从来没冷到要穿貂皮衣的地步。不过，好像时兴这个，现在大家都买来送给老婆和女朋友呢。”

母亲一声不吭。她望着我敞开的衣橱，那里的架子上塞满了鞋子、领带、我的女装和里奇的西服，然后用手指摸了摸貂皮。

“这质量不怎么样，”她终于发话了，“只是些零碎皮料拼的。再说，这貂毛也太短了，都没有长的。”

“你怎么能对礼物说三道四呢？”我抗辩道，内心受到了深深的伤害，“他送我这件礼物可是真心实意的啊。”

“正因为这样我才担心呢。”她说。

我对着镜子看着身上的衣服，再也无法摆脱她那种能迫使我将黑白颠倒的精神控制力。这件衣服一下子黯然失色，成了个假充浪漫情意的物件。

“难道你就没有什么别的要说吗？”我语气软了下来。

“我该说什么？”

“关于这个家？关于这一切？”我指着四周里奇留下的所有印记。

她在房间里环视一圈，又向客厅那边张望了一下，最后说了一句：“你有事业。你够忙的。你若要过这样一团糟的生活，我还有什么好说的呢？”

母亲懂得如何一语击中要害。这种打击远比其他任何痛苦都更让我难受。因为她出招总是令人猝不及防，恰似电击，从此在我的记忆中留下永不磨灭的痕迹。对自己第一次受到如此打击的情形，我至今记忆犹新。

❊ ❊ ❊

当时我十岁。尽管年纪还小，但我知道自己下棋有天赋。对我而言，下棋毫不费力，易如反掌。我能看到别人在棋盘上看不到的东西，比如我总能制造一些对手无法察觉的壁垒来保护自己。这种天赋给了我无与伦比的自信。对手的每一步棋我都能提前了如指掌，我也清楚自己看似简单幼稚的战术会在何时锋芒毕露，造成毁灭性的打击，令对手感到无力回天而脸色大变。我喜欢获胜。

母亲喜欢拿我当炫耀的资本，仿佛我就是她反复擦拭的众多奖杯之一。她总爱跟别人讨论我下棋时的表现，仿佛是她自己设计出这些战术的。

“我告诉女儿，拐马去踩，”母亲告诉一个开铺子的，“就凭这招她很快赢了棋。”当然，比赛前她的确跟我讲过这一点，但除此以外还有其他成百条毫无意义的建议，跟我赢棋半点关系都没有。

每当有客人来访，母亲都会倾囊相授：“想赢棋嘛，你根本不需要有多聪明。赢棋用的只是些小花招罢了。你进攻时，要像风从东南西北、四面八方一通乱刮，别人就晕头转向了，他们根本不知道该怎么解围。”

我痛恨她将全部功劳都记在自己账上的这种行为。有一天，我终于忍无可忍，在斯多克顿大街拥挤的人群中冲她叫嚷了一番。

我告诉她既然什么都不懂，就不该四处炫耀；她应该管住自己的嘴，诸如此类的话。

从当晚直至第二天，她都不搭理我。她跟父亲和哥哥们说话提到我时狠声狠气，仿佛我不在旁边似的，就像在谈论一条已扔掉的烂鱼，只留下了恶臭。

我看穿了这种计谋，用这种狡猾的伎俩激怒对方使其落入圈套。所以，我根本不理她这一套。我也不跟她搭腔，只等她主动向我示好。

沉寂多日后，我坐在自己房间里，盯着六十四块黑白格的棋盘，试图想出其他对策。也就在那时，我做了一个罢棋的决定。

当然，我并不是真想从此不再下棋了，顶多也就几天吧。为此，我大肆渲染了一番。每天晚上，我不再如往日那样待在自己房里练棋，而是大摇大摆地走进客厅，和哥哥们一起坐下看电视。他们对我这个不速之客并不欢迎，全都瞪着我。我还把手指指关节扳得咯咯响，存心烦他们，好让自己的计谋得逞。

“妈！”他们叫喊着，“快叫她住手！让她走开！”

但母亲一言不发。

我仍未着慌，不过，我意识到自己必须采取更硬的一招。我决定牺牲下周参加象棋锦标赛的机会。一旦我拒绝参赛，母亲必定会来跟我谈这事，因为这次锦标赛的赞助者们和慈善联合会将不停地给她打电话，请她，嚷嚷着求她务必说服我再次参赛。

锦标赛开始又结束了，她没来向我哭着求情：“你到底为什么不去下棋啊？”但我内心却在叫苦不迭，因为我得知，冠军竟是个我此前已轻而易举击败过两次的男孩。

我意识到母亲毕竟比我老谋深算得多。事已至此，我对和她的这场较量已感厌倦，想重新练棋备战下一次锦标赛。于是，我决定佯装认输，主动开口和她说话。

“我准备继续下棋。”我对她宣布道。我原以为她听我如此表态，准会喜上眉梢，然后问我想吃点什么特别的美味。

却不料，她绷着脸紧锁起眉，直勾勾地盯着我的双眼，仿佛她能从我身上逼问出个所以然来。

“你为什么要告诉我这个？”最后她厉声问道，“你把一切想得那么轻而易举，想停就停，想下就下。对你来说凡事都这样。多聪明，多容易，多迅速啊。”

“我都说了要继续下呀。”我呜咽着说。

“不行！”她大吼一声，差点把我吓得魂飞胆丧，“今后不会再那么容易了。”

她的话一下子把我惊呆了，内心不由得打起颤来，弄不懂她到底是什么意思。之后，我退回自己房里，继续盯着棋盘上的六十四个方格，绞尽脑汁琢磨如何能挽救这盘乱局。在这样盯了好几个小时以后，我终于明白自己是将黑白颠倒了，一切很快就会恢复正常的。

不消说，我最终还是让她回心转意了。那晚，我发起了高烧，她陪坐在我床边，责怪我上学时怎么没穿毛衣。第二天早晨起来，她依然坐在那里，给我喝米粥，里面放了她亲手滤出的原汁鸡汤。她说给我喝这个，是因为我发了水痘，而鸡汤正好能够对付这种

“鸡痘”[1]的。当天下午，她坐在我屋里的椅子上，给我织一件粉色毛衣，她边织边说，宿愿阿姨给她的女儿茱恩也织了件毛衣，不仅式样不好看，毛线质量还是最差的。我真高兴，她又恢复了常态。

然而等我病愈后，才发现母亲真的变了个人。我操练棋局时，她不再围着我转了。她不再每天都擦拭我的奖杯，也不再为关于我的小新闻做剪报了。她仿佛在我俩之间竖起了一堵无形的墙，而我则每天暗中摸索，揣摩这墙有多高多宽。

在随后的锦标赛上，我整体表现还不错，但总分不够，因此输掉了比赛。更糟的是，母亲对此只字不提，不仅如此，她似乎还在一旁幸灾乐祸的样子，仿佛这是她的战略部署。

我恐慌起来了，每天花费好几个小时在心中盘算自己的损失。我很清楚，自己失去的不只是最近这次锦标赛。当我仔细检查了每一步棋，每个棋子，每个方格以后，我再也看不到每个棋子的秘密武器，也看不到各个方格的交点中有什么魔力，我看到的竟然全是自己的失误和弱点。我仿佛失去了自己的魔力武装，而大家对我的软肋都一目了然。

此后若干个星期，以及之后数月和数年间，我还继续下棋，但再也没有那种无比自信的感觉了。我奋力而战，但又无法抑制自己的恐惧和绝望。每当我赢棋，就心情放松，心存感激。而我输棋时，心中的忧惧就与日俱增，生怕自己将不再是神童，害怕自己已

1.此处“鸡痘”实指原文里的chickenpox（水痘），因要体现母亲话里“此鸡能降彼鸡”（one chicken knew how to fight another）的意思，故作此处理。

经失去了下棋的天赋，变成了普通人。

我有两次都输给了几年前自己曾轻易击败的那个男孩，自此以后，我便彻底放弃了象棋。周围没有人提出异议。那年，我十四岁。

❋ ❋ ❋

就在我向母亲展示貂皮衣的第二天晚上，我打电话给玛琳诉苦，她的反应是："知道吗，我真是搞不懂你，你能不怵国税局[1]的人，却不敢违抗自己的妈妈。"

"我也总想这么做，但她会说些含沙射影的话，烟幕弹和带刺的那种，还有……"

"那你为什么不叫她别再折磨你了，"玛琳说，"让她别毁掉你的生活，或者干脆叫她闭嘴。"

"那可真搞笑，"我苦笑着说，"你想让我叫我妈闭嘴？"

"没错，为什么不可以？"

"嗯，我不知道法律里是否有明文规定，不过事实上，你永远不能要求一个中国母亲闭嘴。那样做就好比你是谋杀自己的同案犯。"

与其说我惧怕自己的母亲，倒不如说我是替里奇捏一把汗。我早就知道母亲会做些什么，会如何打击他，如何将他批评得体无完肤。起先她会保持沉默，之后会陆续丢出只言片语，矛头直指她

1.美国国税局的正式名称是"国内税务署"（Internal Revenue Service），简称IRS。

注意到的一些细节，这些闲言碎语犹如沙尘一般忽前忽后、忽左忽右地从四面八方扬过来，直到里奇的形貌、品性和灵魂在我心中渐渐被磨灭。即使我已识破她的伎俩和偷袭手段，但我仍怕有些不曾察觉的一星半点儿的事情给她说对了，它们会突然进入我的眼帘，扰乱我的视线，会将里奇这个我原本认为完美的男人，转变为一个恶习缠身、瑕疵难耐、有着致命弱点的凡夫俗子。

我在第一次婚姻中已然深有体会。我跟陈马文私奔时，只有十八岁，他十九岁。当我深深爱恋马文时，他在我心中近乎完美。他以全班第三名的身份从罗威尔[1]高中毕业，被斯坦福大学录取并获全额奖学金。他喜欢打网球，小腿肌肉凸起，胸脯上还耸着一百四十六根黑色汗毛。他经常逗得周围人哈哈大笑，而他的笑声则是那样浑厚响亮，富于性感的阳刚之气。他还是个情场高手，常以自己每天每时做爱的姿势变幻无穷为炫耀的资本，只消他在我耳边低语一句“周三下午见”，我便激动得浑身发抖。

可是一经我母亲发表了对他的看法后，在我眼中，他的头脑因懒惰而委顿，只善于捏造各种借口。他纵情于高尔夫和网球运动，是因为想逃避家庭责任。他的眼睛上下打量其他姑娘的大腿，结果再也不会驾车径直回家。他喜欢开玩笑时大吹法螺，从而令他人自惭形秽。他给陌生人十美元小费时豪放无比，但送家人礼物时却小气巴巴。他会花费整整一下午给自己的红色跑车打蜡，

1.罗威尔（Lowell）高中于1856年建校，校址曾多次迁移，目前位于旧金山市，在美国新闻和世界报道中的排名一直都很靠前。

在他看来竟比开车送老婆还重要。

我对马文的感情从来没达到恨的程度。不，在某种意义上比恨更糟。我起初对他只是失望，后来渐渐鄙视，最终冷淡厌倦。然而直到我们分手后，每当夜深人静，秀珊娜睡着而我一人独处时，我才寻思着自己的婚姻大概是被母亲破坏的。

感谢上帝，她的破坏没有影响到我的女儿秀珊娜，虽然我一度差点把她堕掉。我刚发现自己怀孕时，简直怒不可遏。我暗自称因怀孕而隆起的肚子为“渐增的愤恨”，拖着马文去诊所，好叫他也陪我一起受堕胎之罪。岂料阴差阳错，进的那家诊所并非我们想找的。我们在他们的安排下看一部影片，犹如经历了一场清教徒式的道德洗脑。我注视着片中那些小家伙，就连只有七周大的胎儿，在电影中也已被称为婴儿了，而且还长出了极小极小的手指。影片中介绍说，小婴儿那半透明的手指已能够活动，我们可以想象一下，他们对于生命的渴求，抓住生的希望不放手，简直是生命的奇迹。天啊，真不敢想象倘若他们播放的不是这些极其细嫩的手指而是其他别的——感谢上帝，他们让我看到了这些手指。秀珊娜的确是个奇迹。她完美无瑕，她的每一个细微之处都让我觉得不同凡响，尤其是她小手指弯弯蜷蜷的样子。就在她把小拳头从嘴边甩开哇哇大哭的那一刻起，我清楚自己对她的情感是不容侵犯的。

但我很替里奇担心。因为我知道自己对他的感情是脆弱的，经不起母亲的东猜西疑、说三道四，还有含沙射影的打击。我害怕到时将会面临的失去，因为他爱我如同我爱秀珊娜一样，毫不含糊，无可动摇，不图回报，只要我在身旁他就心满意足了。同时，他还说因为我，他自己也变得更完善。他浪漫得让人都有些难为情，可他坚称在遇到我以前从未如此。听他这般表露心迹，我愈加感到他浪漫的一举一动弥足珍贵。比如，在公司里，当他将“FYI（for your information / 谨供参考）”的便签贴在我要检查的法律文件和公司所得税材料上时，他会悄然在贴纸下方签上“FYI—Forever You & I（你我永相随）”。公司里并不知道我俩的恋爱关系，所以他此番大胆示爱的举动令我兴奋不已。

然而，真正让我惊奇的是我俩在性爱方面完全合拍。我原以为，他属于那种安静的类型，动作轻柔而笨拙，举止文雅得让我没有丝毫感觉，却还不住地低声问：“我没弄疼你吧？”事实上，他跟我的每个动作都无比合拍，简直令我确信他能读懂我的心思。他毫无禁忌，只要在我身上有一星半点儿的新发现，他都会当成宝贝似的掘走珍藏。他洞悉了我的一切隐秘之处，我并不是仅指肉体方面，而是还有我心理上的阴暗面——那些深藏在我心中的鄙陋、偏狭和自我否定。因此在他面前，我是完全赤裸的，在我最脆弱的时刻，一个措辞失误都会让我永远不敢再面对他，幸而他总是知道什么时候该说什么话。他不让我包住自己，而是紧握我的双手，一边深情凝视着我的眼睛，一边告诉我一些他爱我的新鲜理由。

我从未体会过如此纯洁的爱情，唯恐它会被我母亲玷染。所以，我试图将里奇的点滴爱意都珍藏在自己的记忆中，准备在必要时重温旧情。

我苦思良久，终于想出了一个妙计。我伺机安排里奇跟我母亲会面，以便赢得她的认可。事实上，照我的安排，母亲会想要专门为里奇做一顿大餐。我利用了宿愿阿姨的某种帮助。宿愿阿姨是母亲的多年老友，俩人关系十分密切，这也意味着，她们不断地通过自吹自擂和炫耀秘密来使对方难受。这次，我给了宿愿阿姨一个炫耀秘密的机会。

一个礼拜天，当我们散步走完北滩之后，我向里奇提议顺便去拜访宿愿阿姨和坎宁叔叔，给他们一个惊喜。他们住在莱文沃思，在我母亲公寓的西面，仅相隔几个街区。当时已近黄昏，恰好赶上宿愿阿姨准备周日的丰盛晚餐。

“别走了！别走了！”她执意留我们吃饭。

“不了，不了，我们只是顺路来看您。”我推辞道。

“早就准备好了够你们吃的。看到了吧？四菜一汤。你们要是不吃，只好都扔掉了。多浪费！”

我们这还怎么好意思推辞呢？三天后，里奇和我给宿愿阿姨发了一封感谢信，我在信中写道：“里奇说这是他品尝过的最美味的中餐。”

翌日，母亲打电话过来，请我过去吃为父亲补办的寿宴。哥哥文森特会邀上他的女朋友丽萨·林，所以我也可以带个朋友去。

我料到她会这么做，因为烹饪是她表达关爱、彰显尊严、展示权威的方式，也是她比宿愿阿姨见识更广的证明。“饭后一定记得告诉我妈，这是你品尝过的最美味的饭菜，而且比宿愿阿姨做的强多了，”我给里奇支招，“照我说的去做，错不了。”

家宴那晚，我坐在厨房里看她做饭，想等待合适的机会告诉她，我们决定大概七个月之后，在明年七月结婚。她一边将茄子切成滚刀块儿，一边唠叨着宿愿阿姨的事："她做饭必须靠菜谱，而我全靠自己手上的直觉。我只消鼻子一闻，就知道该加什么秘制配料！"她切菜时力道很猛，似乎对手中的利刃漫不经心，我真担心她的指尖会被削下来成为肉末烧茄子里的一道配料。

我原指望她会先提到里奇。我注意到她为我们开门时的表情，勉强挤出了微笑，一边从头到脚将里奇审视了一番，参照宿愿阿姨早先的评价对眼前的真人做着评估。我试图揣摩她会如何抨击里奇。

里奇非但不是中国人，还比我小几岁。不巧的是，他满头红色卷发，皮肤白皙光滑，鼻子上散布着橙色雀斑，这样使他显得更加年轻。他个头稍稍偏矮，体格敦实。他身穿深色西装，看着顺眼但不起眼，就像葬礼上某人的侄子一样容易被人过目即忘。也正因为如此，第一年在公司共事时，我都没注意到他。但一切都没能逃过母亲的注意。

"你觉得里奇怎么样啊？"我终于问了一句，同时屏住了呼吸。

"哧啦"一声，她将茄子丢进热油里。"他脸上的麻点太多了。"她说。

我感到芒刺在背。"那是雀斑。雀斑能带来福气，这你也知道啊。"为了压过厨房里的嘈杂声，我不由得提高了嗓音，显得有些急躁。

"哦？"她一脸懵懂地问。

"就是啊，雀斑越多，福气也越好。这个谁都知道。"

她琢磨了一阵，然后微笑着用中文说："可能还真是。你小时候，出过一次水痘，斑斑点点弄了一身，所以只好在家休息十天。那时你觉得，自己运气真不错。"

我在厨房里的这番话帮不了里奇。之后在饭桌上，我还是没能替他打圆场。

那晚，里奇带来一瓶法国红酒，但他不知道，我的父母不会品酒，家里甚至连红酒杯都没有。之后他再次犯错，喝了一杯还不够，而是痛饮了整整两大磨砂玻璃杯，而其他人都是点到为止地啜饮几口，权当"尝尝滋味"。

我递给里奇一把叉子，结果他坚持要用滑溜溜的象牙筷。他拿筷子的样子，活像鸵鸟甩开两条别扭的内八字脚。他好不容易夹起一大块沾满酱汁的茄子，还没等送到嘴边，那块茄子就掉到了他洁白的衬衣上，随后还滑进了他的裤裆里。秀珊娜为此尖声大笑了好几分钟，叫她停都停不下来。

后来，他不客气地自顾自吃了好多虾仁雪豆，没意识到在其他人尚未品尝前，他只能礼节性地舀一勺尝尝。

他婉拒了煸炒时蔬，那可是又鲜嫩又昂贵的豆苗尖，在嫩叶还未长成豆荚前就采摘下来的。秀珊娜也跟着不肯吃，指着里奇说："他也没吃！他也没吃！"

他以为谢绝品尝第二轮是礼貌的表现，但其实他本该像我父亲那样，每次夹那么一点儿来吃，之后颇为夸张地品尝第二轮、第三轮甚至第四轮，经常表达无法抗拒再吃一口的诱惑，最后还要发牢骚说自己吃得太饱，快被撑爆了。

但最糟的是，里奇竟批评母亲做的菜，而他自己甚至对此浑然不知。依照中国厨师的惯例，母亲总会对厨艺说几句自贬的话。那晚，她选择了对自己最出名的、平日尤为得意的梅菜蒸肉如此谦逊一下。

“唉，这道菜不够咸，没入味，”她尝了一小口，继而埋怨说，“太难吃了。”

这在我家可是一个提示，大家会纷纷投箸品尝，然后交口称赞这是她发挥最棒的一次。可我们还没来得及这么吹捧，里奇开口说：“嗨，再加点酱油就好啦。”随后，在母亲惊愕的目光注视下，里奇往盘子里猛加了好多又咸又黑的酱油。

尽管在整个晚宴上，我始终希望母亲多少能看到里奇的善意、他的幽默感和孩童般的魅力，可我明白，这次他在她眼中是彻底惨败了。

而里奇显然对那晚的情形有不同的见解。我们回到家，等哄秀珊娜睡下后，他不无谦虚地说：“哎，我觉得我们相处得，呃，还不错吧！”他的神情颇似一条呼呼喘气、尽忠职守的斑点狗，期待得到爱抚。

“嗯——哼。”我应了一声。我换上一件旧睡袍，暗示今晚没心情跟他亲热。一想起里奇和我父母握手道别时的情景，我就不寒而栗。他紧握着我父母的手，就像平日对待初次相识、有些拘谨的新客户那般随意。他说：“琳达，蒂姆，我相信我们不久又将再见。”我父母的名字是江亭和江林多，而且除极少数多年挚交外，此前从未有人只用名不带姓地这么称呼他们。

“你告诉妈妈时，她说什么了？”我知道里奇指的是我俩结婚的事。早些时候我跟里奇商量，要先跟我母亲沟通，然后让她将这一消息告诉父亲。

“我根本没机会说。”我说的倒也是实情。每当只有我们母女俩在一起时，她似乎不是在评论里奇爱喝那么多名贵的红酒，就是在数落他看上去太苍白憔悴，再不然就是秀珊娜跟他在一起时有多不开心，这种情形下我无法告诉她我要结婚的消息。

里奇微笑着说：“那你到底还要多久，才会开口对他们说‘妈，爸，我要结婚了’？”

“你不懂，你根本不了解我妈。”

里奇摇了摇头：“哦，这次你可说对了！她的英语简直太糟糕了。你知道吗，当她说到电视剧《王朝》[1]里有人死而复生时，我还以为她是在说很久之前发生在中国的事呢。”

* * *

那天夜里，晚饭之后，我躺在床上，紧张不安。新近的这次努力又失败了，让我好不沮丧，而更糟的是里奇对这一切似乎毫无察觉。他看起来多么可怜。“多么不堪”，听听这种用词！母亲又得逞了，使我黑白颠倒，推翻了自己过去的看法。在她的手心里，我总是成为一个卒子，只能东躲西藏。而她是王后，能够横冲直闯，

1.美国电视剧*Dynasty*（《王朝》，又称《豪门恩怨》）于1981年至1989年在ABC电视台播出，这部20世纪80年代风靡一时的肥皂剧讲述了60年代丹佛一个石油富豪家族里的勾心斗角和恩恩怨怨。

穷追不舍，总能洞察我最薄弱的环节。

第二天，我起得较晚，仍旧牙关紧咬，神经紧绷。里奇早已起身、沐浴，正在读星期日的报纸。“早安，宝贝。”他一边大声嚼着松脆玉米片，一边冲我打招呼。我换上慢跑运动服，径直走出大门，驱车前往父母家。

玛琳说得没错，我必须和母亲摊牌，告诉她我很清楚她在做什么，她的这些伎俩会让我多么痛苦。赶到父母家时，我满腔的怒火简直可以挡开一千把飞刀。

父亲开门看到是我，不由得吃了一惊。“妈在哪儿？”我尽可能语气平稳地问。他向里面客厅指了指。

我走进去，发现母亲正在客厅沙发上熟睡，她头下枕着一只白色绣花小圆靠垫，嘴角自然松弛着，脸上的皱纹此刻都舒展不见。她的脸很光滑，看上去犹如一个少女，柔弱、清纯、天真无邪。她的一只手臂从沙发上垂下来，胸部看起来似乎平静无息。她所有的威力都不见了。她没有佩带武器，也没有妖魔鬼怪环绕四周。她看上去毫无力量，仿若被击溃的样子。

就在那一刻，我被一种突如其来的恐惧攫住了，害怕她这副样子是由于已经故去。就在我抱怨着她的种种不是时，她已经离世了。我曾希望她从我的生活中消失，而她默许了，魂魄游移离开身体，为的是逃避我那可怕的怨恨。

“妈！”我尖叫了一声。“妈！”我嗓子发哽，接着哭了起来。

她缓缓地睁开眼睛，眨巴着，双手也活了过来。“什么？妹妹啊？是你吗？”

我哽噎无语。好多年来，她早已不再唤我的乳名“妹妹”了。她坐起身，脸上皱纹又回来了，只是看上去没有平日那样扎眼，而是带着关切的柔和的皱纹。“你怎么在这儿？为什么哭了？一定是出事了！”

我不知如何是好。短短数秒之间，我心里似乎经历了五味杂陈的变化：由恼怒她的强硬到惊诧于她的天真，接着又为她的脆弱无助而深感恐惧。现在我只觉得周身麻木，异常软弱，仿佛有人拔掉了我的电源，以致全身畅行的电路骤然终止。

“没有事。没有出问题。我也不知道自己为什么在这里，”我声音沙哑地回答，“我本来是想跟你谈谈……想告诉你……里奇和我就要结婚了。”

我拼命闭上双眼，等着听她的责怪和抱怨，听她那干涩的声音做出令人痛苦的最终裁决。

“早就知道了。”听她那语气，倒像在反问我为何还要再说一遍。

“你知道了？”

“当然了，尽管你没告诉过我。”她简单明了地回答。

这可比我想象的还要可怕。原来她一直就有数，可还是批评了那件貂皮衣，寒碜了里奇的雀斑，还抱怨他的嗜酒恶习。她不看好里奇。“我知道你讨厌他，”我用颤抖的声音说，“我知道你觉得他不够好，但我……”

“讨厌？你为什么觉得我会讨厌你未来的丈夫呢？”

“你从来都不想谈起他。那天，我刚对你说，他跟秀珊娜在探索博物馆里玩得有多开心，你……你就把话岔开了……接着，你开始聊起爸爸的探查手术，后来……”

“那你说说哪一个更重要？是寻开心呢，还是寻病因？”

这次，我不会听由她闪烁其词。“后来，你见到里奇，说他脸上长斑。”

她不解地看着我：“难道不是吗？”

“不错，但你那么说太刻薄了，是存心伤害我的感情，是想……”

“哎呀，你怎么把我想得这么恶毒啊？”她顿时显得苍老而充满痛楚，“原来，妈妈在你心目中这么坏。你认为我别有用心，但我看，别有用心的是你。哎呀！你看，她竟然把我说得这么坏！”她挺直身板，傲然坐在沙发上，双唇紧闭，两手痛苦地绞在一起，眼里还闪着愤怒的泪光。

唉！她的强硬！她的柔弱！简直要将我撕裂了，理智和情感各向一方。我跟她并肩坐在沙发上，有种两败俱伤的感觉。

我觉得自己像是打输了一仗，但也不清楚自己究竟是为何而战，只感到心力交瘁，最后只得说道：“我这会儿觉得不太舒服。”

“你生病了？”她嗫嚅着，伸手来探我的额头。

“没有，”我想起身离去，“我……我只是不知道脑子里装着什么。”

“那我来告诉你吧。”她直截了当地说，我不禁惊讶地注视着她。她用中文解释道：“当然啦，你有一半是从你父亲那里遗传来的，也就是广东的江家。他们家族的人诚实善良，不过有时也发发脾气，有点抠门儿。这些你从爸爸身上就能看出来，如果不是我总提醒他，他就糟了。”

我心里琢磨着，她为什么要对我说这些？这跟现在的情况又有什么关系？但母亲开朗地笑了，挥了一下手继续说：“你身上另一半来自我，也就是你娘家这边，太原的孙家。”她在一个信封背面写下若干汉字，或许是忘记我不识中文了。

“我们这个家族聪明又强大，足智多谋，以善战而闻名。你知道孙逸仙吧？”

我点了点头。

“他就是孙家的。但好几百年前，他们举家迁往南方，所以准确地讲，他并不是我们本家的。我家一直住在太原，从孙威[1]的时代就如此。你知道孙威吗？”

我摇摇头，尽管仍不清楚这次谈话将如何了局，然而我的情绪平静了，这似乎是我们母女之间多年来第一次正常的交谈。

“他跟随成吉思汗作战。当蒙古兵向孙威手下的战士射箭时——嘿！他们的弓箭都被盾牌挡了回去，好像雨点落在石头上一样。孙威还设计制造了一种强硬的武器，以至于成吉思汗把它信以为神奇的法术呢！”

“那时，成吉思汗肯定发明了某种神奇的弓箭，”我说，“毕竟，他最终统治了中国。”

母亲仿佛没听清我说什么似的，自顾自地继续讲：“的确如此，我们总是知道如何克敌制胜。所以，现在你清楚自己脑子里装

1.孙威，元初大同府浑源州（今属山西省）人，善制铠甲。他创制的“蹄筋翎根铠”，经窝阔台亲自试射，箭不能透甲；后被提拔为顺天等路工匠都总管。

的是什么了吧，几乎所有出自太原的好禀赋。”

“我猜，那些天赋如今使我们在玩具和电子用品市场上大显身手了。”我补充道。

“你怎么知道的？”她热切地问。

“所有东西上不都印着‘中国台湾制造’嘛。”

“唉！”她失望地大叫，“我不是来自那里的。”

就这样，我俩刚开始建起的脆弱联系，刹那间又断了。

“我是在中国大陆出生的，在太原啊，”她说，“台湾不在中国大陆。”

“呃，好吧，我只不过是误听成‘台湾’了，因为发音都一样嘛。”我气恼地辩解道，不明白她为何在意这样一个无意的错误。

“发音根本就不一样！地方也完全不同！”她气鼓鼓地反驳着。

说罢，我俩陷入了沉默的僵局。随后，她突然双眼一亮，对我说道：“你听着，也可以把太原称作‘并’[1]，太原人都这么叫，你念着也容易些，‘并’，就跟别称似的。”

她还把这个字写了出来，我点着头，仿佛这样就能将一切解释清楚了。“美国不是也有这样的做法吗，”她继而用英语补充道，“人们把纽约叫做‘苹果’，把旧金山（圣弗朗西斯科）叫做‘弗里斯科’。”

“没人会这么称呼旧金山呀！”我大笑着说，“有人这样称它，只是因为不知道该如何发好这个音。”

1.太原在古代曾隶属并州，故“并”为其简称之一。

“你现在可算明白了。”母亲洋洋得意地说。

我冲她笑了。

事实上，我虽然并未完全理解她上述这番话，但却终于明白了她许久以来的良苦用心。

我悟出了自己以前一直苦苦抗争的原因：我就是个受惊的孩子，很久之前逃到了一个自己想象中更安全的地方。藏身于此，躲在无形的屏障后面，自以为知道屏障那面意味着什么：那里有我母亲的旁敲侧击，她的秘密武器就是对我弱点洞若观火的匪夷所思的能力。但是就在我抬头朝屏障那面张望的一瞬间，我窥见那一面的真实情形：一个年迈的妇人，所谓盾牌只不过是炒菜锅，利剑也只是毛衣针，她耐心地等待着女儿向她敞开心扉，虽然有时也会发点小脾气。

❊ ❊ ❊

里奇和我准备推迟婚礼。母亲说七月不是回中国度蜜月的好时节，她很清楚这一点，因为她和父亲刚从北京和太原旅行归来。

“那里的夏天太热了。你去了肯定会长更多麻点，整张脸都会变得通红！”她劝说里奇。里奇咧嘴笑了，对母亲竖起大拇指，然后对我说：“你妈可真会讲话。现在我总算明白，你的乖巧和讨人喜欢的性格是从哪儿来的了。”

“你们一定要十月去，那个时间最好，不冷不热。我也考虑那个时候回去呢，”她颇具权威地说，随后匆忙补了一句，“当然，我可不跟你俩一起去！”

我不自然地笑了笑，里奇则开玩笑道：“太棒了，林多！你可以帮我们翻译菜单，免得我们稀里糊涂地吃进蛇肉和狗肉。”我听了真想踹他几脚。

“哦，不！我不是这个意思，”母亲重申道，“说真的，我没这样要求你们。”

我明白她的真实想法，她其实很想跟我们一起回国，然而我会感到不舒服，因为这意味着有三个星期持续不断地听她抱怨筷子脏或是汤太凉，而且一日三餐皆如此。唉，想来简直是场灾难啊。

但我心中还有另一种声音，它告诉我，跟母亲同行是再合理不过的想法了。我们三个人冰释前嫌，一起登上飞机，肩并肩坐着，然后共同从西方飞向东方。

罗丝·许·乔丹：命里缺木

我曾对母亲所说的每一句话都笃信无疑，甚至在自己不明其意时亦如此。小时候，有一次她告诉我她料到要下雨了，因为孤魂野鬼在我家窗外转来转去，“呜呜”号叫着想让人放它们进来。她说，如不将门锁检查两遍，半夜它就会自动打开。她还说镜子只能映出我的脸，她却可以透视我的内心，即便我不在屋中。

这些事情在我看来都是真的，母亲言语的力量正是如此强大。

她说，如果我听她的，以后我也能像她一样洞悉事物。真理都源自某个超越一切的地方，高高在上。如果我不听她的，就会变得耳根子软，轻信他人，而别人的话终归是靠不住的，因为那些话发自他们心底私欲所在，是与我不搭界的地方。

母亲说的这些话的确高高在上。我回想起来，自己经常躺在枕头上仰视她的脸庞。那段日子，姐姐们和我都睡在同一张双人床上。大姐詹妮丝鼻子过敏，夜里有只鼻孔像小鸟般歌唱，因此我们叫她“响鼻”。露丝叫“丑脚”，因为她的脚趾可以像巫婆的利爪般张开。我是“惊眼”，因为我会将眼睛使劲闭起来，这样就看不到周围的黑暗，此举被詹妮丝和露丝调侃为做傻事。幼年时，我总是最后一个入睡。我紧贴在床上，迟迟不肯闭眼沉入梦乡。

“你的姐姐们已经去见周公[1]啦！”母亲用中文低语着，据她说，周公是梦境之门的守护者，“你准备好了也去见周公吗？”我每晚都摇头说“不！”。

“周公会带我去坏地方。”我嚷道。

周公带姐姐们入睡，她们从来记不起任何前夜梦到的事。周公每次也向我敞开大门，然而正当我要走进去时，他又会将门骤然关闭，仿佛要将我像苍蝇一样夹瘪。因此，我只得逃回到清醒的现实中。

不过，周公最终累了，对大门也疏于防范。床头变得愈加沉重，慢慢倾斜。我便一头滑进了周公之门，坠入一个没有门窗的房中。

记得有一次，我梦见自己掉进了周公的地洞。那时已然入夜，我置身于一个花园之中，周公喊道：“谁在我的后花园里？”我赶紧逃开了，不久便发现自己踩到了一种长着血管的植物，从金鱼草地里蜿蜒而过，那些金鱼草犹如交通灯似的变换着色彩，最后我来到一个巨型操场，那里面排满了一行又一行的方形沙坑。每个沙坑里都有一个崭新的玩偶。母亲不在那里，但能够洞察我的心思，

1.周公，姬姓，名旦，亦称叔旦。周文王子，周武王弟。采邑在周，称为周公。曾辅助武王灭商。周代的礼乐制度，便相传为周公所制，为孔子推崇。《论语·述而》记载：“子曰：‘甚矣吾衰也，久矣吾不复梦见周公。’”后世便以“梦周”为缅怀先贤的典故，将“见周公”引申为睡觉的代称。

便告诉周公说她知道我会选哪个娃娃。于是，我决定挑选一个截然不同的娃娃。

“叫她住手！叫她住手！”母亲大叫起来。我扭头就跑，周公边追边喊：“这就是不听你妈妈话的下场！”我浑身瘫软，吓得不知该往哪儿跑。

第二天一早，我将梦中情形讲给母亲听，她笑着说：“别理周公。他只是个梦罢了。你只要听我的就好。”

我叫起来：“可周公也听你的啊。”

三十多年过去了，母亲仍想让我听她的。我告诉她泰德和我打算离婚一个月之后，我去教堂参加中国玛丽的葬礼时遇到了母亲。“中国玛丽”是个九十二岁的老太太，待人很好，对于每个进出中国第一浸礼会教堂大门的孩子而言，她都扮演过教母的角色。

“你变得太瘦了，”我在母亲身旁坐下时，她心疼地说，“你得多吃点。”

“没事，”我回应道，还露出笑容以示证明，“再说了，过去常嫌我衣服太紧身的不正是你吗？”

“要多吃。”她再次坚持，然后用一小册螺旋装帧的书捅捅我，上面手书标题“中国詹玛丽的中式烹饪方法”。“他们在门口义卖呢，每本才五块钱，筹得的善款会捐赠给难民奖学金基金会。”

风琴声止息了，牧师清了清嗓子。他不是平时我们教堂布道的牧师，我认出他姓温，幼年时跟我哥哥卢克一起偷过棒球卡片。不过后来，幸得中国玛丽相助，温进入神学院学习，而卢克却因盗卖汽车音响进了监狱。

“她的声音仍在我耳畔回荡，”温对前来致哀的亲友们说道，“她说上帝在创造我时，选用的都是良善的材质，因此假如我被地狱之火烧尽，那将是一种耻辱。”

“早就烧成灰烬了。”母亲实事求是地小声嘀咕着，还朝圣坛上嵌在相框中的中国玛丽的彩色照片点点头。我忙像图书管理员那样将手指按在嘴唇上，但她根本不予理会。

“看那束花，是我们买的，”她指着一大把黄菊花和红玫瑰，“一共三十四块钱。都是假花，可以一直放下去。你可以稍后付给我。詹妮丝和马修都凑了份子。你带钱了吗？”

“带了，泰德寄给我一张支票。”

然后，牧师请大家低头祷告。母亲终于安静了，用纸巾擤着鼻子，只听牧师继续说道：“此时此刻，我可以看见她，她娴熟的中式烹饪技巧和热心肠，得到众天使的一致赞许。”

大家抬起头，站起来吟唱中国玛丽最喜爱的赞美诗第335首：“你能成为一个天使，每天在大地上……”

但母亲没唱，而是紧盯着我。“他给你寄支票做什么？”我只顾继续盯着赞美诗唱：“带来了阳光，此生充满喜悦。”

于是，她冷冷地回答了自己的问题：“他胡来，和别人鬼混了吧。”

“胡来？鬼混？”泰德？我真想笑出声——她这词用的！还有这想法！那么个冷淡、寡言、秃顶的泰德，一个在情欲最亢奋时呼吸都不变一下的泰德，他可能吗？我想象着他一边抓挠着自己的腋窝，一边发出“噢——噢——噢”的低吼，然后尖叫着从床垫这边蹦到那边，想伸手掳过一个女人。

“不，我觉得不会。”我说。

“怎么不会？”

“我认为我们现在不该在这里谈论泰德。”

“为什么你能和一个精神病医生谈这事，跟妈妈却不行呢？”

“是心理医生。”

“好吧，心理医生。”母亲纠正了用词。

“妈妈最好了。妈妈懂你的心，”她提高嗓门，盖过众人的歌声，“一个心理医生只会把你搞得糊里糊涂，满眼黑蒙蒙的。”

回到家，我琢磨着她的话。她说得没错，最近我确实感觉“糊里糊涂”，我周围的一切都显得“黑蒙蒙”。我从未思考过这些词用英语如何表达，我猜想意思最贴切的是“疑惑”和“黑雾”。

但实际上，这两个词的含义要深刻得多，人们无法轻易将它们翻译过来，或许是因为它们指代了一种中国人特有的感受，好比你头朝下坠入周公之门，然后奋力企图返回。但你惊吓过度，无法睁眼，只得手脚并用地在黑暗中摸索，仔细聆听别人的声音，告诉你该走向何方。

我曾向太多人倾诉我的情形，似乎跟除泰德以外的所有朋友都谈过。我跟每个人说不同的话，但故事的每个版本都是真实的，这一点我很肯定，至少在我讲述的时候是如此。

我对朋友韦弗里说，直到发现泰德伤我有多深，我才明白自己有多爱他。我感受到切肤之痛，仿佛有人不打麻药就生生扯下我的双臂，也没缝合，将我复原。

“难道你打过麻药，然后双臂被扯下来过吗？老天！我从没见你这样歇斯底里过，”韦弗里说，“如果你想听我的意见，我就说，离开他你会过得更好。你感到受伤，只不过是因为你花了十五年时间，才认清他是个情感上的懦夫。听着，我知道这种感觉的滋味。”

对我的朋友丽娜，我说离开泰德自己过得好些了。在最初的打击过后，我意识到自己根本不想念他，唯一念念不忘的只是与他共处的那种感觉。

“这算什么话呀？”丽娜惊骇道，“你太消沉了。你被他精神控制了，认为自己在他身边一无是处。现在你又觉得离开他，自己什么也不是。如果我是你，我就去找个好律师，尽力争取一切，报复他一下。”

我告诉心理医生，自己满心想要报复他。我梦到有一天给泰德打电话，邀请他在一个高档时髦的地方共进晚餐，比方说波尔图餐馆或罗莎莉餐厅。当他开始品尝第一道菜、心情愉快放松时，我会说：“没有这么便宜的事，泰德。”我从钱包中掏出一个从丽娜的道具店借来的巫毒娃娃[1]。我巧妙地将蜗牛叉[2]对准人偶身上的某个要害部位，当着时尚餐厅里所有食客的面，大声宣布：“泰德，

1.巫毒娃娃（Voodoo doll）是起源于非洲的巫毒教施法时常用的一种媒介，最初多由兽骨或是稻草编制而成，后来也可用纸、蜡、布等其他材质，大都面目狰狞，多用于与报复、伤害、仇恨等有关的仪式。

2.蜗牛叉（escargot fork），亦被称为田螺叉，是西餐中专门用来挑食田螺、蜗牛一类带壳肉食小动物的叉具，一般有尖而长的两齿，看上去很锋利。

你这个孬种，我要让你万劫不复。”“砰”地猛戳下去。

说这些话时，我感到自己已冲到人生中某个重大转折的巅峰，在接受心理治疗仅两周后，一个崭新的自我诞生了。可我的心理医生一副厌倦的样子，保持着以手托腮的姿势。“看来，你经历了一些很强烈的情感，”他睡眼惺忪地说，“我认为我们下周应该再多想想这些事。”

所以，我脑子根本理不出个头绪。此后数周里，我盘点了自己的生活，在不同的屋子之间走来走去，试图回忆房子里每样东西的历史：我在结识泰德之前收藏的物件（人工吹制的玻璃杯、带流苏花边的壁挂、一把用藤条加固过的摇椅）；新婚时我和泰德一起购置的东西（多数大件家具）；别人送我们的东西（已坏掉的玻璃罩座钟、三套日式酒具、四只茶壶）；泰德挑出来的物品（签名出售的版画，要集齐是两百五十幅一套，但他的藏品从没有一套是超过二十五幅的；思杜本[1]的水晶草莓饰品）；还有我自己挑出来的东西，因为我不忍心眼看它们留在这里（从车库跳蚤市场买的一对不配套的烛台、一床破了个洞的旧被子、一些奇形怪状的小瓶子，曾用来装过擦手油、香料和香水）。

当我开始盘点书架时，收到了泰德的来信，其实只是个便条，仓促之间在处方单上用圆珠笔写着：“在标明的4个x处签名。”下面用蓝色墨水笔补充道：“随附支票，供你在手续完成前的开销。”

这张便条别在我们的离婚协议上，还有一张一万美元的支票，

1. 思杜本（Steuben），美国著名的玻璃和水晶饰品制造品牌。

是用同一种蓝色墨水笔签发的。我并未心存感激，反而觉得受到了伤害。

他为什么将支票跟离婚协议一起寄来？为何用两种笔？支票是事后找补的吗？不知他究竟在办公室里坐了多久才定下给多少钱算是够了？为何他偏偏选择用那支笔来签发支票呢？

我仍记得去年当他小心拆开金色锡纸时的表情，还有他眼中的惊喜，他将笔拿在手中把玩，在圣诞树彩灯映照下，慢慢将它从每个角度都欣赏了一番。他亲吻了我的额头。“我只会用它来签重要的东西。”他向我保证。

念及此，我手里拿着支票，唯一能做的只是贴边儿坐在沙发上，感到头重脚轻。我盯着离婚协议上的叉叉、处方单上的措辞、那两种颜色的墨迹，还有支票的签发日期，看到他严谨地写着：“一万元整，没有零头。”

我静静地坐在那里，试图倾听自己的心声，做出正确的抉择。但随即意识到，我连自己有哪些选项都不清楚。于是，我将协议和支票收好，塞进一个我平日存放商场优惠券的抽屉，这些优惠券我从不扔掉，也一直未用。

母亲曾为我分析过，我为何始终如此迷茫。她说我命里缺木。生而缺木，因此耳根子软，过多地听信人言。她明白这些，是因为她也曾几乎变成这样。

她说：“女孩好比一株小树，你必须挺直身板，听从站在身边的妈妈。只有这样，你才能长得强壮、笔直。但如果你弯折过去听别人的，就会长成一棵柔弱的歪脖树。刚一遭遇强风，你就会倒地。之后，你会像草似的，贴着地面向四周疯长，直到有人将你拔起，扔在一旁。”

可惜她告诉我这些时已然太晚了，我已经开始弯折。我那时刚开始上学，一位名叫贝利太太的老师让我们排成一队，带领我们进出教室，在走廊里来回穿行，她大声喊：“孩子们，跟着我！”如果不听号令，她会逼你弯下腰，用戒尺狠劲打你十下。

我仍旧听母亲说话，但也学会了如何一只耳朵进，一只耳朵出。有时，我将脑子里塞满了别人的想法——都是英文的，这样当她想看透我时，她会对自己看到的东西感到困惑。

多年来，我学会了如何筛选最好的意见。中国人有中国式的观点，美国人有美国式的观念。几乎在所有情况下，美国版观点都要好得多。

直至后来，我才发现美式观点存在一个严重的缺陷，那就是选项太多，所以容易把人搞糊涂了，继而做出错误的选择。我跟泰德相处时就有这样的感觉：有太多事情需要思考，太多需要抉择。每个决定都会改变生活的轨迹。

以支票为例。我揣测泰德是否存心捉弄我，好让我承认是我自己放弃了，也不会争离婚条件。如果我取出支票上的钱，之后他可能会说，这就是我离婚能得到的全部财产。继而，我会变得有些感情用事，在一闪念间想象他为我寄来一万美元，是出于对我的真爱；他是以自己的独特方式告诉我，我对他有多么重要。直至我认识到，一万美元对他而言无足轻重，而我对他也无足轻重。

我想结束这种心理折磨，赶紧签完离婚协议。然而，当我正欲将协议从存放优惠券的抽屉里取出时，突然想起我们的房子。

我在心里对自己说：我爱这座房子。橡木大门通往装饰着彩色艺术玻璃窗的门厅。早餐室中阳光明媚，在前廊可以向南眺望城市。屋外是泰德种下的花草。以前，泰德每个周末都在花园里劳作，跪在一席绿橡胶垫上，像做美甲那般精心检查每一片叶子。他将植物安置在不同的花盆中。郁金香不能跟多年生植物混养在一起，丽娜给我的一株芦荟胶显得格格不入，因为我们没有与之类似的多肉植物。

我向窗外望去，看到马蹄莲已纷纷凋谢，变为棕色，雏菊被自身的重量压弯了腰，莴苣已然结籽。从花盆间蜿蜒而过的石板小道上杂草丛生。因数月以来疏于料理，整个花园已然成了一片蛮荒之地。

眼前这座被人遗忘的花园，使我想起自己曾在一个幸运饼干里读到的纸条：当一个丈夫不再注意修整花园时，他就是在想把这个家连根拔掉。我已记不清泰德最后一次修剪迷迭香，或在花圃周围喷洒驱蜗牛药剂是什么时候的事了。

我快步走向花棚，找寻着除虫或除草剂，仿佛药瓶里残留的东西或是瓶上的到期日，任何什么东西都能告诉我自己的生活究竟是怎么了。之后，我放下药瓶。我恍惚感到有人正盯着我哈哈大笑。

我走回屋里，想给律师打个电话。但开始拨号时，我变得疑惑起来。我搁下了话筒。我能说什么呢？我从来都不知道自己想从婚姻中得到什么，又怎么会明白自己对离婚有什么要求呢？

第二天早上，我仍思索着自己的婚姻：在泰德的阴影里过了十五年。我躺在床上，紧闭双眼，对最简单的事也拿不定主意。

我接连卧床三日，只有上厕所或到炉子上再热一罐鸡汁汤面时才起身，但大部分时间我都在睡觉。我服了泰德留在医药用品柜中没带走的安眠药。这是我印象中自己唯一一次睡觉没有做梦。我只记得自己毫不费力地滑过一个黑暗的空间，感受不到维度和方向。这片黑黢黢的空间里只有我一人。每次我醒来，就再吞下一片安眠药，回到这个地方。

但到第四天，我做了个噩梦。在黑暗中，我看不见周公，但他说他会找到我，然后把我踩在地上压扁。他摇着铃铛，铃声越响他就离我越近。我屏住呼吸，忍住尖叫，但铃声仍愈加响亮，直到我猛然惊醒。

原来是电话响。它想必已连续响了一个小时了。我接了电话。

“既然你起来了，我这就给你带点剩菜过去。”母亲说。她说话的语气仿佛现在正看着我。但屋里黑黑的，窗帘紧闭。

“妈，我不能……”我支吾着，“我现在不能见你。我很忙。”

“忙得连妈都不见？”

“我预约了……我的心理医生。”

沉默了一阵之后，最终她声音忧伤地说：“为什么你就不能站出来替自己说句话呢？为什么你不能跟丈夫谈谈？”

“妈，”我心力交瘁地说，“求求你，别再叫我挽救这段婚姻了。我已经够为难的了。”

“我不是在叫你挽救自己的婚姻，”她反驳道，“我只是说，你应该为自己说话。”

我挂了电话，铃声再次响起。这次是心理诊所的前台服务员。那天早上我又错过了自己的预约时间，两天前也是。是否想重新预约？我说要先查看自己的日程安排再回电话。

五分钟过后，电话又一次响起。

“你去哪儿了？”这次是泰德。

我开始颤抖。“出去了。”我说。

“最近三天，我一直试着联系你，甚至都叫电话公司去检查线路了。”

我知道他的确这么做了，并非出于对我的关怀，而是因为当他想得到什么东西时，对让他等待的人会不耐烦起来，还会变得不理智。

“知道吗，已经两个星期了。”他说话时带着明显的气恼。

“两星期？”

“你既没兑现支票，也没退还协议。我本想态度好一些，罗丝。我可以叫人用法定手段将协议送达给你，你是知道的。”

“你可以吗？”

接着，他明明白白、分毫不爽地继续向我一口气说出了他究竟想要得到什么，而这一切简直比我能想到的所有可怕的事还要卑鄙。

他想叫我把协议签好后退还给他。他想要房子。他希望离婚的全部手续了结得越快越好，因为他想跟别人再婚。

我无法控制住自己的情绪，倒吸了口凉气。“这么说，你的确一直在和别人鬼混？”我屈辱不堪，几近落泪。

于是，经历了数月的悬而未决之后，所有的纠结第一次停了下来。所有疑问不复存在，也别无选择。我有一种空荡荡的感觉——却又感到一种解脱和不羁。我头脑中听到有个高高在上的人正放声大笑。

“有什么好笑的？”泰德气愤地说。

“对不起，”我答道，“只是……”我竭力止住咯咯的笑声，但有一下实在没忍住，还是“噗嗤”一声从鼻子里喷了出去，这使我笑得更厉害。而泰德哑口无言，我便笑得更加恣意。

我努力用更平和的语气继续说，但仍气喘吁吁的：“听着，泰德，不好意思……我觉得你最好还是下班后过来一下。”我不知道自己为何说这话，但我感觉这么说是对的。

“没什么好谈的，罗丝。”

“我知道，”我语气镇静得甚至连自己都吃惊，“我只想给你看样东西。别担心，你会拿到协议。相信我。”

我没什么计划，也不知道稍后要对他说什么。我只想在离婚前让泰德再见我一面。

最终，我带他去了花园。他来的时候，夏日傍晚的雾气已被风吹了过来。我将离婚协议塞在自己冲锋衣口袋里。身穿运动衣的泰德，在一旁瑟瑟地检视着花园中破败的景象。

“真是一团糟。”我听到他自顾自地嘟囔着，一边甩掉裤腿上缠绕的黑莓藤，这些藤蔓已经蔓延到了小径上。我知道他正在盘算，要花费多长时间才能将这里复原。

“我喜欢它现在的样子。”我边说边用手拍着那些巨型胡萝卜的顶部，它们橙红色的脑袋已破土而出，仿佛即将出世一般。随后，我看到了杂草：有些已在天井的夹缝内外发芽，还有些在房屋外墙上安家落户，更多的杂草躲藏在松动的外墙木瓦板之下，正慢慢向房顶攀爬。一旦它们将自己深埋于土石结构之中，除非你把整栋房子推倒，否则再也无法将它们拔除干净。

泰德从地上拾起几枚李子，将它们从篱笆上抛到邻居院子里。“协议在哪里？”他终于开口了。

我将协议递给他，他把它们塞进夹克衫内侧的口袋。他正对着我，我看清了他的眼睛，我曾一度将那种眼神误以为是和善与呵护。“你不必马上搬出去，”他说，“我知道，你至少需要一个月的时间去找新住处。”

“我已经找好地方了。”我这话接得很快，因为就在那一刻，我知道自己今后要住在哪儿了。他吃惊地将眉毛一挑，继而微笑——不过只是短短的一瞬——因为我接着说：“就是这里。”

“什么意思？”他厉声说。他仍挑着眉毛，但现在已收起笑容。

“我说，我会住在这里。”我再次宣布。

“谁说的？”他将双臂交叉抱在胸前，斜着眼睛检视我的脸，仿佛他预料到我的脸随时可能迸裂。他这副表情曾经会令我惧怕得张口结舌。

现在，我没有任何感觉，毫无畏惧，亦不恼怒。“我说，我要住下，等我们签协议时，我的律师也会这么表态。”

泰德扯出离婚协议，盯着它们看。他的叉叉还在那里，空白的地方也依然空着。“你知道自己在做什么吗？到底是什么？”他说。

这个答案，比其他任何东西都重要，它迅速在我体内流转，随后脱口而出：“你不能轻易将我从你的生活中连根拔除，然后将我抛弃。”

我看到了自己想要的：他的眼神流露出困惑，继而是恐惧。他糊里糊涂。我言语的力量就是如此强大。

那天夜里，我梦见自己在花园中穿行。树林和灌木丛里雾气缭绕。我突然发现周公和母亲就在远处，他们忙碌的动作将周身的雾气搅得团团转。他们正弯着腰拾掇一个花盆。

“她在那儿！”母亲大喊。周公对我微笑着招了招手。我走到母亲跟前，看清她在料理某样东西，仿佛是在精心照顾一个婴儿。

“看，”她容光焕发地说，“我今天早上刚将它们种下，一些给你，一些给我自己。”

在黑蒙蒙的雾气之下，沿着地面丛生的杂草已然从路边溢出，正向四面八方疯长开来。

吴菁妹：最佳品质

五个月前，在庆贺春节的蟹宴之后，母亲送给我一块叫做“生命真谛”的护身符——一片系在金链上的玉坠。如果让我自己选择，是不会中意这件首饰的，它几乎跟我的小拇指一般大，白绿相间，雕琢繁复。在我看来，整体观感有毛病：太大、过绿，装饰太炫目。我将项链塞进一只漆盒，便将它淡忘了。

但近日来，我想起自己的生命真谛，揣摩它的含义。母亲已于三个月前去世，恰是我三十六岁生日前六天。关于生命真谛，母亲是我唯一能问的人，只有她能告诉我，并帮助我懂得自己的悲哀。

现在，我每天都佩戴那枚玉坠。我感觉上面雕刻的图案意味着什么，因为对于中国人而言，各种形状和细节总是有所意指的，在别人为我指出以前，我自己似乎从来注意不到。我觉得可以请教林多阿姨、安梅阿姨或其他中国朋友，但我也明白，他们告诉我的含义与母亲的本意并不相同。他们可能会说，这道蜿蜒的曲线构成三个椭圆形，代表石榴，说明母亲祝我多子多福。可是，也许母亲其实是说这些雕刻犹如一串梨子垂挂枝头，赐予我纯洁与诚实[1]？又或者，这个坠子是出自灵山的万年精华，为我指明生活的方向，使我流芳百世？

我终日思索此事，因此常留意到别人也佩戴着这样的玉坠——既非长条扁平、犹如勋章一般的玉佩，亦非中间有孔的白色圆形玉璧，而是像我自己这块，五公分左右、绿莹莹的长方形玉坠，仿佛我们都曾向同一个秘密的盟约起过誓，由于太过隐秘，我们都不清楚自己归属何处。比如上周末，我看到一个酒吧服务员也戴着一个类似的玉坠。我指着自己的坠子问他："你这块是从哪里得来的？"

"我妈妈给的。"他回答。

我问他缘由。只有中国人才可以彼此问这样有多管闲事之嫌的问题。在一群白人当中，两个中国人在一起简直犹如家人。

"我离婚后，她把这个送给我。我猜，妈妈的意思是，我还是有价值的。"

他说话的语气不是很肯定，所以我知道，他也不明白这玉的真正含义。

在去年春节晚宴上，母亲蒸了十一只螃蟹，在座的每人一只，还富余一只，这些螃蟹是母亲和我在斯多克顿大街的中国城买的。我父母在加利福尼亚州附近的莱文沃思拥有一栋带六套单元房的公寓楼，他俩住在一层。母亲和我从这里出发，顺着陡峭的山坡走

1.此处疑为叙事者吴菁妹由于不谙中国文化，误将梨子等同于梨花。梨花因其洁白常有"纯洁、诚实"的寓意，而梨子没有此意，且因其音同"离"，极少用于护身符等吉祥物上。

下来。我在一家小型广告代理公司做文案撰写人，单位距父母家仅六个街区，因此每周有两三天我下班后会顺路看望他们，而母亲总是备有充裕的食物，坚持留我吃晚饭。

去年春节是个星期四，所以我提早下班，以便帮母亲采购。母亲已七十一岁，但仍步履轻快，拎着个彩色的花塑料袋，瘦小的身板挺得笔直，看上去坚毅果断。我拖着金属购物车跟在她身后。

每次我陪母亲去中国城，她都指给我看其他与她年纪相仿的中国妇人。“香港太太。”她边说边打量两个衣着考究的妇人，她们穿深色长款貂皮大衣、头发染得乌黑，还做了精致的发型。“广东人，乡巴佬。”有几个女人头戴手织毛线帽，裹着几层夹袄和男式背心，从她们身边经过时，母亲悄悄对我说。母亲自己穿着淡蓝色涤纶长裤、大红毛衣，还套着儿童款的绿羽绒外套，看起来跟谁都不像。1944年，她从桂林出发，先北上去重庆，在那里结识了我父亲，之后他们一起朝东南进发去上海，再辗转飞往更南边的香港，坐船驶往旧金山。漫漫旅途结束之后，她终于在1949年来到美国。母亲还真是去过不少地方。

现在，伴随着下坡的节奏，她气鼓鼓地抱怨着：“你越是不想留他们，他们还越住着不走了。”她又在抱怨二楼的房客。两年前，她曾以中国有亲戚要来为由，试图将他们撵出去。然而，那对夫妇一眼看穿了她打算规避租金限价的计策，还说直到母亲的亲戚现身，他们根本不会动窝。从那以后，我只得硬着头皮听她抱怨自己遭受了那两口子接连不断的不公正待遇。

母亲指责那个头发花白的丈夫，在垃圾桶里扔了太多袋垃圾：

"叫我花冤枉钱。"

他的太太头发金黄，颇具高雅的艺术家气质，据传在他们那套房子里刷上了难看的红绿色漆，母亲唉声叹气："实在讨厌。他们洗澡，每天两三次哎，总在哗哗地流水，流啊流啊流，没完没了！"

她发的脾气步步升级："上星期，那两个外国人竟指责我，说我在鱼里下毒，杀了那只猫。"她把所有白种人都称为外国人。

"什么猫？"尽管我确切地知道她指的是哪只，但仍这样问。我见过那只猫很多次，是个大块头的独耳灰条纹虎斑猫，还学会了跳到母亲的厨房外面的窗台上。母亲会踮起脚尖，猛敲窗户来把它吓跑。然而，那猫立场坚定不移，对她的叫嚷回敬以"嘶嘶"低吼。

"那猫经常翘起尾巴，在我家门上撒一泡臭尿。"母亲抱怨道。

有一次，我眼见她端着一锅沸水，顺着楼梯追下来将猫撵走。我忍不住想问她是否当真在鱼里下了毒，但我早就学乖了，从不跟母亲唱反调。

"那只猫到底怎么了？"我问。

"那猫跑了！不见了！"她笑着将双手挥向空中，不过只得意了片刻，复又苦着脸说，"那个男人，他也这样高举着手，讨厌地朝我挥拳头，骂我是最差劲的福建女房东。我可不是福建人，哼！他什么都不懂！"母亲为自己杀了那人的气焰而颇为自得。

在斯多克顿大街上，我们走了一家又一家鱼店，寻找最新鲜的螃蟹。

“别买死的，”母亲用中文告诫道，“连叫花子都不吃死螃蟹。”

我用一根铅笔去捅螃蟹，瞧它们有多鲜活。如果螃蟹抓住笔，我就提起它，放进塑料袋。当我这样拎起一只螃蟹时，却发现它有一条腿被其他螃蟹钳住了。在你拉我拽的速战速决中，我的螃蟹丢了一条腿。

“把它放回去，”母亲低声说，“春节时，缺胳膊少腿是不祥之兆。”

但是，身穿白褂的店员已向我俩走来，开始用广东话大声跟母亲理论。母亲的广东话讲得很糟糕，听上去就跟普通话差不多。她提高嗓门予以回击，还指着那个螃蟹和它的断腿。在一阵尖锐的话锋过后，那只螃蟹和它的断腿被塞到我们的袋中。

“没关系，”母亲说，“这是第十一只，多余的。”

回到家，母亲将螃蟹从包裹的报纸中清理出来，然后将它们倒入一池凉水里。她取出一张老旧的木质案板和切肉刀，将姜和大葱剁碎，在一个浅碟里倒入酱油和芝麻香油。厨房里弥漫着潮湿报纸和中国香料的混合气息。

之后，她抓着螃蟹的后盖，一只接一只地将它们从水池里捞出来，把它们甩干弄活便。从离开水池到下锅之前，那些螃蟹在半空中舒活了一下腿脚。她将螃蟹放进一口有很多层笼屉的大蒸锅里，搭在炉子的两个灶眼上。她盖好锅盖，点上火。我不忍看，于是踱进餐厅。

我八岁时，母亲曾带回一只螃蟹，准备在我生日晚餐时做着吃。我好奇地戳戳螃蟹，每当它探出蟹钳，我就立即跳开。如此玩了一通后，它拱起身来，逃离到橱柜的另一边去了。我认定这只螃蟹与我之间已有了某种非同寻常的默契；但还不等我给这新宠物命名，母亲已将它丢入一锅冷水，放置于高高的炉灶上。随着水不断加热，锅里传出螃蟹挣扎着四处敲打的声音，它试图逃离这锅热汤，我在一旁盯着，越来越害怕。直至今日，我仍记得那螃蟹尖叫着，从沸腾的锅里猛然探出一只亮红的蟹钳。那想必是我自己心里的叫声，因为现在我知道，螃蟹是没有声带的。我也曾试着说服自己，螃蟹的脑力不够发达，无法分辨洗热水澡和慢慢死去。

为庆贺春节，母亲邀请了她的多年好友江亭叔叔和林多阿姨。不用问，母亲也知道这意味着江家的孩子都会来，包括他们的儿子文森特，三十八岁，仍住在父母家；还有他们的女儿韦弗里，与我年纪相若。文森特打电话问能否带女朋友莉萨·林一起来。韦弗里说会携她的新任未婚夫里奇·希尔兹前来，里奇跟韦弗里都在普华永道会计师事务所任税务律师。她还说会带女儿秀珊娜，四岁的秀珊娜是她和前夫所生，她想知道我父母家有没有盒式磁带录像机，以便她无聊时可以看《木偶奇遇记》。母亲还提醒我，邀请曾教过我钢琴的钟先生，他仍住在三个街区外我们的那幢旧宅里。

算上父母和我，一共十一个人。但母亲只算了十个人，因为在她的思想观念里，秀珊娜只是个小孩，不算数的，至少分螃蟹时不算。她根本没考虑韦弗里或许不是这么想的。

传着分那盘蒸螃蟹时，韦弗里是第一个，她挑了最好的螃蟹，放在她女儿的盘子上，那螃蟹的色泽最亮，肉也最饱满。接着，她为里奇挑了第二好的，也为她自己选了只好的。韦弗里是从她母亲那里学来的技巧，什么都挑最好的。因此，她母亲自然也懂得如何在余下螃蟹中挑选最好的，分给她的丈夫、儿子、儿子的女友和她自己。当然，我母亲也对仅剩的四只螃蟹权衡了一番，将其中看上去最好的分给老钟，因为他已年近九旬，理应得到如此礼遇。此后，她将还不错的一只分给我父亲。盘里只剩两只：一个是橙色几乎褪尽的大螃蟹，还有第十一只，即断腿的那个。

母亲把盘子在我眼前晃了晃。“拿吧，已经凉了。”母亲说。

自从眼见我的生日螃蟹被活煮之后，我对螃蟹并不很感兴趣，但也明白自己不能拒绝。中国的母亲们以此种方式表达对子女的爱——不是通过拥抱和亲吻，而是将蒸饺子、鸭肫或螃蟹硬塞给你。

我拿了那只缺腿的螃蟹，本以为自己做得对，可是母亲大叫起来：“不行！不行！你挑大的吃，我吃不完。”

我记得其他所有人大快朵颐的声响——掰开蟹壳，吮出蟹肉，用筷尖把壳里所剩的美味珍馐刮得干干净净，而母亲的盘子上悄然无声。只有我注意到她先撬开蟹壳，闻了闻蟹肉，随后端着盘子，起身走向厨房。她回席时，手中已没了螃蟹，而是又拿来了几碗酱油和葱姜。

胃里有了东西，大家开始闲聊。

“宿愿！”林多阿姨冲我母亲嚷道，“你怎么穿这个颜色的衣服啊？”林多阿姨用一条螃蟹腿指了指母亲的大红毛衣。

“你怎么还能穿这个颜色呀！太嫩了！”林多阿姨数落道。

母亲犹如受到赞美似的回应：“在凯普惠尔购物中心买的，十九块钱，比我自己织还便宜呢。”

林多阿姨点点头，仿佛认同这个价格也就只能买到这颜色的衣服，接着她又拿螃蟹腿指向未来的女婿里奇，然后调侃道："瞧啊，这家伙根本不懂怎么吃中餐。"

"螃蟹又不是中餐。"韦弗里用抱怨的语气说。令人惊叹的是，韦弗里说这话时的口吻跟二十五年前如出一辙，我俩十岁那年，她就是用同样的语气向我宣布："你可不是像我这样的天才。"

林多阿姨恼怒地看着她女儿："你怎么知道什么是中餐，什么不是？"随后，她转向里奇，用更具权威的语气质问："你怎么不吃最好的部位？"

我看到里奇好像被逗乐似的报以微笑，丝毫没有受侮的感觉。他跟他盘中的螃蟹看上去别无二致：头发泛红，肤色奶白，还有大大的橙色雀斑。在他憨笑之际，林多阿姨演示了正确技巧，将筷子戳进海绵般柔软的橙色部位："你得从这里挖进去，把它挑出来。脑部最美味了，你试试。"

韦弗里和里奇互相做个鬼脸，都觉得很倒胃口。我听到文森特和莉萨彼此耳语了一句："恶心。"然后他俩也偷笑起来。

亭叔叔自顾自地大笑起来，告诉我们他也有个私密的笑话。他开场时打着响鼻，拍着大腿，我猜他想必已将这个笑话练过好多次了："我告诉我女儿，嘿，为什么要受穷呢？嫁给有钱人吧！"他大笑着捅捅坐在身边的莉萨，"嘿，你没听明白吗？你看，她马上就要嫁给这个家伙了。里奇嘛！因为是我让她嫁给里奇的。"[1]

"你们究竟什么时候结婚？"文森特问。

1."里奇"是英文名Rich的译音，rich在英文中是富有的意思。

“这话我该问你们呢。”韦弗里说。文森特根本不理这个问题，莉萨则显得很尴尬。

“妈妈，我不喜欢螃蟹！”秀珊娜哼哼叽叽地说。

“发型不错。”桌对面的韦弗里冲我说。

“谢谢，大卫的手艺一直很棒。”

“你是说，你还去找霍华德大街的那个家伙啊？”韦弗里蹙起一道眉，“你难道不害怕吗？”

我能察觉到危险，但仍不管不顾地说：“害怕？你这是什么意思？他一直都挺好的呀。”

“我的意思是，他是个同性恋啊，”韦弗里说，“他可能有艾滋病。他给你理发时，就像切开一个活体组织。我是个当妈的，所以可能太多疑了吧，但现在这年月，你再怎么小心也不为过啊……”

我坐在那里，感觉自己的头发仿佛被病毒笼罩着。

“你应该去我理发的那家店，”韦弗里说，“找罗瑞先生。他的手艺棒极了，不过他的要价可能比你平时习惯的要高。”

我真想冲她大叫，想不到她连羞辱别人时都如此会耍花招。比方说，每次我向她咨询最简单的税务问题，她都会将话锋一转，显得我好像特小气，不肯付她法律顾问费似的。

她会说些诸如此类的话：“除了在我办公室里，我真心不想谈论重要的税务问题。我的意思是，如果你在午餐时随意说了点什么，而我又随便提了点建议。之后你按我说的做，结果出问题，原因是你并没为我提供全面的信息。那样我会觉得很糟，你也会有同感，难道不是吗？”

在那天的蟹宴上，她对我头发发表的言论简直快把我气疯了，因此我也想叫她难堪，让在场的所有人看看她有多么小心眼。于是，我打定主意如何责难她。她所在公司特约了我一个活，我为他们设计了一份八页的税务服务手册。她们公司拖欠我的服务费已超过三十天了。

“如果某人的公司按时付给我工钱，或许我就能负担得起罗瑞先生的开价了。”我边说边嘲讽地咧嘴一笑。我得意地看着韦弗里的反应，她着实慌张起来，无言以对。

我忍不住乘胜追击：“一家大型会计师事务所竟不能按时付账，在我看来真是讽刺。我的意思是，说真的，韦弗里，你到底在为一家什么样的公司做事啊？”

她脸色铁青，一言不发。

“得了得了，姑娘们，别争了！”父亲说，仿佛韦弗里和我仍是为三轮车和彩色蜡笔而争执不休的孩子。

“好吧，我们也不想现在谈这个。”韦弗里平静地表示。

“啊，你们觉得强人[1]之间接下来会发生什么？”文森特调侃了一句，但没有人笑。

这次，我可不会轻易放她一马。“是吗，我每次给你打电话，你也说不能跟我谈这件事啊。”我说。

1.此处应指电视剧《强人》（*The Giants*），是香港电视广播有限公司于1978年出品并播放的长篇剧集，共110集。该剧远赴美国取景，以旧金山一间酒楼发生的枪杀案开始，之后回到香港展开剧情，讲述一个豪门之家的兄弟姊妹之间的尔虞我诈，故事后来发展成为一个争夺财产的悲剧。

韦弗里看看里奇，里奇耸了耸肩。她转向我，叹了口气。

“听好了，茱恩，我不知道该怎么跟你开这个口。你写的那份东西，呃，公司里觉得没法用。”

“你撒谎。你说过写得很棒。”

韦弗里又叹了口气：“我知道我说过。我不想伤害你的感情。我本想尝试，看我们自己能否用什么方法把它改好，可是改不出来。”

事到如此，我开始奋力挣扎，仿佛在毫无防备时被人丢进深水，绝望地不断下沉。“大多数文稿都需要做些小调整，”我说，“初稿并不完美，这也……也是正常的啊。我当初应该再把流程介绍得清楚一些。”

“茱恩，可我确实不认为……”

“重写是免费的。我跟你们公司一样，也很想把它修改完善。”

韦弗里的表现好像根本没听见我说话似的：“我正试图说服他们，至少为你的工作付一部分酬劳。我知道你为此花费了大量精力……是我建议由你来做的，所以我至少欠你这些。”

“只要告诉我，他们想改哪里就行。我下周会给你打电话，这样咱们可以把每行文字再过一遍。”

“茱恩——不行，”韦弗里冷峻地说出最终裁决，“你写的确实不够……不够深刻。我相信，你为其他客户写的文案的确很棒。但我们是家大公司，需要有人真正理解……我们的风格。”她说这话时用手碰了碰胸口，仿佛是意指她自己的风格。

随后，她漫不经心地笑起来。“我的意思是，说实在的，茱恩，”

然后她换上一副电视台播音员的深沉嗓音说，“三重收益，三项需求，三个购买的理由……包您满意……为了您今天和日后的税务需要……”

她的语调十分滑稽，结果大家都将它当成笑话，哄堂大笑起来。然而，更糟糕的是，随后我听到母亲对韦弗里说：“的确，风格是教不会的。茱恩没你深刻。想必是天生的。”

我感到羞愤异常，连我自己都觉得惊讶。韦弗里的聪明才智再次胜过了我，连亲生母亲也背叛了我。我强作笑容，下唇绷得都抽搐起来。我试着转移自己的注意力，我记得自己装作收拾餐桌，端起自己的盘子，还有老钟的，我泪眼蒙眬，却清晰地看见这些老旧餐盘边缘的缺口，我不由得琢磨母亲为何没用我五年前买给她的那套新餐具。

桌上螃蟹的残骸散乱。韦弗里和里奇点上烟，将一个蟹壳放在他俩之间充当烟灰缸。秀珊娜溜达到钢琴前，双手各抓一只蟹钳，开始胡乱敲琴。经过这些年，老钟已经全聋，他瞧着秀珊娜喝彩道：“太棒了！太棒了！”屋里除他发出古怪的喊声外，其他人都沉寂无声。母亲走到厨房，取来一盘切好的橙子。父亲还在戳他那只螃蟹残存的部分。文森特一连两次清清嗓子，然后轻拍着莉萨的手。

最后，还是林多阿姨打破了沉默：“韦弗里，你就让她再试一次吧。写初稿时你给她的时间太紧，她当然没法搞好了。”

我听见母亲嘎吱嘎吱地吃一片橙子，她是我认识的唯一一个会把橙子嚼得响的人，那动静听来仿佛是在啃脆苹果，这声响简直比磨牙还难听。

“写个好文案需要时间啊。”林多阿姨边说边点头对自己表示赞同。

“多加点情节，”亨叔叔建议道，“多点情节，嗬，我就喜欢那样。嘿，就这么简单，肯定能搞好。”

“恐怕未必。”我说完笑了笑，然后将盘子端走，放到水池里。

当晚在厨房中，我意识到，自己其实不过如此。我是个广告撰写员。我在一家小型广告代理公司做事。我向每位新客户承诺：“我们的广告将让你的烤肉发出嗞嗞声响。”但我们所承诺的诱人效果总不外乎“三重收益，三项需求，三个购买的理由”；而所谓的“烤肉”，也无非是同轴电缆、多路复用器、接口转换器之类的东西。这些工作我已做得驾轻就熟，在诸如此类的小事上总能得心应手。

我拧开龙头，开始洗碗。我已不再生韦弗里的气了。我感到疲惫，也感到自己愚蠢可笑，仿佛我此前始终在逃避某人的追捕，但蓦然回首，背后却空无一人。

我拿起母亲的盘子，那只晚餐刚开始她就端到厨房的盘子。上面的螃蟹根本没动过。我捏起蟹壳闻了闻。或许是因为我根本就不喜欢吃螃蟹，所以判断不出它到底有什么毛病。

客人们都告辞后，母亲也来到厨房。我正在收拾洗好的盘子。她烧上水，准备再沏点茶喝，然后在厨房小餐桌前坐下。我料想她会申斥我一番。

“晚饭真棒，妈。”我礼貌地称赞道。

"不算太好。"她边说边用牙签剔牙。

"你的螃蟹怎么了？为什么要扔掉？"

"不算太好，"她依旧这么说，"那只螃蟹是死的，连叫花子都不要。"

"你怎么知道呢？我没闻出有什么不对劲。"

"蒸之前就知道啦！"此刻她已站起身，眺望着厨房窗外的夜色，"我在蒸之前甩了甩那只螃蟹，它的腿——松松垮垮，嘴巴——张得很大，早就像个死人了。"

"你既然知道它已经死了，为什么还要蒸呢？"

"我觉得……也许刚死不久，味道可能不会太差。但我能闻出气味，死蟹吃起来肉也不紧。"

"万一其他人选了这只蟹，那怎么办？"

母亲看着我微笑道："只有你挑了那只螃蟹呀！除你之外没人要。我早就料到了。其他所有人都想要最好的。你的想法不一样。"

母亲说话的方式，仿佛是在认可我做了什么好事。她说的话往往根本讲不通，听起来既像好话，又像坏话。

我将最后几只带缺口的盘子收起，突然想起另一件事："妈，你为什么从来不用我给你买的那些新盘子呢？如果你不喜欢，应该告诉我啊，我本可以改换其他式样的。"

"我当然喜欢，"她被触怒了，"有时候，我觉得某样东西太好了，就想留起来，结果留到最后，我自己也给忘了。"

随后，她仿佛突然记起似的，解开她那条金项链的挂钩，将它摘下来，又将项链和玉坠盘在她手掌上。她抓起我的手，将项链塞给我，又将我的手和项链握在一起。

“不行，妈，”我推辞着，“我不能要这个。”

她说：“拿啦，拿啦。”仿佛在指责我似的。接着，她用中文继续说：“很久以来，我一直想把这条项链给你。你看，我把它贴身戴着，所以当你也戴上它时，就会明白我的心意。它会向你启示生命的真谛。”

我定睛瞧着那条浅绿玉坠的项链，本不愿收下，想把它还给母亲。然而，我仿佛又感到自己已然接受它了。

“你给我这个，只是因为今晚的事吧。”我终于冒出这么一句。

“什么事？”

“就是韦弗里说的话，还有其他人说的那些话。”

“啧！你干吗要听她的？为什么你想跟着她走，听她指挥呢？她就像这只螃蟹，”母亲戳了一下垃圾桶里的蟹壳，“总是横着走，不走正路。你可以迈开腿，走另外的路。”

我戴上了项链，有一种沁凉的感觉。

“这玉不是太好，”她实事求是地说，伸手摸了摸那玉坠，随后用中文补充道，“这是块嫩玉。现在色泽还浅得很，但如果你每天都戴，颜色会越来越深的。”

自从母亲过世后，父亲吃的一直不是太好。所以，我现在到厨房里，为他做晚餐。我正在切豆腐，打算为他做一道麻婆豆腐。母亲曾告诉过我，吃辣有助于恢复元气，使人健康，精力旺盛。但我现在做这道菜，主要是因为知道父亲爱吃，而且自己也会做。我喜欢这道菜的气味，刚一揭开罐子，葱姜和红辣椒酱的气味就扑鼻而来。

我听到头顶上旧水管“当”地震动了一下，接着，我家水龙头流出的水就减弱为一滴一滴的了。肯定是楼上某个房客开始淋浴了。我记起母亲的抱怨：“你越是不想留他们，他们还越住着不走了。”我现在明白母亲的话了。

我将豆腐放在水池中洗着，窗边骤然冒出一团黑影，吓了我一跳。原来是楼上的那只独耳虎斑猫。它在窗台上站稳脚跟，侧身贴着窗户蹭来蹭去。

母亲果然没有杀死那只讨厌的猫，我算是松了口气。随后，我发现这只猫蹭得愈发起劲了，还翘起了尾巴。

“从那儿滚开！”我大吼一声，用手在窗上连拍三下。那猫却只眯起眼睛，竖起它的一只耳朵，冲我龇牙咧嘴地“嗞嗞”叫着。

西天王母

“噢！小坏东西！”这女人正在逗她的小外孙女，“是菩萨教你无缘无故就笑了的吧？”小婴孩继续咯咯地笑，女人感到一种强烈的愿望在心头涌动。

“即使我能长生不老，”女人对小孙女说，“我还是不知道如何教你是好。我也曾这样无忧无虑，天真幼稚，那时我也会无缘无故地发笑。

“但是后来，我抛开自己愚蠢的天真来保护自己。那时，我告诉自己的女儿，也就是你妈，要她蜕去自己的稚嫩天真，这样她就不会受伤害。

“小坏东西，这种想法错了吗？如果我现在发现别人坏，是不是因为我自己也变坏了呢？倘若我觉得别人的鼻子太挑剔，难道我自己就没闻出同样不好的气味吗？”

听着外婆的唉声叹气，小婴孩却咯咯地笑起来。

“哦，哦！你是说，这样笑是因为你已经长生不老了？你说自己是西王母，现在下凡来给我答案！好！好！我听着……

“谢谢你，小王后。那你也一定要教会我的女儿，怎样才能丢掉天真，却仍保有希望，如何能永远笑下去。”

许安梅：喜鹊

昨天，女儿告诉我："我的婚姻正在破裂。"

现在，她只能眼睁睁地看着它破裂。她躺在心理医生诊所的长椅上，羞愧地挤着眼泪。我觉得，她会一直躺在那里，直到所有该破裂的都破裂掉，没有什么可哭的了，一切都枯竭了。

她哭喊着："我别无选择！别无选择！"可她不懂，如果她不说话，也是在做出选择。如果她不做出努力，她将永远失去机会。

我懂得这一点，因为我是以中国的方式养大的。大人教导我要清心寡欲，相信别人的悲苦，接受自己的痛苦。

尽管我对女儿的教导与此恰恰相反，但她仍是如出一辙！或许因为她是我生的，还是个女孩。而我也是母亲所生，而且也是个女孩。我们三代人犹如阶梯，一级跟着一级，有上有下，不过总是朝着同样的方向。

我知道保持缄默的感受，你在一旁看着、听着，仿佛你的人生只是一场梦。当你不想再看时，可以闭上眼睛。但当你不想再听时，又能怎么办呢？我依然能听到六十多年前发生的事情。

* * *

母亲第一次到宁波的舅舅家时，她在我看来形同路人。我那时九岁，已有好多年没见过她。但我知道她就是我的母亲，因为我能感受到她的痛苦。

“别看那个女人，”舅母告诫道，“她把自己的脸面都付诸东流了。她身上的祖灵从此荡然无存。你看到的这个人，只不过是坏透了、烂至入骨的腐败躯壳。”

我打量着母亲，她看上去并不坏。我想摸摸她的脸——那张看起来很像我的脸。

她穿着古怪的洋装，这确是事实。不过，舅母咒骂她时，她并未还嘴。她喊我舅舅为“大哥”，舅舅抽了她一个耳光，此时她把头垂得更低了。婆婆去世时，她哭得撕心裂肺，尽管婆婆，也就是她的母亲，在很多年前曾将她逐出家门。婆婆下葬以后，她遵从我舅舅的话，自己收拾东西，准备返回天津。在那里，她曾不守孀妇的贞操，给一个有钱人做了三姨太。

她怎么能丢下我不管呢？然而这话我不能问，因为我是个孩子，只能在旁观望。

在她准备起程的前一天晚上，她搂着我的头靠在她身上，仿佛有某种我看不见的危险，所以要保护我。我大哭起来，想在她还没走之前就使她回心转意。当我躺在她怀里时，她给我讲了个故事。

“安梅，”她低语着，“你见过住在池塘里的那只小乌龟吗？”我点点头。这个池塘就在我们家的院子里，我经常用小棍在平静的池水里搅和，想让乌龟从石头下面游出来。

“我也是从小就认识这只乌龟了，”母亲说，“我那时常坐在池边，看着它浮到水面上，张开小嘴咬着空气。这只乌龟很老了。”

我在头脑中想象着那只乌龟的样子，知道母亲跟我说的是同一只。

“这只乌龟以我们的想法为食，”母亲继续说，“在我跟你现在这么大时，有一天忽然明白了这一点。婆婆说我已不再是个孩子了，不能大喊大叫，不可以跑，也不能坐在地上抓蟋蟀。即便我失望难过，也不能哭。我不能出声，必须听长辈的话。如果我做不到，婆婆说她会剃掉我的头发，把我送到尼姑庵去。

“那晚，在婆婆告诉我这些以后，我坐在池塘边，眼睛盯着池水。由于我很脆弱，便哭了起来。忽然，我发现这只乌龟已经浮上来了，我的眼泪刚一触到水面，就立刻被它吃掉了。它吃得很快，五滴、六滴、七滴……之后，它从池里爬出来，爬到一块平滑的石头上，开口说话了。

“乌龟说：‘我吃掉了你的眼泪，所以明白你的悲苦。但我必须告诫你，如果你哭，你的生活总会很悲伤。’

“接着，乌龟张开嘴巴，吐出几枚珍珠色的鸟蛋，一、二、三……一共有七个蛋。蛋壳裂开了，从里面冒出七只小鸟，它们顿时叽叽喳喳地唱起歌来。我见它们腹部雪白，歌声婉转动听，认出它们是喜鹊，是一种为人报告喜讯的鸟。这些小鸟低下头，开始贪婪地喝着池水。我刚伸手想抓一只，它们就腾空而起，在我面前拍打着黑色的翅膀，笑着飞到空中。

"'现在你明白吧,'乌龟边游回池里边对我说,'哭是没用的。你的眼泪无法洗刷自己的痛苦,只能供别人寻开心而已。所以,你必须学会把眼泪往肚里咽。'"

但是等母亲讲完故事之后,我看到她已经在哭泣。我也又哭了起来,哀叹这就是我们的命,我们活得就像两只乌龟,一起从小池塘底看着汪汪池水。

早上,我醒来时没有听到喜鹊的叫声,而是远处传来愤怒的叫骂声。我赶紧跳下床,悄无声息地跑到窗边。

我看见母亲跪在前院里,不停地用手指刨着石子路,仿佛她丢失了某样她自知再也找不回来的东西。舅舅站在她面前,正大声训斥。

"你还想把女儿带走,也毁了她的一生!"舅舅被这个荒谬的想法气得顿足大骂,"你还不快滚!"

母亲一言不发,仍匍匐在地,她拱起的后背像池塘中那只圆溜溜的乌龟一般。她哭的时候双唇紧闭。我于是也像母亲一样哭泣,把那些苦涩的泪水都咽下肚去。

我赶忙穿好衣服,冲下楼梯,跑进前厅,那时母亲正准备离去。一个用人将她的行李搬到屋外。舅母在旁拉着我弟弟的手。不等记起不能开口,我已经脱口而出:"妈!"

"看看,你的邪气已经传到女儿身上了!"舅舅愤慨地吼道。

母亲仍旧垂着头,抬眼看了看我,看到了我的脸。我忍不住泪流如注。我觉得,母亲看到我的这般神情,因此态度发生了转变。她直起腰板,昂然挺立,这样一来几乎比舅舅还高。她向我伸出一只手，我奔到她身边。她平静地说："安梅，我并不强求你。不过，我现在要回天津，你可以跟我一起走。"

舅母听了这话，当即尖声嘲讽道："一个姑娘跟了你这种人，好不到哪里去！安梅，你别以为自己能见什么新鲜世面，你坐上一辆新车，但前面拉车的，还是那头老骡子，你这一生，就跟你眼前看到的一样！"

舅母的话更坚定了我要离开的决心，因为我眼前的生活就在舅舅的宅子里，这里充斥了我无法理解的隐晦谜团和苦难。所以，我扭头看着母亲，根本不去理会舅母那些莫名其妙的话。

此时，舅舅抄起一个瓷花瓶。"你真想这么做？"舅舅说，"就这样毁掉自己的一生？如果你跟这个女人走，你这辈子再也抬不起头来了。"他将花瓶往地上一摔，花瓶立时被砸得粉碎。我吓得跳了起来，母亲握住了我的手。

她的手暖暖的。"走吧，安梅。我们得快点了！"她对我说，仿佛看到马上要下雨似的。

"安梅！"舅母在我身后怜惜地呼唤着，但舅舅打断了她："算啦，她早就变了。"

在我离开自己过去的生活时，我琢磨着舅舅的话是不是真的，思考着自己是否改变了，将永远抬不起头。于是，我努力把头抬起来了。

我看到弟弟被舅母拽着，号啕大哭。母亲根本不敢带走弟弟。做儿子的，永远不能住到别人家去。如果去了，他的未来就毫无希望。但我清楚，这并不是弟弟的想法。他大哭是出于愤怒和恐惧，因为母亲没叫他一起走。

舅舅说得没错，当我看到弟弟的这般表现，我再也不能高昂着头了。

我们坐黄包车去火车站的路上，母亲柔声说：“可怜的安梅，只有你懂，只有你明白我所受的罪。”听她这么说，我感到自豪，因为只有我能体会这些微妙而不同寻常的想法。

不过，在火车上，我才意识到自己离过去的生活有多远。我害怕起来。我们在路上花了七天时间，一天坐火车，六天乘蒸汽轮船。起初，母亲十分活跃，每当我扭头去看刚刚经过的某个地方时，她就会为我讲一些关于天津的趣事。

她说那里有精明的小商贩，叫卖着各式各样的小吃，有蒸饺、煮花生等等。母亲最爱吃煎饼——在一张薄饼正中打一个鸡蛋，刷上黑豆酱，然后卷起来，热气腾腾地刚一出锅，就被递给了饥肠辘辘的买主。

她为我描述港口的景象和那里的海鲜，称它甚至比我们在宁波吃到的还美味。有蛤肉、对虾、螃蟹，还有各种海鱼和淡水鱼，全是最棒的。否则，怎么会有那么多外国人到这个港口来呢？

她还对我讲，狭窄的街上挤满了热闹的集市，一大清早，乡下人就开始卖菜，都是我此前没见过、更没吃过的。母亲说，我一定会觉得这些菜都十分鲜嫩可口。城里的不同区域住着不同的外国人——日本人、白俄、美国人还有德国人——但他们从不混居，都各住各的，有的租界肮脏杂乱，有的则干净整洁。他们居住的房屋也形色各异，有的刷成粉红色，有的楼从各个角度看都参差不齐，犹如维多利亚时代的长裙一般，有的屋顶宛如尖顶礼帽，有的房子装饰着漆成白色的木雕，仿制成象牙一般。

她又说，冬天我能见到雪。母亲说，只要再过几个月，将迎来寒露节气，那时会开始下雨。雨水渐渐变得轻柔，下的速度也缓慢下来，直至变为白色，最终凝结起来，如同春天盛开的海棠花。她会将我裹在毛皮缝边的大衣和棉裤里，即便寒冷刺骨也不打紧。

她给我讲了许多故事，直到我将脸扭向前方，向自己在天津的新家的方向眺望。但在出发后的第五天，我们的船离天津湾越来越近，泥黄色的水面变黑了，我们的船开始颠簸，还吱呀地呻吟着。我开始感到恐惧，还晕船。夜里，我梦见舅母告诫我不要靠近甬江，因为幽暗的江水会永远改变一个人。卧在舱中的病床上，我望着舷窗外那深色的水面，害怕舅母的话会成真。我发现母亲早已开始转变，她眺望大海，脸色晦暗而愠怒，心中默默地盘算着。我心里也变得阴云密布，充满疑虑。

在我们预计抵达天津的那天早上，她身穿白色孝服走进我们就寝的船舱。当她回到轮船顶层的客厅时，她看起来像个陌生人。她将眉心处描得很浓，眉梢又细又长。她涂着深色的眼影，脸上抹得煞白，嘴唇殷红欲滴。她头戴一顶棕色小呢帽，帽子前面插着一支大大的带褐色斑点的羽毛。她将短发别在帽子里，只留下两个造型别致的发卷搭在前额，彼此相对，犹如黑漆的雕纹一般。她身穿一袭深棕色长裙，白色蕾丝花边衣领一直垂到腰部，还用一朵丝绸玫瑰束了起来。

这一幕真叫人震惊。我们当时还在服丧呢。但我只是个孩子，什么也不能说。我怎么能指责自己的母亲呢？眼见她如此恬不知耻地打扮，我只得暗自替她脸红。

她戴着手套，端着一只奶白色的大盒子，盒盖上印着洋文："Fine English–Tailored Apparel, Tientsin"[1]。我记得，她将盒子放在我们俩之间，然后对我说："打开它，快点！"她气息急促，但仍面带微笑。我惊讶于母亲这种前所未有的古怪举动，直到多年后，我用这个盒子装信函和照片时，还始终叹服母亲当初料事如神。尽管她有好多年没见过我，但她早已料到我终有一天会跟她走，而我那时应该穿一身新衣服。

在我打开盒子的那一刻，我所有的羞耻和恐惧顿时烟消云散了。盒里是一件崭新的浆白长裙，脖领和整条袖子上都装饰着褶裥，裙摆处还有六层衣褶。盒子里还装着白色长筒袜、白皮鞋，还有一个打好的蝴蝶结发饰，白颜色，很大，马上就可以用两根松开的带子戴在头上。

每样东西都太大了。我的肩膀不停地从宽大的衣领中滑出来，腰部肥得足能装下两个我，但我并不在意，母亲也不在意。我举起双臂，稳稳地站定，她取出别针和缝衣线，这里缝一下，那里紧一下，将蓬松的衣褶都别起来。她还在鞋头塞了纸，最后所有的穿戴都刚好合适。我穿着这些衣服，感觉自己像是长出了新的手和脚似的，连走路的姿势都不得不改变了。

之后，母亲又变得忧郁起来。她坐在那里，双手叠放在腿上，

1.此处意为"优质英式定制服饰，天津"。

眼见我们的船离码头越来越近。

“安梅，现在你要准备开始新的生活了。你会住在新房子里，那里有你的继父、好几个姐妹，还有个弟弟，吃穿不愁。你觉得，这一切足以让你感到幸福吗？”

我默默地点头，想着我那留在宁波的不幸的弟弟。母亲没对我再提起新房子，也没多说新家和幸福生活的事。我也什么都没问，因为此刻恰有一阵铃声响起，一个船员大声宣布我们的船抵达天津了。母亲对搬运工飞快地指点了一番，指了指我们的两个小行李箱，然后把钱递给他，仿佛她每天都这么做似的。接着，她小心翼翼地打开另一只盒子，从里面扯出大概五六条狐皮围脖和披肩，看上去每条都是豆眼圆睁、四爪下垂、尾巴蓬松的死狐狸。她将这些恐怖的东西围在脖子和肩膀上，之后紧紧握住我的手，从塞满了人的过道里挤出去。

没人到码头来接我们。母亲缓缓走下活动舷梯，穿过堆放行李的地方，焦急不安地左顾右盼。

“安梅，过来！你怎么这么慢！”她的声音里充满恐惧。我吃力地挪着步子，脚下的船板晃动时，我还得竭尽全力不让那双超大的鞋子掉下来。不用注意自己的双脚往哪里走的时候，我抬起头来，发现所有人都急急忙忙的，看上去不大开心：有的人家携着年迈的父母，全都穿着深色或素色的衣服，连推带拽地搬运着成包成箱的家当；有像母亲这般穿戴的白人女子，跟戴大檐帽的外国男人走在一起；还有一些富家太太数落着跟在身后的女仆和用人，这些随从有的扛行李，有的抱孩子，还有的挎着装了食物的篮子。

我们站在路边，这里常有黄包车和卡车经过。我们手拉着手，一边各想各的心事，一边注视着匆匆进站出站的过客。这时已临近中午，尽管外面似乎暖洋洋的，但天空阴云密布。

站了很久始终没见有人来，母亲叹了口气，最终喊来一辆黄包车。

在路上，母亲跟黄包车夫争执了一番，因为他看我们有两个人，还带了行李，于是想多加钱。后来，她又抱怨路上尘土厚，街上味道难闻，地面凹凸不平太颠簸，还说时间晚了，肚子饿得直疼。等她结束这一通怨叹后，又将矛头转向我，埋怨我新衣服上蹭了个污点，头发乱糟糟的，长袜也皱皱巴巴的。我想让她高兴些，于是一会儿指着小公园问她，一会儿让她看天上的飞鸟，还指着一辆长长的电车，它正响着喇叭从我们身边驶过。

但她的脾气变得更糟了，还对我说："安梅，坐好了。别显得这么激动。我们只不过是回家罢了。"

当我们终于到家时，两人都已精疲力尽。

从一开始，我看出来我们的新家不是栋普通的房子。母亲告诉过我，我们要住在一个名叫吴庆的富商家里。她说这个男人拥有好几家地毯厂，住在天津英租界的一座宅子里，这是当地中国人能住上的最佳地段。我们的住所距跑马地不远，而这里只有西方人才能住。我们住处附近还有一些小型专卖店，比如只卖茶或丝绸或是肥皂。

她还说，我们住的房子是外国人建造的。吴庆喜欢洋货，因为他是跟洋人做生意发家致富的。我推测这就是母亲必须穿着洋服的原因，如同那些中国的暴发户喜欢用光鲜的外表炫耀财富一样。

尽管我来到新家之前对这些已有耳闻，但眼前的情形还是令我颇为惊异。

房前矗立着一道中式石拱门，两扇黑漆大门，要进去还得迈过一个门槛。进得门来，我看到了院子，也让我很吃惊。院里没有垂柳或是香气扑鼻的桂树，没有凉亭和池畔长椅，也没有金鱼缸。取而代之的，是一条很宽的砖路，路的两边是长长的灌木丛，再往外各有一大片草地，草地上还有喷泉。我们沿着甬道往里走，离房子越来越近，我发现这幢房子也是西式建筑风格的小洋楼，一共三层，都是砖石建造的，每层都有带金属护栏的大阳台，房顶拐角处都有烟囱。

我们抵家时，一个年轻女仆跑出来，高兴地叫着迎接母亲，声音大得有些刺耳："噢！太太，您已经到了！怎么这么快呀……"此人名叫燕嫦，是我母亲的贴身侍婢，她懂得怎样恰如其分地讨好母亲。她称呼母亲为"太太"——这是对正室夫人的尊称，仿佛母亲是大太太，是家里唯一的夫人似的。

燕嫦大声招呼其他用人将我们的行李搬进去，又叫另一个用人为我们奉茶，浴缸里放好洗澡的热水。接着，她匆促地解释是二太太告诉所有人说，我们至少还要再过一个星期才回来。"真不像话，都没人去接您！二太太和其他人都去北京看亲戚了。您闺女真俊，跟您是一个模子刻出来的。她还挺害羞呢，是不？大太太和她的女儿啊……又去拜佛了……上个星期，一个表亲家的叔叔，有点疯疯癫癫的，来这里拜访，结果既不是表亲，也不是什么叔叔，谁知道是个什么来头……”

我们刚一走进那栋大房子，我就已然眼花缭乱了：一道蜿蜒的楼梯盘旋而上，屋顶的每个角落都雕梁画栋的，过道七拐八弯，通向一间又一间屋子。在我的右手边是个大房间，比我以前见过的任何屋子都大，里面有许多硬实的柚木沙发和桌椅。在这间长长的房间尽头，我发现那里还有门，可以通往更多的房间，里面又有更多的家具和更多的门。在我的左手边，是个光线较暗的房间，也是一个客厅，这里摆放着很多西式家具，有深绿色的皮沙发、画有猎犬的油画、带扶手的座椅，还有红木书桌。在这些房间里，我瞥见了各色各样的人，燕嫦为我介绍着：“这个年轻姑娘嘛，她是二太太的女仆……那个人啊，不算什么的，只不过是帮厨人的女儿……这个男的是负责打理花园的……”

之后，我们上了楼梯。到达顶层以后，我发现这里也有间大客厅。我们往左边走，穿过一个大厅，路过一间屋子，然后来到另一个房间。“这就是你妈妈的房间啦，”燕嫦骄傲地告诉我，“你晚上在这里睡觉。”

我第一眼看到的，也是我首先唯一能注意到的，是一张富丽堂皇的大床。它既厚重又精巧：上面是柔软的玫瑰色丝绸华盖，床体是用沉甸甸的深色木料做成，打磨得很光滑，四周雕刻着蟠龙。四根支柱将丝质的华盖撑起，每根柱上都垂着绸带，用来系床帏。四条床腿雕刻成蹲伏着的狮爪一般，仿佛这沉重的床将狮子挤压到床底下去了。燕嫦为我演示怎样借助一个小踏脚凳爬上床去。

当我滚倒在丝绸床单上时，大笑着发现柔软的床垫比我宁波家里的床垫要厚上十倍。

坐在这张床上，我观赏着周围的一切，仿佛自己是个公主。这间屋子有扇玻璃门，是通往阳台的。在这扇玻璃门前，摆放着一张与床的木质相同的圆桌，桌腿也雕刻成狮腿模样，围着桌子放了四把椅子。一个仆人已将热茶和甜点摆在桌上，正在生火炉。

其实，舅舅在宁波的房子并不寒酸，事实上他的家境也相当殷实。但天津的这幢房子简直是令人惊叹。我心想，看来是舅舅错了，母亲嫁给吴庆不是什么丢人现眼的事。

正这么想着，我被一阵突如其来的声响吓了一跳，只听"克啷、克啷、克啷"，接着响起一段音乐。床对面的墙上挂着一座木质的大钟，钟上雕刻着森林和几头熊。一道小门豁然打开，冒出一个满是人的小屋。有个长大胡子的男人戴着尖顶帽，他坐在桌边，一次又一次地低头喝汤，但他的胡子每次都先伸到碗里，把他给顶住。一个身穿蓝色长裙、系着白头巾的姑娘站在桌旁，一次又一次地弯腰给那个男人盛汤。他俩身旁还有另一位姑娘，她身穿短裙短衣，来回挥动着手臂演奏小提琴。她每次都演奏同一首哀婉的曲子。好多年以后，我头脑中还回荡着那"呢啊！呐！呐！呐！呐——呢——呐"的曲调。

这座钟看着挺有意思，但每到整点我就听它报时，一遍又一遍，没完没了的，这钟就变成一个铺张浪费的累赘了。好几天夜里，我都睡不着觉。后来，我发现自己多了一种能力：对我毫无意义的声响可以充耳不闻。

起初那几晚，我都很开心，住在这么一幢好玩的房子里，还可以跟母亲一起睡柔软的大床。我躺在这张舒适的床上，想起舅舅在宁波的房子，感觉到自己过去是多么不开心，同时也替弟弟难过。不过更多时候，我的思绪还是围绕着这座宅子里的所有新鲜见闻和趣事。

我发现不仅厨房里的管道会流出热水，就连每层楼的洗手池和浴缸里也如此。我看到马桶不用仆人倾倒就被冲洗干净。我还瞧见了一些跟母亲的房间一样精致的屋子。燕嫦告诉我这些房间哪几个是大太太的，哪些是其他姨太太，也就是二太太和三太太住的。还有几间屋子没人常住，燕嫦对我说："这些是客房。"

据燕嫦讲，第三层楼只住男仆，其中有间屋里还有一扇门是通往橱柜的，其实是为躲避海盗特设的秘密藏身之所。

回想起来，我觉得要记住那栋宅子里的每样东西很难，过了一段日子之后，那么多好玩意看起来都一样。我对于那些不再新奇的东西感到厌烦。"噢，这个呀，"当燕嫦将前一天吃过的甜食拿给我时，我说，"我已经吃过啦！"

母亲似乎恢复了她令人愉快的本性。她换上旧衣服，中式长衫下摆和裙底都滚了白边，以示为我外婆戴孝。白天时，她指着那些稀奇古怪、滑稽有趣的东西，把它们的名字告诉我，有法式坐浴盆、布朗尼照相机、沙拉叉和餐巾等等。到了晚上，当我们闲来无事时，便聊起那些用人：谁聪明能干，谁勤劳尽责，谁又忠心耿耿。我们一边闲聊，一边在火炉上烤鹌鹑蛋和红薯，只为享受它们喷香的气味。夜里，母亲将我揽在怀中，讲着故事哄我入睡。

如果回首一生，我想不起有什么时候能比这段日子更舒坦了：那时的我无忧无虑，也无欲无求，我的生活看似轻柔而美好，仿佛躺在一个玫瑰色的蚕丝茧中。但我仍清楚地记得，在什么时候这一切舒心的享受不复存在。

在我们到来大约两周后的一天，我正在后花园里踢球，逗两条狗去追球。母亲坐在桌旁看我嬉戏。突然，我听到远处响起车喇叭和叫喊声，那两只狗立即忘了追球，而是兴奋地高声汪汪叫着跑走了。

母亲脸上显出忧惧的神情，跟她在港口车站时一模一样。她快步走进房里，而我从屋外绕到前院。两个黑得发亮的黄包车来了，后面还有一辆黑色大汽车。一个男仆正将行李从黄包车里取下来，从另一辆黄包车里跳下一个年轻女佣。

所有的仆从都挤在汽车周围，在反光的金属车身上照着自己的脸，欣赏遮着帘子的车窗和丝绒座椅。随后，司机拉开后门，从车里款款走下一位少女。她梳着烫了大波浪的短发，看起来只比我大几岁，但她穿着成年女子的裙子、长袜和高跟鞋。我低头瞧瞧自己的白衣服，上面满是碎草污迹，自惭形秽。

后来，我看到用人们把手伸向汽车后座，一个男人被人架着双臂，缓缓地站起来。这就是吴庆。他是个大块头，身材不高，却像鸟一样趾高气扬。他年纪比我母亲大好多，前额很高，油光闪亮，一侧鼻翼上长了颗大黑痣。他身穿西服，里面紧裹着一件马甲，但他的裤子非常宽松。他哼哧呻吟着从车里挪出来，步入大家的视野。他的鞋底刚一沾地，便开始往屋里走，好像根本没瞧见别人似的，尽管人们纷纷赶来迎接他，忙着为他敞开一扇又一扇门，还有为他拎包和拿长大衣的。就这样，他径直走进宅子，那个年轻女子一路跟着他。她不时回头望着大家，一脸傻笑，仿佛人们都是赶去向她致敬的。她刚走进大门，我就听到一个用人对另一个说："五太太可真年轻，她自己的仆人一个都没带，只有个奶妈。"

我抬头看着房子，发现母亲正从她房间的窗户那里注视着一切。就这样，母亲尴尬地发现，吴庆娶了第四房姨太太——实际上只不过是吴庆临时起意，为他那辆崭新的汽车加上了一点愚蠢的矫饰。

母亲并不嫉妒这个如今俨然成为五太太的年轻姑娘。她又何必嫉妒呢？母亲并不爱吴庆。在中国，女孩不是为了爱情才嫁人的，而是为了获得身份和地位。我事后才明白，母亲的地位是最低的。

吴庆和五太太回家后，母亲经常待在自己屋中绣花。下午，她和我默默地坐着黄包车在城里长时间地闲逛，寻觅一种她似乎也说不出是什么颜色的丝线。她的悲哀也是如此，无可名状。

所以，尽管表面上风平浪静，但我清楚事实并非如此。你或许疑惑，一个只有九岁的小孩怎么会知道这些。我自己现在也搞不清。我只记得自己如何感到不舒服，如何凭直觉得知真相，预见会有可怕的事发生。我告诉你吧，这种感觉就跟十五年后我眼见日军开始空袭时一样糟糕，我只要听到远处传来轻微的阵阵轰鸣，就知道即将发生的一切无法阻拦。

吴庆回家后没几天，我在午夜时醒来。母亲正轻轻摇着我的肩膀。

“安梅，乖孩子，”她用疲惫的声音对我说，“现在去燕嫦房里睡吧。”

我揉揉眼睛，刚一清醒就看见有个黑影，原来是吴庆。我哭了起来。

“别哭。什么事也没有，去找燕嫦。”母亲低声说。

接着，她将我抱起，慢慢放到冰冷的地上。我听到木钟开始唱歌，吴庆用低沉的声音抱怨天冷。当我去找燕嫦时，她仿佛正等着我来，也料到我会哭。

第二天一早，我不能去见母亲，但我看到五太太跟我一样哭肿了眼睛。那天早饭时，当着大家的面，在痛骂一个仆人伺候她时动作太慢时，她的愤怒终于爆发了。在场的每个人，甚至连我母亲在内，都对她怒目而视，觉得她太不懂规矩，竟然那样训斥一个用人。我看见吴庆像个父亲似的，严厉地瞪了她一眼，结果她哭了起来。但那天早上没过多久，五太太就又喜笑颜开了，穿着新衣新鞋到处显摆。

当天下午，母亲第一次说起她的不幸。我们当时正坐在黄包车上，准备去商店里找刺绣用的丝线。“现在，你知道我的日子过得有多屈辱了吧？”她哭着说，“你看到我多没地位了吧？他新娶回家的这个姨太太，是个地位低下的姑娘，皮肤黑，还没规矩！是花了几块大洋从一个穷村子里买的，家里是做砖瓦的。吴庆昨夜不能和她同房，就来找我，身上还带着她那股土腥味！”

这时，她一边哭，一边像个疯女人似的不停地念叨：“你现在明白了吧，四太太还不如五太太呢。安梅，你一定别忘了，我曾经是大太太，一个有学问的人的太太。你妈可不是一直做四太太的！”

她说“四”字时咬牙切齿的，我吓得直哆嗦。这个发音跟“死”差不多。我记得婆婆曾告诉我，“四”这个数很不吉利，因为如果你在生气时说出它来时，它听着总是不对劲。

寒露节气过后，天气转冷。二太太、三太太都带着孩子和仆从回到天津。他们到家时动静可真不小。吴庆同意派新的汽车去火车站迎接，不过，这车不够大，当然没法将他们一起运回。因此，汽车后面跟了大约十多辆黄包车，好似一帮上蹿下跳的蟋蟀尾随着一只闪亮的大甲壳虫。女眷们纷纷从汽车上涌出来。

母亲站在我身后，准备迎接每个人。一个女人向我们走来，她穿着一件平常的西式女装，皮鞋又大又丑。她身后跟着三个女孩，其中一个跟我同岁。

“这是三太太和她的三个女儿。”母亲说。

那三个女孩甚至比我还害羞，她们围在她们母亲身边，低着头，一言不发。但我仍盯着她们看，她们长得跟她们的母亲一样相貌平平，都是大板牙、厚嘴唇，眉毛浓密，看起来像毛毛虫。三太太热情地欢迎我，还让我帮她拎一个包。

我感觉母亲搭在我肩头的手猛然一紧。“那是二太太，她会让你叫她‘大妈’。”她悄声说。

我看到一个女人，身穿黑色长皮衣和深色西式衣裳，非常时髦。她怀里抱着一个小男孩，小脸儿粉嫩，看上去两岁左右。

“他是你的小弟。”母亲低语道。那个男孩头戴皮帽，跟他母亲的皮衣材质相同，他正用小拇指勾着二太太那串长长的珍珠项链。我感到奇怪，她怎么可能有这么小的孩子。二太太长相挺俊俏，看起来也还健康，但她的确上了年纪，可能都四十五岁了。她将小孩交给一个仆人，然后开始指挥仍围在她身边的众人。

之后，二太太微笑着朝我走来，她每迈一步，身上的皮衣都微微泛光。她仔细打量着我，好像在审视我，又仿佛认得我。最后，她嫣然一笑，拍拍我的脑袋。随后，她那双纤纤玉手优雅而麻利地从脖颈上取下一串长长的珍珠项链，将它戴在我的脖子上。

我此前从未碰过如此精美的首饰。项链的造型是西式风格的，有一大长串，每颗珠子大小相同，都带着一模一样的浅粉色泽，项链两端由一枚沉甸甸的银色装饰别针扣在一起。

母亲当即谢绝：“这个给小孩子，太贵重了。她会弄坏，会弄丢的。”

但二太太只管对我说：“这么漂亮的姑娘，需要有点东西往脸上添光彩才是呀。”

母亲闪退一旁，不再言语，我看得出她生气了。她不喜欢二太太。我只得小心翼翼地把握好如何表露自己的感受，不能让母亲觉得二太太已经笼络了我的心。然而，我还是有一种飘飘然的冲动。二太太对我这般格外垂青，让我有些受宠若惊。

“谢谢你，大妈。”我对二太太说。我低着头，不让她看到我的脸，但我还是禁不住喜笑颜开。

那天下午，当母亲和我在她屋里喝茶时，我觉察到她在生气。

“当心点，安梅，”她说，“你听到的都是些虚情假意。她是个翻手为云、覆手为雨的人。她是想迷惑你，这样就能利用你为她做任何事。”

我静坐不语，把母亲的话当作耳旁风。我觉得母亲埋怨太多，或许她所有的不幸都源于这些抱怨。我盘算着如何才能不听她的话。

“把项链给我。”她突然说。

我看着她，但没有动。

“你不信我的话，所以必须把那条项链交给我。我可不会让她用这么点小恩小惠就收买你。”

我依旧一动不动，她站起身走过来，从我脖子上取下项链。还不及我叫她住手，她已将项链放在鞋下，然后踩了上去。当她把项链放到桌上时，我才看清她做了什么。这条差点就收买了我感情和理智的项链，其中有一颗珠子已被碾成了碎玻璃。

随后，她把那颗破碎的珠子取下来，又将项链重新接起来，使它看上去完好如初。她要求我此后一周每天都戴这条项链，这样我就会牢记，自己是如何轻易地为假象所蒙蔽，迷失了自己。等我把那串假珍珠戴了很长时间，足够吸取教训之后，她才让我把它摘下。然后，她打开一个匣子，转头对我说：“现在，你能区分真假了吧？”我点点头。

她将某样东西放在我手上。那是一枚沉甸甸、水盈盈的蓝宝石戒指，宝石中间还有颗星星，它是那么纯净，我每次见到那枚戒指都赞叹不已。

在第二个寒冷月份到来前，大太太从北京返回家中。她在北京有一处宅子，和两个未出阁的女儿住在一起。我记得当时以为，大太太肯定会叫二太太卑躬屈膝，因为无论是按规矩还是习惯，大太太都是正室夫人。

可事实上，大太太只是行尸走肉，对二太太毫无威慑，后者的气焰丝毫未减。大太太看上去年迈而脆弱，她体态发福，裹着小脚，相貌平常，满脸皱纹，身穿老式棉衣棉裤。不过，我现在想来，她那时肯定年纪不算太大，可能跟吴庆同龄，大概五十上下。

当我见到大太太时，还以为她眼瞎了。她表现得就跟没看见我似的。她眼里也没有吴庆和我母亲。不过，她眼里还是有自己的两个女儿的，她俩都是已过婚嫁年龄的老姑娘了，至少也有二十五岁。如果家里豢养的两条狗跑到大太太房里四处嗅，或在她窗外的花园里掘洞，抑或在桌腿那里撒尿时，大太太也会变得耳聪目明起来，总能及时喝止它们。

“为什么大太太有时能看见，有时却看不见呢？”有一天晚上，我在燕嫦帮我洗澡时问她。

“大太太说，她只看得见佛光，看得见菩萨显灵，”燕嫦说，“她说，她对多数人世的罪孽视而不见。”

燕嫦还说，大太太是刻意不去理会她不幸的婚姻。她跟吴庆拜过天地，他们的婚姻是父母之命，媒妁之言，受祖宗在天之灵的佑护。但在他们婚后一年，大太太生下一个女儿，有条腿特别短。这个不幸让大太太开始四处拜佛，在佛像前进献了不少供品和专门缝制的绸缎衣服，还向菩萨焚香祷告，恳求菩萨能让她女儿的瘸腿变长。结果，菩萨赐福给大太太，让她又生下一个双腿完美无缺的女儿，可是——哎呀！——她脸上长了块巴掌大小的茶色胎记。再次经历不幸后，大太太又去济南拜了很多次佛，那个地方在天津南面，大概要坐半天时间的火车。于是，吴庆为她在千佛山和泡泉竹林附近买了个宅子。他每年都给大太太又多加些月钱，以供她打理自己的宅邸。因此一年两次，只在最冷和最热的那几个月，大太太才回天津尽她的礼数，忍受丈夫家里那些虽可不见却仍扰心的情景。每次她回家以后，都待在自己的卧室里，成天像菩萨一样坐着，抽鸦片烟，低声喃喃自语。她不下楼吃饭，而是在自己房中斋戒或吃素。每周有一天，吴庆会在上午十点左右去她房中探望，花上半小时在那儿喝杯茶，问她身体可好，不过晚上从不去打搅她。

这个女人犹如幽灵一般，本不会给我母亲带来任何痛苦，但事实上，她对母亲的思想产生了影响。母亲认为自己也已受尽煎熬，理当拥有属于自己的住处，不一定在济南，可以是东面的小北戴河，那里是个优美的海滨度假胜地，到处都是富丽堂皇的花园别墅，住着有钱人的遗孀。

“我们就快搬到属于我们自己的房子去了。”她高兴地对我说。那天下着雪，雪花飘落在我们房子四周的地面上。她穿了件翠绿色毛皮滚边的新绸缎袍。“那房子不会跟我们现在住的这么大。它会非常小，但那里只有我们自己，还有燕嫦和其他几个仆人。吴庆已经答应我了。”

冬天最冷的那几个月，不论大人孩子，都觉得百无聊赖。我们不敢外出，因为燕嫦吓唬我说，我的皮肤会被冻裂成无数块碎片。其他仆人常聊起他们每天在城里看到的景象：店铺后的门廊上总有些乞丐冻僵的尸体，已辨认不出男女，因为他们身上盖满了厚厚的积雪。

因此，我们每天都待在屋里，想法子自娱自乐。母亲翻看着外国杂志，将中意的服装图片剪下来，然后下楼和裁缝讨论如何用手头的布料缝制出这样的衣服。

我不爱跟三太太的女儿们一起玩，她们就跟三太太一样驯顺拘谨，没什么意思。这几个女孩只要成天望着窗外，看看日出日落就心满意足了。所以，我还是跟燕嫦一起，在小煤炉上烤栗子。这些小金锭似的栗子香甜可口，吃的时候还烫手呢，我们不由得咯咯直笑，开始闲聊起来。之后，我会听到木钟“当当”报时，重复播放那支乐曲。燕嫦故意捏着嗓子，胡乱模仿京剧唱腔，我俩立即爆笑起来，因为想起二太太头天晚上用颤颤巍巍的唱腔，伴着三弦吊嗓子时，唱得错误百出，惹得所有人都觉得这一晚听戏是受罪，直到吴庆最终歪在椅子里呼呼大睡起来才算完事。为此笑过以后，燕嫦对我讲起二太太的往事。

“二十年前，她是个当红的山东歌女，这女人有些名气，那些已有家室又常去茶馆的男人们尤其青睐她。她虽然姿色平常却相当机敏，是个妖妇，不仅会演奏好几种乐器，还能把古曲小调唱得哀婉动人，再配上以手托腮和小脚交叉的动作，简直是个撩拨人心的高手。

“老爷表示要纳她为妾，不是因为爱她，而是觉得能俘获众多男人争抢的女人是一种荣耀。这个歌女在看到他的巨额家产和那不中用的大太太以后，同意给他做妾。

“从一开始，二太太就知道如何操纵吴庆的钱财。她察言观色，发现吴庆一听到风声就脸色煞白，明白他害怕鬼魂作祟。众所周知，一个女人能逃避婚姻和报复人家的方法只有自杀，然后化作厉鬼撒茶叶，使丈夫家财散尽[1]。因此，当吴庆拒绝给她加月钱时，她就假装自杀。她生吞下一块鸦片，用量足够使她病恹恹的，然后派女仆跟吴庆说她快要死了。三天后，二太太多加的月钱甚至比她要求的还多。

“她假装自杀过好多次，我们这些当用人的，都开始怀疑她已不再需要真的费劲去吞鸦片了。她的演技已足能以假乱真。不久之后，她在这宅子里换了间更好的屋子住，不仅拥有自用的黄包车，给年迈的父母要来一套房子，还得到了每次拜佛的香火钱。

“不过，只有一样东西她得不到，那就是孩子。她料到吴庆很快就会迫切地渴望生个儿子，举行祭祀祖先的仪式，因而延续吴家的香火。所以，还没等吴庆抱怨二太太没有子嗣，她便抢先说：‘我已经找到她了，纳她为妾，正可为你生儿子。以她的性格，你能看出她是个黄花闺女。’二太太说得没错。你看，三太太长得相当难看，甚至都没裹小脚。

“果然，三太太对二太太的这番安排感恩戴德，所以在掌管家务事上从来不与她相争。二太太轻而易举地独揽了家中大权，她

1.“茶”与“财”谐音，故此处的撒茶叶或有散财之意，为报复、诅咒的一种形式。

控制着家中采购食物和日用品的财权，新雇用仆人要她点头同意，节庆时邀请哪些亲戚也由她作主。三太太为吴庆生下三个女儿，她们每个人的奶妈也是二太太找的。后来，吴庆又急着想要儿子了，开始在外地的茶馆里大肆挥霍家财。二太太巧设安排，让你妈嫁给吴庆做了三姨太，也就是四太太。”

燕嫦将这个故事娓娓道来，使我不禁要为她如此引人入胜的收尾而喝彩。我们继续“噼噼啪啪”地剥着栗子，直到我的话实在憋不住了。

“二太太是怎样让我妈嫁给吴庆的呢？”我害羞地问。

“这种事，小孩子是不会懂的！”燕嫦教训道。

我赶紧低下头不做声，直到后来，在这个寂静的下午，燕嫦憋不住了，又开始讲了起来。

“你妈妈呀，”燕嫦仿佛自言自语地说，“她为人太善良，吴家根本配不上她。

“五年前——你爸刚过世一年——你妈和我来到杭州西湖畔的六和塔祭拜。你爸生前是位受人尊敬的学者，他也推崇这座佛塔里铭刻的‘六和敬’[1]。因此，你妈在塔中叩头，发愿遵从‘身和同住，口和无诤，意和同悦，戒和同修，见和同解，利和同均’。当我们坐船准备返回西湖那边时，对面坐着一男一女。这就是吴庆和二太太。

1.六和塔又名六合塔，其名称之由来，历来说法不一，或谓取诸佛教典籍《本业璎珞经疏》中之“六和敬”，曰身和同住，口和无诤，意和同悦，戒和同修，见和同解，利和同均；或谓取诸道教之“六合”，即：天、地、东南西北四方。

“想必吴庆一眼就发现了你妈妈的美貌。那时，你妈长发及腰，她将长发挽起，高束发髻。她肤色娇美，明艳照人。即便她身穿孀妇的白色孝服，但仍难掩姿色。不过，正因为她是孀妇，在很多方面都处于不利地位，她不能再嫁。

“怎奈二太太诡计多端，这一点是阻碍不了她的。她已厌倦了眼睁睁地看着她的家财在无数个形形色色的茶馆里打了水漂。这些钱足够他再娶五房姨太太的！她急于让吴庆收收心，所以她与吴庆合谋，诱骗你妈上了吴庆的床。

“二太太与你妈搭腔，得知她第二天打算去灵隐寺，所以二太太也出现在那里。她又假装好意与你妈聊天，然后邀请她共进晚饭。你妈妈当时太孤单了，很想找人好好聊聊，于是欣然同意。晚饭过后，二太太对你妈说：‘你打麻将吗？哦，如果打得不好也没关系，我们刚好三缺一，除非你明晚肯赏光一起来，要不我们可玩不成了。’

“第二天晚上，他们一起打了很长时间麻将以后，二太太打着哈欠，坚持留你妈妈过夜。‘住下！住下！不要这么客气嘛。你要是这么见外，那可当真不方便了。干吗叫醒拉黄包车的小子啊？’二太太还说：‘你看，我的床足能容下两个人的。’

“那天夜里，当你妈在二太太的床上睡熟之后，二太太半夜起来，溜出了黑黢黢的房间，吴庆取代了她的位置。你妈醒来，发现他正对自己动手动脚的，赶紧跳下床，但被吴庆一把揪住头发，猛地摔到地上。接着，他抬脚踩住你妈的喉咙，逼她脱掉衣服。吴庆扑向你妈时，她既没叫也没哭。

“第二天一大早，她坐着黄包车回来了，披散着头发，泪流满面。她只将实情告诉了我一人。然而，二太太对许多人骂你妈是个不知羞耻的寡妇，反诬她勾引吴庆上床。可怜你妈是个毫无地位的孀妇，怎能辩驳一个阔太太的谎言呢？

“因此，当吴庆要你妈做三姨太，给他生儿子时，她还有什么选择呢？她已然跟妓女一样低贱了。她回到哥哥家拜别，连磕了三次头，但她哥哥踹了她几脚，她母亲将她逐出家门，叫她永远别回来。这就是为何直到外婆去世，你才再次见到妈妈的原因。你妈住到了天津，以吴庆的富有来掩盖自己的羞耻。三年后，她生下一个儿子，被二太太据为己有。

“这就是我住到吴庆家的全部经过。”燕嫦骄傲地收场。

就这样，我明白了小弟其实是我母亲的儿子，是我的亲弟弟。

事实上，燕嫦向我讲述母亲的故事，对我的影响并不好。秘密通常是不会让小孩知道的，汤锅上要有个盖子，这样一来，它们就不会因为知道的秘密太多像锅里的汤那样溢出来。

燕嫦告诉我这个故事之后，我看清了一切，也更能理解自己听到的事了。

我认清了二太太的真面目。

我看见她经常塞给五太太一些钱，让她回到穷乡僻壤去省亲，还怂恿这个蠢姑娘说：“让你的朋友和家人瞧瞧，你变得多有钱！”结果，五太太省亲的举动总会让吴庆想到五太太低微的出身，想到自己被这种土里土气的女人迷惑真是愚蠢。

我看到二太太给大太太叩头行礼时，表面上毕恭毕敬，底下则不断给她送鸦片。于是，我明白大太太的权力为何会一点点地被削弱。

每当二太太对三太太讲起那些上了年纪的姨太太被逐出家门，我看出三太太是多么害怕。我懂得了三太太为何想帮二太太守住她的财富，还想叫她高兴。

二太太常让小弟在她腿上蹦跳玩耍，还亲着他的脸颊，对这个小娃娃说："只要我是你妈妈，你永远不会受穷，永远不会伤心。你长大了，就可以掌管这个家，等我老了你就孝敬我。"每当此时，我都能看出母亲心如刀绞。

我明白了母亲为何总在她房里哭泣。吴庆许诺为母亲买房——因为她为吴庆生了唯一的儿子——但在二太太再次假装自杀那天，这个承诺就成了泡影。母亲知道她根本无法让吴庆回心转意。

燕嫦告诉我母亲的事情之后，我内心备受煎熬。我想让母亲跟吴庆和二太太大吵大闹一番，还想让她斥责燕嫦，说她不该告诉我这些事。然而，母亲连这样做的权利都没有。她别无选择。

就在春节前两天，天还没亮，燕嫦就把我叫醒了。

"快呀！"她嚷嚷着，还不及等我缓过神，她已扯着我飞奔起来。

母亲房里灯火通明。我刚进屋便一眼看见她了。我跑到她床边，站在踏脚凳上。她平躺着，四肢不停地抽搐。她左顾右盼的，像个不知要朝何方行进的士兵。随后，她变得浑身僵硬，直挺挺地躺在那里，仿佛要挣扎着脱离这一躯壳。她的下颌被拉开了，我发现她舌头肿胀，她不住地咳嗽，想将舌头咳出来。

“醒醒！”我低声说，之后回头发现所有人都站在那儿：吴庆、燕嫦、二太太、三太太、五太太和医生。

“她吞了太多鸦片，”燕嫦哭道，“医生说他已无力回天了。她自己服了毒。”

所以，他们干等着，无能为力，我也守了好几个小时。

屋里鸦雀无声，只有木钟里那个姑娘拉小提琴的声音。我恨不得冲那木钟大吼大叫，让它别再发出这些毫无意义的声响，但我没有这么做。

我眼睁睁地看着母亲在床上挣扎。我想说些能使她的身体和灵魂平静下来的话。但我跟其他人一样，站在那里等待着，一言不发。

那时，我想起她讲过那个小乌龟的故事，它告诫我们不要哭泣。我想冲母亲大叫，说这完全没用，眼泪已然太多太多了。我试图将它们一滴一滴地咽进肚里，但它们来得太快，直到最后，我再也无法紧咬住双唇。我号啕大哭，哭了一遍又一遍，任由屋里的每个人像吞食眼泪的喜鹊一样幸灾乐祸。

我哭得死去活来，便晕了过去。他们将我抬到燕嫦的床上。结果，就在母亲垂死挣扎的那个早上，我竟然在做梦。

我梦见自己从空中坠下，掉进一个池塘。我变成了小乌龟，伏在塘底。我抬起头，可以望见上千只喜鹊伸嘴喝着池塘里的水，它们边喝边唱，兴高采烈地填饱它们的雪白肚皮。我不停地痛哭，泪如泉涌，但这一大群喜鹊也没完没了地喝个不停，直到我哭尽了所有眼泪，池塘里的一切便干涸得跟沙地似的。

事后，燕嫦告诉我，母亲听了二太太的话，想假装自杀。假话！撒谎！二太太让她受了这么多苦，她根本不会听这个女人的话。

我懂得母亲是听从了她内心的声音，决定不再伪装自己。我明白这一点，因为若非如此，她为何要选在春节前两天死去呢？若非如此，为何她精心谋划自杀，使它成为对抗吴家的武器呢？

春节前三天，她吃了元宵，吃了一个又一个。我记得她说的话很奇怪："你明白过日子是什么样了吧，总有你吃不尽的苦。"其实，她吃的元宵里塞了一种苦涩的毒药，里面不是蜜饯，也不是燕嫦和其他人想到的鸦片——那种能带来乏味的快感的东西。当毒药闯进她体内时，她对我低声说，她宁愿牺牲自己脆弱的灵魂，以便使我的内心更加坚强。

毒药随元宵一起，紧紧粘在她体内。他们无法将毒排出。最终，在春节前两天母亲死了。他们将她放置在一块木板上，安放在厅堂里。她穿的寿衣远比生前穿过的衣服更为雍容华贵。绸缎内衣暖暖地将她裹起，再也不需要沉重的皮衣了。金缕丝质长袍，镶嵌金石美玉的头巾，一双精致的鞋子，鞋底用最柔软的皮革制成，每只鞋头上还嵌着一颗大珍珠，为她照亮涅槃重生之路。

与她诀别之际，我纵身扑到她的尸体上。她缓缓睁开眼，但我并不害怕。我知道她能看见我，看到她终于如愿以偿。于是，我伸手将她的双眼合上，在心里告诉她：我也看清了一切。我也很坚强。

因为我们俩都知道，在人死后第三天，阴魂会回来算账。母亲去世后第三天就是大年初一。因为是新年伊始，所有欠下的债都必须还清，否则就会招致灾祸。

到了那一天，吴庆惧怕母亲的阴魂前来复仇，所以穿了最粗糙的白色棉质孝服。他向母亲的在天之灵起誓，会将小弟和我视为他的宝贝孩子，抚养长大。他还发誓，会将母亲视若他唯一的正室夫人那样缅怀。

那一天，我把二太太给的假珍珠项链拿给她看，将它踩碎了。

就在那一天，二太太的头发骤然变白了。

也就是在那一天，我学会了不平则鸣。

❋ ❋ ❋

我懂得，过着如梦般的生活是怎样一种滋味。你去听，去看，醒来后，再试着去理解已经发生了什么。

要做到这一点，其实并不需要心理医生。心理医生不想唤醒你。他让你做更多的梦，要你找一个池塘，往里面注入更多的眼泪。其实，他只不过是另一只以你的悲苦为食的鸟罢了。

我的母亲受尽磨难，颜面扫地，之后试图掩盖这一切，但她的境况却变得愈发不幸，最终再也瞒不下去了。总结起来，不过如此。那是在中国，是在过去，人们这么做，别无选择。他们没法替自己说话，又不能逃避。那是他们的命。

但是现在，他们可以做点什么了。现在，他们不必再把眼泪咽回肚里，或是忍受喜鹊的嘲弄。我知道这些，是因为我在一本中国的杂志里读到一则新闻。

那篇报道说，数千年来，鸟类都折磨着农民。它们成群结队地飞到田里，看着农民们在田间劳作，艰难犁地，恨不得用泪水灌溉那些种子。但等人刚一站起身，鸟儿们就飞下来，喝干眼泪，吞食种子。结果，孩子们都饥肠辘辘。

终于有一天，全中国上下，所有这些疲倦的农民都聚集在庄稼地里。他们看到鸟儿还在大肆吃喝，于是便说："这种苦，咱们都受够了，不能再沉默了！"他们开始拍手，还用棍子敲打着铁锅大喊道："死！死！死！"

所有鸟儿都飞到天上，农民愤怒的反应让它们感到惊恐和困惑。它们拍打着黑色的翅膀，就在上空盘旋，等待噪声止歇。但人们的喊叫声不但没停，反而愈加响亮，愈发愤慨。鸟儿们精疲力竭，既无法落下，也不能进食。这种僵持状态延续了好几个小时，接着又是好几天，直到所有那些鸟——成百上千，成千上万，最后以百万计——全都掉到地上死了，一动不动，最后天上一只鸟也不剩。

如果我告诉你的心理医生，读完这则新闻，我大声欢呼起来，不知他又会怎么说呢？

莹映·圣克莱尔：林间守候

女儿安排我住到她新家中最小的那个房间。

“这间是客房。”丽娜用她那美国式的骄矜之气对我说。

我笑而不语。按照中国人的思维方式，给客人的卧房应该是最好的那间，也就是她和丈夫的卧室。我没告诉她这一点。她的思想像个深不见底的池塘，你将石子丢进去，它们即刻沉入并消融在一片黑暗中。她的眼睛虽然看着你，却反映不出任何东西。

尽管我爱自己的女儿，但免不了在心里会这样想。她和我曾经是一体的，她的一部分思想也是我思想的组成部分。但在她出生时，犹如一条滑溜溜的小鱼从我体内突然冒了出去，从此就游走开去。她有自己的生活，我从始至终都像是从对岸守望着她似的。如今，我必须将自己的过去全都告诉她。唯有这样，才能使她有切身的体悟，尽可能地将她挽回。

这个房间的天花板是向我的枕头这一侧倾斜的。四壁围拢的感觉就像一口棺材。我应该提醒女儿，别把小孩放在这个房间。然而我也知道，她是不会听的。她早就说过不想要孩子。他们夫妻俩非常忙碌，为别人建造和居住的房屋画图纸。那个表述他俩职业的英文单词，我是念不出来的。那个词很麻烦。

“他们是Arty-tecky[1]。”我曾这样对我嫂子说。

女儿听见后大笑起来。当她仍是孩子时，我本该在她不尊敬长辈时，多扇她几巴掌，但现在已经太迟了。而今，他们夫妻俩看我的社保养老金水平很一般，就资助我一些钱。有时拿着他们给的钱，我手上感觉烧得难受，仍必须将这种感觉收回心里，不让它显露出来。

设计时髦花哨的建筑，自己住进毫不实用的房子里，这有什么好处呢？我女儿手头是有点钱，但她家的所有玩意儿都只是徒有其表，甚至连外表都不怎么样。瞧这张茶几，是一块沉重的白色大理石和细细的黑桌腿组成的。你必须时刻留意，别把沉甸甸的书包放在桌上，否则它就塌下来了。桌上唯一能放的东西就是一只高高的黑色花瓶。这个花瓶好似一条蜘蛛腿，纤细得只够插进一只花。如果你晃晃桌子，花瓶和花就会掉下来。

在这栋房子的每个角落，我都能发现不祥之兆，我女儿却视而不见。这座房子早晚会土崩瓦解。我是怎么知道的？我一直以来总能未卜先知。

＊　＊　＊

小时候，我生活在无锡，那时我就很厉害。我桀骜不驯，固执己见，脸上经常挂着狡黠的笑容。我自视很高，根本听不进别人的

1.正确的单词应为architect（建筑师），此处保留了错误的拼读写法。

话。我娇小俏丽，双脚也小巧玲珑，使我颇为自负。如果我的绸缎拖鞋沾染了灰尘，就索性将它扔掉。我穿着价格不菲的进口小牛皮鞋，还带小小的鞋跟。我常在铺着石子的院子里跑来跑去，磨破了好多双鞋，还穿坏了不少长筒袜。

我经常扯乱自己的头发，让它松松垮垮地垂下来。母亲看到我头发乱蓬蓬的，便训斥我说："哎呀，莹映，你就跟湖底的女鬼似的！"

有些女人因名节受损便投湖自尽，之后化作女鬼。她们披头散发，在活人的房舍里游荡，以示她们万劫不复的绝望。母亲说我会使家里蒙羞，想用长长的发卡替我将头发绑好，而我只是咯咯娇笑。母亲太宠爱我了，对我一点脾气都没有。我长得像她，所以她为我取名"莹映"，意思是清晰的映像。

我家排在无锡最富之列。我家里房舍很多，每个房间都放置着大而沉重的几案，上面摆着用玉盖密封的玉制烟罐，罐内装着不带滤嘴的英国香烟，数量总是刚刚好，不多也不少。烟罐都是为装这种香烟特制的，然而我却瞧不上这些罐子，在我心里只当它们是垃圾。有一次，哥哥们和我偷了一只罐子，将香烟撒在街上。街上有一个大洞，流着阴沟里的水，我们顺着大街跑到那里，跟住在阴沟附近的孩子们蹲在一起，用玉罐把污水舀起来，想在里面找到小鱼或是什么未知的宝贝。结果，我们一无所获，衣服很快就被溅上了泥巴，简直跟市井上的孩子都区分不出来了。

我家那座宅子富丽堂皇，里面有丝毯和珠宝，还有古玩和象牙雕刻。然而，当我偶尔回想起那座房子，给我印象最深的，仍是那只玉罐，上面沾满泥巴，我当时并不知道，自己手握的是一件珍宝。

关于那座老宅，还有一件令我记忆犹新的事。

我十六岁时，赶上我最小的姑姑出嫁。那晚，这对新婚夫妇已经入了洞房，我小姑将跟她的婆婆和所有夫家人一起，住在这座大宅子里。

许多来访的亲戚逗留在我们家中，围坐在正堂的大圆桌旁。大家吃着花生，剥着橘子，谈笑风生。有个从其他城镇来的男人跟我们同席，他是新郎的朋友，比我大哥年长一岁，所以我叫他“叔叔”。他喝下威士忌以后，满脸通红。

“莹映，”他一边站起身，一边用嘶哑的声音喊我，“你大概还饿着吧？”

这下引得大家特别注意到我，于是我环视四周，对在座的所有人报以微笑。我以为，他要伸手从大袋子里掏出什么特别的点心。我盼望会有些甜点吃。可是他捧出个西瓜，“砰”的一声把它放在桌上。

“开瓜！”他边说边手握大刀，在滚圆的西瓜上摆好架势。

接着，他用足力气，手起刀落。他咧着嘴放声大笑，我都能直通通地看到他嘴里的大金牙了。席上所有人都哄笑起来。我窘得脸上直发烧，因为那时我还不懂他们在笑什么。

没错，我的确是个野丫头，但我毕竟纯真无邪，不谙世事。我不知道他切开西瓜时，究竟动了什么坏脑筋。直到六个月后，我嫁给这个男人的当晚，他醉醺醺地凑上来说他准备开瓜，我这才明白其中的含义。

他是个十恶不赦的坏人，直到今天，我甚至仍不愿提起他的名字。我为什么嫁给这个男人呢？因为就在我小姑婚礼之后的那天晚上，我开始预料到一件事。

大多数亲戚在第二天早上都告辞了。到了晚上，我跟同父异母的妹妹们都觉得无聊。我们坐在那张大桌旁，一边喝茶，一边嗑着西瓜子。我的妹妹们在大声闲谈，我坐在那里剥瓜子，然后将瓜子仁摆成一堆。

我同父异母的妹妹们都想嫁给家境不如我家，没有什么作为的男孩。她们不知道如何才能努力争取得到好东西。因为她们是父亲的小妾所生，而我，则是正室夫人的女儿。

“他妈妈会把你当用人使唤……”一个妹妹听到另一个妹妹的人选，便这样责怪她道。

“他叔叔那一房有疯病……”另一个妹妹顶嘴说。

当她俩互相调侃腻了，便问我想嫁什么人。

“我一个也瞧不上。”我心高气傲地回答。

这倒不是因为我对男孩子没兴趣。我知道怎样引人注目，让人爱慕。然而我自视过高，所以觉得没有哪个男孩配得上自己。

这些是我内心的想法。想法分为两种，有些是与生俱来、植根在你身上的，那些是你的父母和先祖种下的。另一种想法，则是其他人种下的。或许，我正在吃的西瓜子就是这样：我想起前一晚放声大笑的那个男人。恰在此刻，一阵猛烈的北风刮进来，将桌上一支花茎吹断，花朵坠落到我脚上。

这就是真相。冥冥中仿佛有把尖刀将花朵斩落，这就是一个预兆。就在那时，我知道自己会嫁给这个男人。我想到此处，心中并不喜悦，而是惊异自己竟能未卜先知。

不久后，我便开始听到父亲、叔叔和我新姑父说起这个男人。吃晚饭时，他的名字跟汤一起被舀到我的碗中。我发现，他从姑父那边的院子里盯着我，嘴里得意地说："瞧，她跑不了啦，她已经是我的人啦。"

的确，我并没跑，而是对他怒目相视。当他告诉我，我父亲不太可能同意他索要的嫁妆时，我高傲地昂着头，察觉出他的话里有恶心的东西。我竭尽全力想将他从我的头脑中驱逐出去，可最终还是与他结为了夫妻。

我的女儿不知道，很久以前我曾嫁给过这个男人，那是她出生前二十年的事。

她也不知道，我嫁给此人时有多漂亮，比我女儿可美多了，不像她那样有双乡下人的大脚板，还有跟她父亲一样的大鼻子。

甚至是现在，我的皮肤依然光滑，身材如少女一般。不过，我曾经带笑的嘴角现在皱纹很深。我可怜的双脚啊，它们曾是那么小巧玲珑，现在却肿胀不堪，布满老茧，脚跟开裂。十六岁时，我的双眸曾是那般明亮澄澈，波光流转，如今却泛着黄斑，老眼昏花。

但我几乎仍能看清一切。当我想记起什么时，就像盯着碗里找出你吃剩的最后几颗饭粒一样轻而易举。

我与这个男人结婚后不久，有一天下午，我们在太湖上游玩。

我记得，就是在这时，我开始爱上他了。这个男人将我的脸转向夕阳的余晖。他托着我的下巴，抚摩着我的面颊说："莹映，你有双老虎般的眼睛。它们白天摄取火光，晚上闪烁金光。"

我没有笑，即便这是在作诗，他说得也太拙劣了。我喜极而泣，内心澎湃起伏，仿佛有什么东西冲撞着想逃出去，同时却又想留下来。我对这个男人的爱就是这样深。当一个人的身体与你联结起来时，你的心对抗意志，向那人飘去，与他结为一体。

我变了，变得连自己都觉得陌生。我为了他打扮自己，如果我要穿鞋，那肯定会选择一双我觉得可以让他满意的。每晚，我都会将头发篦九十九下，以求为我们的结合带来福泽，盼望能生个儿子。

他种下孩子那晚，我再次未卜先知，料到这是个儿子。我能透过自己的肚子看到这个小男孩，他长着我丈夫那样大而分得很开的眼睛。他有长而尖细的手指、肥厚的耳垂和乌亮的头发，他的发际线很高，露出宽阔的额头。

那时，我过得太快乐了，后来，我逐渐感到太多的厌恶与反感。即便是在我最高兴的时候，我的眉宇之上——这个预知事物的地方，仍然有一种忧虑。后来，这种忧虑慢慢渗进我的心，也就是感知事物的所在，最终变为现实。

为了生意上的事，我丈夫开始频频北上。这类出差始于我们婚后不久，但等我怀上孩子之后，他出门的时间变得越来越长。我记得，北风是能给人带来福运的，还能带我丈夫回家，所以一到晚上，只要丈夫出门在外，即使天气寒冷，我也会将卧房的窗户敞开，盼望北风能将他的心神都带回到我身旁。

我那时不知道，北风是最寒冷彻骨的，它能穿透人心，掠走温暖。这风积蓄了一股强力，它将丈夫从我的卧房里吹跑了，径直出了后门。我从最小的姑姑那里得知，他抛弃了我，去和一个戏子好了。

再后来，当我已不再难过，心中除了怨愤和绝望，渐渐地什么也不剩时，小姑又告诉我，他还有很多姘妇：舞女、美国女人、妓女等等，甚至有个比我还年轻的表妹也在内。我丈夫刚消失后不久，她就神秘地去了香港。

所以，我会将自己的耻辱告诉丽娜。我曾经富有、美丽，任何男人都配不上我。可我却成了遭人遗弃的物件。我会告诉她，在十八岁时，美貌就从我脸上消逝了。我想跟其他蒙羞的女子那样投湖自尽。我还要告诉她，正因为我渐渐恨死了那个男人，所以我杀死了腹中的孩子。

在孩子没能出生前，我便堕了胎。那时，堕胎在中国并不是什么恶事。尽管如此，当时我仍觉得这是件坏事，因为当这个男人的头生子混同着血水从我体内涌出时，我体内涌动着可怕的复仇激情。

当护士们问我她们该如何处理已毫无生机的胎儿尸体时，我丢给她们一张报纸，让她们像包鱼一样将尸体裹起来，丢到湖里去。唉，女儿竟然会认为，我不懂得不想要一个孩子时的心情。

在女儿眼里，我现在只不过是个矮小的老太婆。因为她只是用外在的眼睛看待我。她一点也不聪明，不会用内心去体悟。如果她能聪明点的话，她将看出我是个雌虎般的女人，那她就会小心害怕了。

我生于虎年。出生在那年倒了大霉，但如果生性如虎则生对了时候。那一年非常晦气，乡下人死于瘟疫，像酷暑里染病的鸡。城里人闭门不出，连个人影也难见。那年出生的孩子都养不大，瘦得皮包骨，生下来没几天就死了。

瘟神在人间肆虐了整整四年。不过，我的天性更加坚毅顽强，所以活了下来。多年以后，等我长大懂事了，母亲将这些告诉我。此时，我已能理解自己为何总是固执己见，桀骜不驯。

那时，她告诉我为何老虎身上有金和黑两种颜色。这代表老虎的两种特质：金色表明它内心凶猛，跳跃起伏；黑色意味着它会静观时机，机智应对，将金色条纹隐蔽在树丛中，洞悉对手却不被发现，耐心等待机会到来。直到那个坏男人抛弃了我，我才学会利用自己黑色的一面。

我变得像湖里的女鬼似的，用白衣将卧房的镜子盖上，这样就不必照出自己悲凄的神情。我心灰意懒，浑身无力，连抬手别上发卡的力气都没有。后来，我仿若一片浮于水上的枯叶般游荡，直到我最终离开夫家，回到自己娘家。

我住到位于上海乡下的二堂叔家里，在这里一住就是十年。如果你要问，这么多年我都干什么了，我只能说自己像老虎那样在林间守候，睁一眼闭一眼地静观时机。

我没有工作。堂叔一家待我很好，因为我娘家对他家相当关照。他们的房舍很破旧，挤了三家人。住在那里并不舒适，但这就是我想要的生活。在那里，小孩子跟老鼠一起在地上爬；鸡群随意进进出出，好似我亲戚家那些土头土脑的农家客。我们都在热烘烘、油腻腻的厨房里吃饭。苍蝇可真多！只要你把碗往那里一搁，哪怕只剩几粒米，你就会发现碗里立即落满了饥饿的苍蝇，黑压压的一大片，看上去犹如一碗活生生的黑豆汤。乡下的生活就是这么贫困。

十年后，我准备好了。我不再是个姑娘，而成了个古怪的妇人——虽已成家，却没有丈夫。我睁大双眼进了城，这里如同那碗黑黢黢的苍蝇被倒在街上似的，到处人流涌动，男男女女，互相推搡着，谁也顾不上谁。

我用家里给的钱，买了新衣服和摩登笔挺的西式套装。我将头发理成时髦的短发，像个小男孩似的。我已厌倦这么多年无所事事的日子，于是决定去工作。我成了一个商店售货员。

我无需学习如何讨好女人，因为我明白她们爱听什么，就像一只老虎可以从胸中发出深沉而轻柔的呼噜声，甚至让兔子听了都感到安全舒心。

尽管当时我已是个大龄女人，却再次变得秀丽可人。这是一种天赋。我穿的衣服，比商店里卖的还要好许多，价格也更昂贵。这样一来，女人们就会买走便宜的衣服，因为她们觉得穿上会跟我一样漂亮。

正是在这家商店，当我像农民一样辛勤工作时，我遇见了克利福德·圣克莱尔。他是个身材高大、肤色苍白的美国人，他从商店里买了款式便宜的服装，然后将它们寄到国外去。一听到他的名字，我就料到自己会嫁给他。

“圣克莱尔先生。”他用英文对我自我介绍道。

接着，他用生硬蹩脚的中文补充说：“就像带来光明的天使。”

我对他既不喜欢，也不讨厌；觉得他既非十分迷人，也并不乏味。不过，有一点我很清楚，那就是，他的出现预示着我生活中暗淡无光的那面即将消退。

圣克莱尔以他奇特的方式追求了我四年。尽管我并非商店老板，他却经常热情地跟我打招呼，与我握手时，久久握住我的手不放。他的手掌总是汗津津的，即便在我们婚后也如此。他仪表整洁，令人愉快。不过，他身上总带着一股洋人特有的羊膻味，永远也洗不掉。

我这样说并没什么恶意，但他实在太客气了。他常为我买些便宜的小礼物，比如玻璃小雕像、切割玻璃制成的带刺胸针、银色打火机等等。圣克莱尔送我这些东西时，俨然一副毫不在乎的模样，如同富家子弟将什么中国人没见过的稀罕玩意送给乡下姑娘似的。

不过，在注视我打开盒子时，他脸上露出急切而殷勤的神情，这点我看到了。他不知道这种玩意对我而言不值一提，我从小家境富有，家中的珍宝是他甚至都无法想象的。

我总是很有风度地接受这些礼物，还恰如其分地表示让他不必再送。我并不鼓励他这样做，但我知道这个男人终有一日会成为我的丈夫，因此，我将这些一文不值的小玩意儿用纸裹好，小心翼翼地放进一个盒子。我知道总有一天，他会要我把这些东西拿给他看。

丽娜以为，是圣克莱尔将我从我所说的贫困村庄救出来的。丽娜的想法，有对的地方，也不完全正确。我女儿不知道的是，圣克莱尔就像肉铺前的狗儿一样，不得不耐心地等了我四年。

最后，我是如何同意与他结婚的呢？直到1946年，我才等来了那个自己确信一定会到来的预兆。

我收到一封从天津寄来的信。信不是从我娘家寄来的，因为他们都认为我已不在人世。这是我小姑寄的。甚至在打开看信之前，我就已料到信的内容。果然，我丈夫死了。他早已抛弃那个戏子，转而跟一个毫无地位的女佣厮混。但这女人性情刚烈，行事鲁莽，比他有过之而无不及。当他想抛弃这女人时，她早已磨好了她那把最长的切菜刀……

我本以为，很早之前，我对这个男人就已死心了，如今却有一种强烈而苦涩的感觉在我心中流淌，让我前所未有地感到心里像是又缺了一块儿似的。我大声咒骂他，想让他在黄泉路上也能听见：你真是瞎了狗眼，不管是个什么人一招呼，你立马就蹦跶着跟上去。现在你落得一场空了！

就这样，我终于决定，同意让圣克莱尔娶我。对我而言，这太容易办到了，因为我毕竟是父亲嫡亲的女儿。我说话时声音颤抖，脸色苍白，身形憔悴。我让自己变成一只受伤的动物。我诱使猎人接近自己，将我这只老虎变为鬼魂。我心甘情愿地打消了自己高傲的心气，这种傲气曾叫我吃了不少苦头。

如今，我这只老虎不再凶猛扑击，也不再卧守林间了。我成了个别人看不见的幽魂。

圣克莱尔把我带到美国，所住过的房子比我在乡下时住的还要小。我穿着宽大的美国衣服，做过用人的粗活。我学会了西方人那一套，还试图讲蹩脚的英语。我将女儿拉扯长大，仿佛从河对岸观望着她。我接受了她的美国生活方式。

所有这些事情，我都不在乎了，因为我已丧失了自己的魂魄。

我能对女儿说自己爱过她的父亲吗？这个男人晚上会为我搓脚，还赞美我烧菜的手艺。当我把自己有意收藏的那些小玩意儿拿给他看时，他竟发自肺腑地哭了出来。而就在这天，他让我怀上了女儿，也是个小虎女。

我怎能不爱这个男人呢？但我的爱是一种幽灵般的爱，就像双臂环抱却没有触碰；又像满满一碗米饭摆在眼前，我却全然没胃口，感觉既不饥饿，也不饱足。

现在，圣克莱尔也已撒手尘寰成了幽灵，他和我如今能平等地相爱了。他能体会到多年来我始终保守的隐秘。如今，我必须将这一切都告诉女儿。她是一个幽灵的女儿，没有自己的魂魄。这是我最大的耻辱。在我离开人间时，怎能不把我的魂魄留给女儿呢？

因此，我打算这么做：我将汇集起自己的过往经历和想法，我会洞察已经发生的事情。有一种痛苦，使我的魂魄被释放出来。我要将那种痛苦握在手中，直到它变得坚硬而闪亮、更加清晰。之后，我凶猛的一面就会复生，我又会重新拥有金色和黑色两种特性。我要用这种剧痛刺穿我女儿坚韧的皮肤，也将她身上老虎的魂魄释放出来。她会与我相斗，因为这是天性使然：两虎相遇，必有一争。但我终将取胜，并将自己的魂魄赋予她，因为这就是母亲对自己女儿的爱。

我听到了女儿在楼下对她丈夫说的话。他们的话语毫无意义。他俩坐在一个全然没有生气的屋子里。

我能未卜先知。女儿会听到花瓶和桌子打翻在地。她走上楼梯，进了我的房间。她的眼睛在一片黑暗中，什么也看不见。而我，则在林中守候着……

江林多：双面人

我女儿本来打算去中国度第二次蜜月，不过，她现在又害怕起来。

“假如我融入得太好，他们把我当成了中国人，那可怎么办？”韦弗里问我，“要是他们不让我回美国，那我该如何是好？”

“你到了中国，”我告诉她，“甚至不用张嘴，他们就已知道你是个外来的了。”

“你在说什么呀？”她问。我女儿喜欢顶嘴，也爱质疑我说的话。

我说：“哎呀，哪怕你穿上他们的衣服，卸掉脸上的妆，再把你精致的首饰都藏起来，他们还是会知道。他们只消打量你走路的姿势，看看你的仪表神态就知道了。他们知道你不是那里的人。”

听我说她看起来不像中国人，女儿显得并不高兴，脸上流露出美国式的愠色。唉，要是在十年前，她会拍手叫好，仿佛这是个好消息。但现在，她也想成为中国人，因为这在当下颇为时髦。我知道已经太迟了。这么多年，我始终想教会她；而她只有在学会自己走出家门上学以前，才是按照我教她的中国方式生活的。结果，她现在会讲的中文就仅限于“嘘——嘘”“火车”“吃饭”和“关灯睡觉”。单凭这几个词，她怎么能跟中国人交谈呢？她有什么理由认为自己能融入进去呢？她只有皮肤和头发是中国式的。她的内心，则是纯粹的美国制造。

对她的这般样子，我难辞其咎。我一心想让自己的孩子拥有最佳组合：既适应美国的环境，又保有中国人的品性。可我怎知这两样东西根本无法调和呢？

我教会她如何适应美国的环境。在这里，如果你出身贫寒，这并非永久的耻辱，在申请奖学金时你可以优先。如果屋顶塌下来砸到头，也无需为走背运而哭泣，不管是谁，你都能起诉，让屋主将房顶修好。你不必像佛祖那样端坐树下，任由鸽子在自己头上拉屎，你可以买把雨伞遮蔽自己，也可以走进天主教堂里避一避。在美国，没人规定你必须逆来顺受，一成不变。

这些她倒是学会了，但我无法将中国人的品性教给她。如何顺从父母，听妈妈的话；如何做到不露声色，不锋芒毕露，以便利用那些隐藏的机遇。为何容易得到的东西不值得去追求。怎样认清自身的价值，不断打磨它，千万别像戴了个不值钱的戒指那样将它四处炫耀。还有，为何中国的思维方式是最棒的。

不，这种思维方式跟她一点也不沾边儿。她忙着嚼口香糖，吹出比脸还大的泡泡。只有那样的美式思维，才会牢牢地黏上她。

“把咖啡喝完，”昨天我对她说，“别把你的福根都丢掉了。”

“别这样落伍，妈，”她边说边将咖啡倒入水池，“我就是我。”

我心想，她怎么会只是她自己呢？我什么时候放弃过她？

❋ ❋ ❋

女儿准备再婚，因此邀我去她经常光顾的美容院，找她那个著名的罗瑞先生。我明白她的意思，她是嫌弃我的外表。她的公婆，还有她丈夫那帮显赫的律师朋友，不知会如何看待我这个落后、土气的中国女人呢？

“安梅阿姨可以为我理发。”我说。

“罗瑞很出名的，”女儿似乎没长耳朵，自顾自地说，“他的手艺相当棒！”

于是，我坐到了罗瑞先生的椅子上。他上上下下地调节升降椅，直到我的高度合适为止。随后，女儿开始对我指指点点，仿佛我不在场似的。“瞧，有一侧都成扁平的了，”她指责我的发型，“她需要好好修剪一下，然后烫个大波浪。她的头发有点泛紫红色，她一直都自己在家做头发，从没进过专业的美容院。”

她看着镜子里的罗瑞先生，罗瑞先生则端详着镜中的我，他这种职业表情我以前见过。美国人交谈时，其实眼睛看的并不是对方，而是对方眼中映出的自己。只有当他们觉得没人注意自己时，才会去看别人或他们自己。因此，他们永远也不知道自己看上去究竟如何。他们觉得自己在微笑，但嘴巴都不张一下，或是将头扭向一侧，不去理会自己的过错。

“她想做什么发型？”罗瑞先生问。他以为我不懂英语。他的手指在我头发间穿梭，显示他的魔力能使我的头发变厚变长。

“妈，你想做什么发型？”我的女儿为何开始为我翻译上了？还没等我开口，她便自己解释我的想法：“她想要微曲的波浪，或许我们不能剪得太短了。不然到婚礼时，她的发型会显得太绷紧。她不想让头发看上去太卷曲或是太古怪。”

现在，她大声冲我说着，仿佛我耳聋似的：“没错吧，妈？别太死板？”

我微笑了一下。我摆出自己的美国面孔，也就是美国人眼里的中国脸孔——他们无法理解的中国面孔。可我心里却觉得羞愧。我感到羞愧，是因为女儿因为我而羞愧。我一直为有她这么个女儿而骄傲，而她，却并不因为我是她母亲而自豪。

罗瑞先生又拍了拍我的头发，打量着我，又看看我女儿，然后说出了令我女儿很不高兴的话：“真是不可思议，你俩长得可真像啊！”

我又笑了，这次用的是中国面孔。但是，女儿把眼睛眯了起来，笑容也收敛了，仿佛猫在扑咬之前先将自己蜷缩起来似的。罗瑞先生走开了，这回，我们能好好思考他说的话了。我听到他打着响指说：“洗吧！下一位是江太太！”

于是，在这个拥挤的美容院里，女儿和我两个人落单了。她对镜中的自己蹙着眉，发现我也在看她。

“脸蛋长得一样。”她边说边指指我的脸，又戳戳她自己的脸，还将脸颊吸得凹进去，看上去像个饿极了的人。她把脸贴近我的脸，并成一排，我俩都在镜子里瞧着对方。

“你从脸上可以看出自己的品性，”我不假思索地对女儿说，“你还能看到自己的未来。”

"什么意思？"她问。

此刻，我极力压抑着自己的感情。我心想，这两张脸，简直完全一样！这就意味着，她们会有同样的幸福与哀伤，享受同样的福运，也会犯下同样的过错。

我回想起自己和母亲在中国的经历，那时，我还只是个小姑娘。

* * *

我的母亲——也就是你的外婆——曾经预测过我的未来，我的品性会如何将我引入有利与不利的境遇。她坐在摆了一面大镜子的梳妆台前，我站在她身后，将下巴抵在她肩头。第二天就是新年，按中国的习惯来算，我即将年满十岁，因此这个生日对我而言很重要。或许是出于这个原因，她对我并不多加责备。她端详着我的脸。

她摸了摸我的耳朵。"你是个有福的人，"她说，"你的耳朵像我，耳垂又大又厚，底部肉多，有满满的福气。有人生来就可怜，他们的耳朵太薄，又太贴近脑袋，所以永远听不到福运的召唤。你的耳朵长得不错，不过，你还须听从时运的安排。"

她纤细的手指顺着我的鼻子滑下来。"你的鼻子像我，鼻孔不算太大，这样你的钱财就不会流失。鼻梁挺拔光滑，这是个好兆头。一个姑娘如果鼻子不直，注定要受苦，总会追随坏事和坏人，倒霉透了。"

她碰了碰我的下巴，又摸摸她自己的。"既不太短，也不过长。我们会寿终正寝，既不会英年早逝，也不会老到成为累赘和负担。"

她将我额前的头发撩开。“我们是一样的，”母亲总结道，“可能你的脑门更宽，所以你会更加聪明伶俐。你的头发浓密，发际线在额头较低的位置，这意味着你年轻时会遇到些坎坷。我就是这样过来的。可你看我现在的发际线，多高！说明我老来有福。日后，你会学着为生活操心，也会掉头发。”

她用手托起我的下巴，将我的脸转向她，我们四目相对。她将我的头转向一侧，接着又转向另一侧。“你的眼睛坦诚、热切，”她说，“一直跟着我，表达着尊敬。你问心无愧，所以目光并不低垂，也没有回避我的眼睛，看向别的地方。你会是一个好妻子、好母亲，也会是个好儿媳。”

母亲跟我说这些话时，我年纪还小。尽管她说我们长得一样，我还希望自己的神情也能更像她。如果她抬起眼睛，面带惊讶，那我也想让自己拥有这样的眼神。如果她不开心时将嘴角向下撇，我也希望自己能感受她的忧伤。

在生活的境遇迫使我们分离之前，我跟母亲简直是像极了。一场洪灾过后，我们举家搬迁，但家人将我留了下来。我第一次结婚时嫁了一户最终厌弃我的人家。那时，战火连天，烽烟四起。之后，我越洋来到一片新的国土。母亲没看到这些年来我的脸发生了怎样的变化。我的嘴角开始下垂，开始为生活而忧虑，却仍未脱发。我的眼神开始有点随美国人的样子。她也没看到，在旧金山的一辆拥挤的公共汽车上，我往前一跌，结果撞歪了鼻子。那天，你父亲和我正在去教堂的路上，想去感谢上帝赐予我们的恩典，不过由于鼻子的缘故，我的感激之情不得不打了点折扣。

在美国，你很难一直保持中国人的面孔。从一开始，甚至还没等我到美国之前，我就必须隐藏真实的自己。在北京，我向一个美国人养大的中国女孩付了一笔钱，请她教我要怎么做。

她对我说："在美国，你不能说自己想定居在那里。作为中国人，你必须表示自己仰慕他们的学校，欣赏他们的思维方式。你得说自己想成为学者，然后回来向中国人传授自己学到的东西。"

"那我该说自己想学什么呢？"我问，"如果他们提出一些问题，而我答不出的话……"

"宗教。你必须说自己想学习宗教，"这个机灵的姑娘说，"美国人对宗教都各执己见，所以答案不分对错。你就对他们说，我是为上帝而来，这样他们就会尊敬你。"

我又多付了些钱，这个姑娘给了我一张用英文填写的表格。我必须一遍又一遍地抄写表上的英文，直到这些单词就跟我自己想出来似的。在"姓名"一词旁边，我写下"林多·孙（Lindo Sun）"。在"生日"旁边，我填写的是"1918年5月11日"，那姑娘坚持说这天恰好是中国春节后三个月。在"出生地"一栏，我写下了"中国太原"。在"职业"栏位，我填的是"神学学生"。

我还给了她更多的钱，买到一份旧金山知名人士的通信地址。最后，她免费传授给我一些改变境遇的方法："首先，你必须结婚，最好嫁给美国公民。"

她看到我露出惊讶的表情，赶紧补充说："中国人！当然啦，得找个中国人。'公民'不代表白种人。可如果他不是公民，你就得赶快做第二件事。那就是，你必须生个孩子。在美国，生男生女都无所谓，反正等你老了，子女也不会照顾你，不是吗？”我们都笑了。

“不过，你得当心点，”她说，“那里的移民局会问你，是不是已经有小孩，或者打算生孩子。你一定要否认，要表情诚恳地告诉他们，你还没结婚，而且你的宗教信仰很虔诚，知道未婚生子是不对的。”

我想必是显出了疑惑的神情，因为她接着解释说：“想想看，一个没出世的孩子怎么可能知道不该做什么呢？一旦孩子生下来，就会成为美国公民，想干什么都行，可以让自己的妈妈也留在美国，不是吗？”

然而，这并非我疑惑的原因。我是奇怪她为何说我应该显得很诚恳。我在陈述事实的时候，难道还可能有其他表情吗？

瞧，我的脸现在还是这么诚恳坦然。你怎么就没继承我的这种表情呢？为什么你总对朋友说，我是乘坐一艘慢船从中国来美国的？事实不是这样。我没有那么穷，是坐飞机来的。第一任丈夫家在打发我离开时，给了我一些钱，我都攒了起来。我又做了十二年电话接线员，也积累了一些钱。不过，我确实没有搭乘最快的航班。我坐飞机花了整整三个星期，在香港、越南、菲律宾和夏威夷都要停留。因此，等我最终抵达美国时，并不显得由衷地高兴。

为什么你总对别人说，我是在中国屋餐馆遇到你父亲的？还说我掰开一块幸运饼干，里面的小纸条说我会嫁给一个黝黑、英俊的陌生人，然后我抬起头，恰好看见那里的服务员，也就是你父亲。你为何要开这个玩笑？这并不真诚，也不是实情！你父亲不是服务员，我也从没在那家餐馆吃过饭。中国屋餐馆挂了个用英文写着“中国菜（Chinese Food）”的招牌，所以在它被拆除以前，只有美国人才光顾呢。现在，那里成了麦当劳餐厅，还挂着用大大的汉字写了“麦东楼”的招牌，根本都说不通。你为什么只喜欢那些根本讲不通的中国话呢？你应当理解我所身处的真实境遇，知道我是怎么来到这里，怎样结的婚，又是如何丧失了中国面孔，明白你自己为何是现在这个样子。

当我抵达美国时，没人向我提问。移民局看了看我的证件，便盖章批准我入境。我决定先去那个北京姑娘给的旧金山地址。下了公交车，我便来到宽阔的加利福尼亚大街，街上跑着电缆车。我沿着这条路往山上走去，眼前出现了一座高楼，这就是老圣玛丽教堂。教堂标志下面有几个手写的汉字，有人在那里写着：“为拯救不得安宁的阴魂，举办中国礼拜仪式，上午7点到8点半。”我将这条信息记在心里，以备有关当局询问我是在何处做礼拜的。之后，我又看到街对面一栋低矮的楼房外墙上漆着另一个招牌：“为了明天更美好，今天就把钱存到美国银行吧。”我心想，这才是美国人拜神的地方[1]。你瞧，那时我也不傻吧！如今，老圣玛丽教堂还是以前的大小，可那幢低矮的银行原来所在的地方，现在矗立着一座五十层的高楼，你和你未婚夫在那里面工作，高高在上，可以俯视所有人。

1.美国银行所在建筑的墙上广告的原文是“Save Today for Tomorrow, at Bank of America”，其中“Save”一词在此语义双关，既指“储蓄”，又有“拯救”的意思，暗含相对宗教崇拜的“拜金”之讽。

女儿听我这么说，哈哈大笑起来。原来，自己的妈妈挺会讲笑话的啊。

于是，我继续往山上走。我看见大街两侧各矗立着一座宝塔状建筑，犹如宏伟的佛教寺庙入口似的。但我仔细一瞧才发现，这个建筑物只不过是用瓦片垒起的层层屋顶，没有墙壁，顶盖下面空空如也。我很惊讶，他们竟将这些建筑造得像一座古老的宫殿或帝王陵寝似的。不过，如果你从这些假宝塔的任意一侧看去，就会发现街道变得又窄又挤，昏暗肮脏。我心想，为什么他们总是把中国最蹩脚的东西挑来放在里面呢？他们为什么不建一些庭院或池塘之类的？唉，到处都是中国著名的古代洞窟或戏曲风格的建筑外观，但内部却总是同样的廉价玩意。

因此，等我找到北京姑娘给的地址时，已料到自己不能抱太高的期望。这是一幢绿色大楼，非常嘈杂，孩子们在室外的楼梯上和过道里上蹿下跳。在402房间，我找到一个老太太，她一开口就抱怨说她足足等了我一个星期。她飞快地为我写下几个地址，我将纸条接过来，见她还一直伸着手等我付钱。我给了她一美元，她看了一眼说："小姐，我们这可是在美国，只有一块钱就连叫花子都会饿死的。"于是，我又给了她一美元，她说："哎，你以为得到这些信息挺容易是吗？"我只得又给了她一块钱，她这才合上摊开的手掌，不再言语了。

凭借这个老太太给我的地址，我在华盛顿大街找了个廉价公寓，就跟其他地方没什么两样，楼下也有家小店铺。利用这张价值三美元的单子，我找了份时薪七十五美分的破工作。唉，我本想做个售货员，但你必须懂英语才行。我又试着去中国旅馆里做女招待，但他们还想让我给外国男人全身上下按摩，我当即意识到，这在中国就跟做四等妓女没什么区别！所以，我用黑墨水笔把那个地址划掉了。还有些其他工作，需要你有特殊的人际关系才行，因为这些行当被广东和四大地区来的家族所垄断，那些南方人多年前就来到这里发财，现在通过其子孙之手还掌控着这些财富。

可见，母亲料到我年轻时要遭遇坎坷，这话一点也不差。我在饼干厂打的这份工，就是最坎坷的经历之一。在工厂里，大型黑色机器不分昼夜地运转，将小饼倒在传送带上的圆形模具中。我跟其他女工一起坐在高凳上，待小饼经过并且变成金黄色时，我们必须立即将它们从滚烫的模具里抓出来。我们在小饼正中放一张幸运纸条，趁饼干没变硬之前将它对折两次。如果你抓小饼时下手太早，就会被烫黏的面团灼痛手指。可如果抓取得太晚，你还来不及第一次对折前，饼干就已经变硬了。你只得将这些报废的饼干丢进桶里，工厂还会相应地从你的工资里扣钱，因为它们只能被当作废料廉价卖掉。

第一天收工后，我的十根手指都被烫得通红。这个活儿笨人可真做不来，你必须学得快，不然手指就会被烤成香肠了。所以第二天时，我的眼睛始终盯着那些小饼，结果就只感到眼睛疼。到了第三天，由于我总是伸着胳膊，准备在最佳时机下手去抓圆饼，结果搞得双臂酸疼。但干了一个星期之后，我就已驾轻就熟，可以放松心情，关注坐在我两边的女工。其中一位是个比我年长的女人，她从没笑过，生气时就操着广东话自言自语，讲起话来像个疯子。

我的另一侧是个岁数与我相仿的女人，她的桶里极少有报废的饼干，不过我怀疑是她给吃掉了。她长得挺丰满。

“嗳，小姐。”她经常这样招呼我，声音压过了机器的轰鸣声。听到她的声音我总是很感动，而且我们都讲普通话，尽管她的说话方式听上去有点粗俗。

“你想过没有，有一天你会变得很强大，甚至可以决定别人的命运？”她问。

我没明白她的意思。于是，她拿起一张幸运字条，先是大声用英语念了出来：“Do not fight and air your dirty laundry in public. To the victor go the soils.[1]”随后她用中文翻译道：“你不应该在洗衣服时打架，否则即使你赢了，衣服也会变脏。”

我还是没搞懂她的意思，所以她又拿起一张字条，先用英语念道：“Money is the root of all evil. Look around you and dig deep.[2]”然后她用中文说：“金钱让人败坏，它使你坐立不安，为了钱去盗墓。”

“什么乱七八糟的！”我一边说，一边将几张小纸条塞进我的口袋，觉得应该好好学一下这些美国谚语。

“这是幸运纸条，”她解释道，“美国人以为这就是中国谚语。”[3]

“可我们从来没说过这些话！”我说，“这些话简直莫名其妙。

1.这句话的意思是：切莫内讧且示之于外人，否则即便获胜亦是自取其辱。

2.这句话的意思是：金钱是万恶之源，让人东盼西望而自掘坟墓。

3.在中国，有些糕点中间夹一张小纸条，上面写有一句吉利的话，取名幸运饺、幸运包等。然而，这种糕点到了美国被“改进”——小纸条上常出现如前文所提的道德规诫一类的箴言，但仍叫“幸运纸条”。

它们不让人觉得幸运，它们都是些负面的训诫。”

“没错，小姐，”她笑着说，“咱们走背运，才会在这里做饼干，然后才有倒霉蛋花钱把它们买走啦。”

就这样，我认识了许安梅。没错，就是安梅阿姨，这个现在看来如此老派守旧的人。直到今天，安梅和我还在笑当年那些“背运”字条呢，还有后来它们是如何帮我找到了丈夫。

“嗳，林多，”有一天在工厂里，安梅对我说，“这个礼拜天到我们教堂来吧。我丈夫有位朋友，想找个贤惠的中国太太。他虽然还不是公民，不过我确信他有办法获得公民身份。”就这样，我第一次听到江亭的名字，也就是你父亲。这回跟我的第一次婚姻不同，那时一切都是别人安排的。这次我有选择的权利。我可以选择嫁给你父亲，也可以不嫁给他，然后回中国去。

我刚一见他，就感到有点不对劲：他是广东人！安梅怎么会认为我能嫁给这样的人呢？但她只是说：“我们已经不在中国了。你不必非得找个同乡的丈夫。在这里，尽管大家来自中国的不同地方，但每个中国人都是同乡。”你瞧，现在的安梅阿姨跟那会儿比起来，变化有多大！

因此，一开始你父亲和我都挺害羞，各说各的家乡话，根本无法沟通。我们一起去上英文学习班，用学来的新单词交流，有时还掏出一张纸，写个汉字来表达意思。至少，还有一张纸可以将我俩联结在一起。但当你无法大声说出自己的心愿时，想跟对方表达结婚的意图就困难了。只有通过那些细微的言谈举止，比如在打趣调侃、犯横和嗔怪责备当中，你才知道别人是不是真心待你。

然而，我们只能用从英语老师那里学来的表达方式互相交谈。我看见猫，我看见老鼠，我看见帽子…… 诸如此类。

不过，我很快就发现你父亲是多么喜欢我了。他会通过假装演戏，向我表达自己的意思。他跑前跑后，上蹿下跳，乱扯头发，这样我就明白，他是想说："忙极了！"看来，他的工作单位——太平洋电话公司真是个激动人心而又忙忙碌碌的地方。你原先不知道吧，你父亲可是个好演员哦！你也不知道他过去有那么多头发？

唉，后来我发现，他的工作不像他形容得那么好。直到现在，我还经常问他为何不找个更好的工作，尽管我已经能跟他讲广东话了，但他依旧表现得像过去那样，仿佛根本听不懂似的。

有时，我还会觉得，自己希望嫁给你父亲真是不可思议。我想，是安梅把这种想法灌输给我的，她说："在电影里，男孩和女孩经常传字条，他们就这样陷入了爱情的烦恼之中。你也得主动提示他，让他明白自己心里是怎么想的。不然的话，还没等他想起结婚这回事，你都熬成个老太婆了。"

当晚上班时，安梅和我在一堆幸运饼干的小纸条当中搜寻着，希望找到一个适合你父亲的提示。安梅大声读出小纸条，然后将可能用到的挑出来放在一边："钻戒是女孩的最佳伴侣，不要甘于只做普通朋友。""如果你头脑中已有这个想法，那就该结婚了。""子曰：女子值千言。告诉你太太她的千言已用完。"

我们边读边笑。不过，当我读到某张字条时，我意识到就是它了。那上面说："配偶不在则屋不成家。"我没有笑，而是将它裹在一个薄饼里，又全心全意地将这块饼折好。

第二天下午上完英文课后，我把手伸进钱包时，故意露出惊讶的表情，仿佛被耗子咬到了手。“这是什么呀？”我大叫道，接着将小饼掏出来，递给你父亲，“嗳！这么多饼，一见它们我就恶心。给你吧。”

早在那时我就已知道，他天性不浪费任何东西。他掰开饼干，塞到嘴里嚼起来，然后读着那张字条。

“上面说什么？”我尽力装作无所谓的样子问。可他还是没说话，于是我又说：“请翻译一下吧。”

我们正走到朴次茅斯广场上，雾气已被吹了过来，我的大衣很单薄，感觉很冷，所以希望你父亲赶紧向我求婚。然而，他却始终一脸严肃地说：“我不懂‘spouse’[1]这个词。我今晚查词典，明天再告诉你这句话的意思。”

第二天，他用英语问我：“林多，你能配偶我吗？[2]”我大笑起来，告诉他“配偶”(spouse)这个词没用对。他则将错就错，回了一个“子曰”[3]式的玩笑，说如果他词用错了，那他的动机肯定也不对。我俩就这么彼此揶揄笑骂着度过了一整天。我们就这样决定结婚了。

1.原文是“A house is not home when a spouse is not at home”。“spouse”的意思是配偶。

2.原话是“Lindo, can you spouse me?”——在现代英语中，spouse只用作名词，故此林多说他用错了。

3.如同前文提到的写有“子曰：女子值千言”的幸运纸条，“子曰”在这里是一种调侃，故原文称其为“Confucius joke”（“子曰”式的玩笑）。

一个月之后，我们在初次相识的中国第一浸礼会教堂举行了婚礼。九个月后，你父亲和我取得了成为公民的证明——我生了个男孩，就是你大哥温斯顿。我给他起这个名字，是因为我喜欢组成它的这两个词义——“赢得”和“吨”[1]。我想培养一个会赢得好多东西的儿子，包括赞美、钱财，还有幸福生活。那时，我心想，我终于拥有了想要的一切。我感到很幸福，看不到我们仍在受穷，只看到我们已经拥有的。我怎能料到温斯顿后来竟死于车祸呢？他还那么小，才十六岁！

温斯顿出生两年后，我又有了你另一个哥哥文森特。我给他起这个名字，是因为它听起来像“赢一百”[2]，也跟“赚钱”的发音一样，因为那时我开始觉得家里的钱不够花了。后来，我在乘公共汽车时不小心撞了鼻子。再之后不久，你就出生了。

我不知道是什么促使自己发生了转变。也许是由于鼻子撞歪了，我的想法也变坏了。或许是因为看到襁褓中的你，发现你长得和我简直是太像了，这使我不满于自己的生活，盼望你凡事都能比我更好。我想给你最好的生活环境，让你具备最好的品格。我不希望你留下任何遗憾。因此，我给你取名韦弗里，那是咱们家住的街名。我想让你觉得自己就是属于这里的。不过，我也知道，如果给你起这个名字，等你很快长大，离开这个地方，心中也会始终有我这个母亲，如同带上我随你去一样。

1.“Wins”为“赢得”，“ton”为吨。

2.文森特是“Vincent”的译音，发音与“win cent”接近。“cent”有“一百”，或是“美分”的意思。

❊ ❊ ❊

罗瑞先生正在为我梳头。我的头发那么柔滑，那么乌黑。

"你看上去棒极了，妈，"女儿说，"婚礼上，大家都会以为你是我姐姐了。"

我看着自己在美容院镜中的面庞，端详着自己的映像。我瞧不出有什么不对，但我知道肯定有问题。我也把这些缺点传给了女儿。我们都有同样的眼睛，同样的脸颊和同样的下巴。她的品性，都源于我的生活境遇。我看着女儿，这才第一次发现有点不对劲。

"哎呀！你的鼻子是怎么啦？"

她照照镜子，没瞧出有什么问题。"什么意思？没怎么呀，"她说，"鼻子不就跟原来一样嘛。"

"那你是怎么把它弄歪的？"我问。她鼻子的一侧向下弯了，似乎把那边的脸颊也一起往下扯。

"什么意思？"她问，"这就是你的鼻子呀，你遗传给我的嘛。"

"怎么会这样呢？它在下垂呀。你得做个整形手术，矫正一下。"

然而，女儿根本听不进我的话，她把笑盈盈的脸贴到我担忧的面孔旁。"别傻了。咱们的鼻子没那么差劲，"她说，"它会让咱们看上去挺迂回的。"她看起来还挺庆幸。

"'迂回'，这话怎么讲？"我问。

"意思就是，我们望着一个方向，但却朝另一个方向前进。我们既赞同一方，也不反对另一方。我们说话的态度是真诚的，但真正的意图可就不同了。”

“人家能从咱们脸上看出这些？”

女儿笑了：“嗯，他们不会看出我们的所有想法，只知道咱们有两副面孔。”

“这样好吗？”

“如果你能如愿以偿，这就是长处。”

我琢磨着我们的两副面孔，也思忖着自己的意图。究竟哪张脸是美国式的？哪张是中国式的？哪个更好？如果你摆出其中一个面孔，就总得牺牲另外一个。

去年回中国的情形就是这样，那时，我已阔别祖国近四十年了。尽管我卸掉了光鲜的首饰，装扮也不浓艳，讲中国话，用中国钞票，但他们还是发觉，我的脸不是百分之百的中国人，仍像对老外敲竹杠一样，向我索要高价。

所以，我现在开始思考，自己究竟失去了什么？换来的又是什么？我会问问女儿对此做何感想。

吴菁妹：团圆

在火车驶离中国香港进入深圳的那一刻，我有种异样的感受。我觉得头皮一阵阵发紧，周身血液也在全新的通道中奔涌，我从骨子里隐隐感到一种旧时熟悉的疼痛。我觉得，母亲是对的。我正在变成中国人。

“这是没办法的事。”母亲说此话时，我才十五岁。当时我断然否认自己皮肤之下有任何中国人的成分。那时候，我在旧金山市的伽利略中学读高二，所有白人朋友都一致认为：我并不比他们更像中国人。然而，母亲曾在上海一所知名的护士学校读书，她说自己精通遗传学，因此不管我是否认同，她心中都确凿无疑地认定：一旦你生为中国人，你的所感所想不可避免是中国式的。

“总有一天，你会明白，”母亲说，“这是你血液中与生俱来的，等待时机被释放出来。”

听母亲这么说，我恍若看见自己像个狼人似的变了身，DNA的突变体被激活，典型的中国式举止行为不知不觉地在我身上显现——所有那些母亲做来令我难堪的事，比如和商店老板讨价还价，在公共场合用牙签剔牙，色盲似的看不出柠檬黄和浅粉色不宜搭配做冬装……

时至今日我才明白，自己此前从未真正理解做个中国人的含义。我今年三十六岁，母亲已去世。此刻，我坐在火车上，怀揣母亲梦回故里的宿愿，正前往中国。

七十二岁的父亲吴坎宁与我同行。我们先到广州，拜访父亲的姨妈——自他十岁起就再未谋面。我不知道是由于他期待要见姨妈，还是因为回到中国，总之，父亲此刻显得像个小男孩似的天真快乐，使得我都想去替他系好毛衣纽扣，再拍拍他的脑袋了。我俩隔着一块小桌板对坐着，桌上放着两杯凉茶。记忆中，这还是我第一次见到父亲眼中噙着泪水，而车窗外，他在这个十月初的清晨所能见到的全部景色，只不过是一片被分隔成一块块的田地，呈现出黄色、绿色或是棕色；一条狭长的运河与列车轨道并行；低矮起伏的山丘，以及三个身穿蓝衣的人赶着牛拉车。我的眼睛也不由得湿润了，仿佛自己在很久、很久以前曾见过这一切，后来几乎遗忘殆尽。

再有不到三个小时，我们即将抵达广州。旅游手册告诉我，现在人们都把这里称作“Guangzhou”，而不是“Canton”了。除上海之外，似乎我听说过的所有城市拼写方式都变了。我记得，人们都说中国在其他方面也发生了改变。重庆从“Chungking”变成了“Chongqing”，而“Kweilin”现在成了“Guilin”。我曾查证核对过这些地名，因为我们到广州看望父亲的姨妈之后，还要飞去上海，首度与我那两位同母异父的姐姐相聚。

她们是我母亲第一次婚姻所生的孪生姐妹。1944年，母亲在从桂林逃往重庆途中，迫于情势将她俩遗弃在路上，那时她们还只是襁褓中的小婴儿。关于这两个女儿，母亲只对我说了这么多，因此多年来她俩在我心里始终仍是坐在路边的小孩，一边听着远处的炸弹呼啸而过，一边耐心地吮着通红的拇指。

直到今年，才终于有人找到了她们，还从上海寄信向母亲报告这个好消息。当我最初听说她们还活着时，就想象着我那两个长相一模一样的姐姐从小婴儿变成了六岁的小女孩。在我的头脑中，她俩并肩坐在桌旁，轮流用墨水笔写信。其中一个姐姐写下了一行整齐的汉字："最亲爱的妈妈，我们还活着。"她将一小束刘海儿往后捋了捋，将钢笔递给另一个姐姐，这位姐姐随后写道："来接我们吧。请快点来。"

当然，她们不可能知道，母亲由于突发脑溢血，已于三个月前离世。去世前一分钟，她正对父亲抱怨楼上的房客，计划着以中国亲戚要搬来住为由，将他们撵出去。结果下一分钟，她就抱着脑袋，紧闭双眼，慢慢摸向沙发，瘫软在地时两手还在乱晃。

因此，父亲成了第一个拆信的人，结果发现是封很长的信。在信中，姐姐们真的叫她"妈妈"，还说一直将她尊为真正的母亲。她们珍藏着一张母亲带相框的照片。她们对母亲诉说自己的经历，也就是从母亲将她们留在桂林的路边与她们分别，直到她们最终被人找到的经过。

读完这封信，父亲的心都碎了——他从未想到，在另一个完全陌生的世界里，也有两个喊他的妻子为"妈妈"的女儿。于是，父亲将信交给母亲的老朋友林多阿姨，请她代为写封回信，用尽量委婉的方式将母亲的死讯告诉她们。

结果，林多阿姨将信带到了喜福会，与莹映阿姨和安梅阿姨一起商量该怎么办，因为多年来她们知道，母亲始终在找寻这对孪生女儿，从未放弃希望。阿姨们都为这样的双重悲剧而伤心落泪，一是三个月前痛失母亲这位好友，二是现在重揭伤痛。因此，她们无论如何也要设法构想出一个奇迹，用某种可行的方法使母亲起死回生，以便完成她的心愿。

于是，她们给我在上海的姐姐们写了这样一封回信："最最亲爱的女儿们，无论是在记忆中还是在心底里，我也从未忘记你们。我始终期待着与你们重逢的喜悦。唯一遗憾的是，这一天等得太久了。我想把与你们失散后的经历都讲给你们听。等我们全家来中国看你们时，我就会跟你们说一说……"她们还在信的落款署了我母亲的名字。

直到一切都安排好以后，阿姨们才第一次向我透露姐姐们的事，还将与她们往来通信的内容告诉了我。

"那么说，她们以为妈妈会来。"我喃喃自语。现在，我想象中的姐姐们大概十来岁，蹦蹦跳跳的，手牵着手，马尾辫一甩一甩的，为即将见到母亲——她们的母亲而激动雀跃，然而，我的母亲却已不在人世。

"可是，你在信里怎么能说妈妈不会来了？"林多阿姨说，"她既是她们的妈妈，也是你的妈妈。必须由你把一切告诉她们才行。这么多年了，她们一直梦想着与她重逢啊！"我觉得她讲得对。

随后，我也开始想象母亲和姐姐们重逢的场景，如果我去上海，不知会是什么情景。多年来，当她们期盼着被母亲找回时，我始终跟母亲生活在一起，后来又失去了她。我想象着在机场和姐姐们会面的情形，她们会踮起脚尖，在我们下飞机时焦急地观望着每一个黑头发的旅客。我会一下子就认出她们，因为她们那两张焦虑的面孔一模一样。

“姐姐，姐姐！我们来了！”我想着自己用蹩脚的中国话呼唤她们。

“妈妈在哪里？她藏起来了吗？”她们会这样问，仍面带微笑地四处张望，两张热切期盼的脸涨得红扑扑的。这其实挺像母亲的风格，她习惯站在你身后不远处，稍稍捉弄你一下，考验你的耐心。然而，我只得摇摇头，告诉她们妈妈没有躲起来。

“噢！那一定是妈妈吧？”有个姐姐指着旁边一位矮小的老太太兴奋地喃喃说道。老太太完全淹没在一大堆礼物中。这也是母亲的习惯，她会带上堆积如山的礼品、食物和给孩子的玩具，而且全部是打折促销时买的。母亲会推辞说不要谢她，这点礼物算不了什么，稍后还会把商标翻过来给姐姐们看：“Calvin Klein的品牌货，100%纯羊毛哦！”

我设想着自己终于开口说：“姐姐，对不起，我是一个人来的……”还不等我告诉她们，她们就已从我脸上看出了实情。她们哀伤恸哭，扯着自己的头发，双唇痛苦地抽搐着，从我身边跑开了。之后，我只好登上飞机回家了。

这样的情景我想象过好多回，看着她们一次次地从惊恐到绝望，最后转为愤怒。我恳求林多阿姨再写封信去。起初她不肯。

“我怎能跟她们说妈妈死了？我可写不出。”林多阿姨固执地说。

“但是，让她们以为妈妈坐着飞机来了太残忍了吧，”我说，“当她们发现只有我自己时，她们会恨我的。”

“恨你？不可能，”林多阿姨皱着眉头，“你可是她们的亲妹妹，是她们唯一的亲人啊。”

“你根本不懂。”我反驳道。

“不懂什么？”她说。

我嗫嚅道：“她们会觉得，我得对妈妈的死负责，认为是我不懂得爱惜她。”

林多阿姨听了，显得既满足又难过，仿佛我说的是实情，而我也终于意识到这一点。她坐了下来，一坐就是一个小时，然后站起身，递给我一封两页纸的信，她热泪盈眶。我明白了，她已经完成了我所害怕去做的那件事。因此，即便她用英语写下母亲的死讯，我也不忍心再去读它。

“谢谢。”我低声说。

窗外的风景已变得昏暗，满是低矮的平顶水泥楼和老旧工厂，还接连不断地看到像我们这样的火车在轨道上相向而行。我看到站台上挤满了人，都穿着色彩单调的西式服装，其中点缀着一些小孩子的鲜艳身影，穿着粉红色、黄色、大红或桃红色的衣服。站台上，有身穿橄榄绿和红色相间制服的军人，还有几个老太太穿着灰上衣和长及腿肚的裤子。我们到广州了。

火车还没停稳，人们已开始从座位上方取下行李。顷刻间，行李纷纷从天而降，真叫人捏一把汗：有沉甸甸的行李箱，里面塞满了给亲戚的礼物；有已经破破烂烂的纸箱，用长长的绳子一道道地捆住，以防东西撒出来；有装满毛线和蔬菜的塑料袋；有一包包干蘑菇，还有照相机套子……周围的旅客互相推搡着往前拥，我们也被人流裹挟着前进，直至进入到十二条等候入境的队列之一。我感觉自己仿佛登上了旧金山市斯多克顿站的30路公共汽车。我提醒自己：这可是在中国。不知怎么的，我并没觉得拥挤的人流有什么不对劲，反而一切都很正常，于是我也开始推搡别人。

我取出申报单和护照，姓名栏的最上方印着“吴”，下面是“茱恩·妹”，出生地是“美国加利福尼亚州”，年份是1951。我心想，边境管理人员会不会质疑护照上的照片不是我本人。在这张照片里，我的头发长及下巴，被梳到脑后做了个精致的造型。我戴着假睫毛，画了眼影，还描着唇线。在黄铜色粉底的衬托下，我显得双颊凹陷。但我没料到十月的广州还这么热。现在，潮湿的空气让我的头发软塌塌地垂散下来，我也没饰脂粉。在香港时，我涂的睫毛膏都融化成了黑眼圈，其他化妆品也都如层层油脂般粘在脸上。因此，我今天素面朝天，只是在额头和鼻子上泛着一层雾蒙蒙、亮闪闪的汗珠。

尽管并未化妆，我也根本不可能被认成是真正的中国人。我身高五点六英尺[1]，比周围人都高出一头，所以能跟我平视的只有

1. 1英尺约为0.3米，5.6英尺约为1.7米。

其他外国游客。母亲曾对我说，我的身高遗传自外公，他是北方人，甚至可能有蒙古血统。“这是你外婆告诉我的，”母亲解释道，“但现在要去问她已太迟了。你的外公外婆、几个舅舅和他们的老婆孩子都死于战争。一个炸弹落到我们家，几代人就这样顷刻殒命。”

母亲说这番话时很平静，并无伤感，让我觉得，她早已摆脱了当年的悲痛。后来，我又疑惑她是怎么确定家人都已不在人世。

“也许他们在轰炸前就已离开家了呢。”我说出了自己的猜测。

“不是的，”母亲说，“我们全家都没了，只剩下你和我。”

“可你怎么确定呢？也许有人逃出来了。”

“不可能。”母亲这下几乎发火了。她的神情由皱眉蹙额转为迷惑茫然，随后，她又开始继续回忆往事，宛若想记起她把什么东西放错了地方：“我回到了那座房子。我一直在寻找原来那房子坐落的地方。房子已不复存在，只剩下空荡荡的一片。原本是四层小楼所在的地方，全变成了我脚下烧焦的砖瓦和木板，埋葬了我全家人的生命。然后，我看到一旁院子里有些轰炸后散乱的东西，没什么值钱东西。那里有张不知是哪个睡过的床，其实只剩下一副金属床架，有一角都被炸歪了。地上还有一本全被烧黑了的书，根本看不出是什么书。我还看到一只茶杯完好无损，但灌满了灰烬。之后，我找到了自己的娃娃，她的四肢都已被炸坏，头发全烧光了……我小时候，看到这个娃娃孤零零地待在商店橱窗里，难过地大哭起来，于是妈妈便买了给我。她是个黄头发的美国洋娃娃，胳膊和腿都可以转动，还会眨眼睛。我结婚离开娘家时，就把娃娃送给了我最小的侄女，因为她脾气像我。娃娃不在她身边时，她总会急得大哭。现在你懂了吧？如果她当时带着洋娃娃在屋里，她父母也会在，因此大家都在家，一起等待，因为我们的家族就是这样的。”

岗亭里的女边检员盯着我的证件看了看，接着朝我略微扫了一眼，最后刷刷两下子就把所有证件都盖了章，表情严肃地冲我点点头，示意我可以通过。父亲和我来到一个宽阔的地带，这里挤了足有好几千旅客和他们的行李箱。我觉得自己已迷失方向，父亲看起来也很无助。

我对一个貌似美国人的男子说：“请问，你能告诉我在哪里可以打的士吗？”他咕哝着什么，像是瑞典语或德语。

“小雁！小雁！”我听到身后有人尖叫。一个头戴黄色毛线贝雷帽的老太太举着一个粉色的塑料袋，里面塞满了带包装纸的小玩意儿。我本以为她是想跟我们兜售什么东西。但父亲仔细打量着这位小个子的老太太，眯起眼睛注视着她的双眸。随后，父亲突然瞪大了眼睛，脸上笑开了花，犹如一个快乐的小男孩。

“阿姨！阿姨！”父亲柔声叫道。

“小雁！”我的姨婆充满怜爱地唤着父亲。我对她称父亲为“小雁”感到很好笑，这肯定就是他的乳名了，按中国的习惯，起乳名可阻止小孩被鬼偷走。

他俩并没拥抱，而是紧紧握住对方的双手，很久都没松开，还一个劲儿地彼此诉说着：“看你！都这么老了！看你都老成什么样了！”他俩毫无顾忌地又哭又笑，而我则紧咬下唇，努力忍住眼泪。我不敢去体会他俩此刻的幸福。因为我想到的是，当我们明天抵达上海时，情形可就大不一样了，那时会多么尴尬呀。

姨婆微笑着，指了指父亲的一张拍立得照片。在写信告诉姨婆我们要回国时，父亲很明智地附上了一些照片。姨婆拿照片比照着父亲时，似乎在说：瞧，我多聪明！父亲在信中说，我们一到酒店就会给她打电话，所以，他们赶来接机是想给我们个惊喜。也不知我的姐姐们会不会来机场。

我这才想起随身带的相机，本来我打算拍下父亲和他姨妈刚见面时的镜头，好在还不算太迟。

“到这边，一起站过来吧。”我拿着拍立得相机说。一阵闪光灯过后，我将快拍照片递给他们。姨婆和我父亲仍紧靠着站在一起，每人都捏着照片的一角，眼瞅着图像逐渐变得清晰，他俩的神情近乎肃穆。姨婆只比父亲年长五岁，所以她约莫七十七岁，不过，她看起来像个古老干瘪的木乃伊似的。她稀疏的头发已经全白，牙齿已腐坏变成棕色。我心里嘀咕，看来那些关于中国女人容颜永驻的传说不可信啊。

姨婆转而对我柔声说：“长大了。”她抬头看看我，打量着我高挑的身材，然后往她的粉色塑料袋里瞄了一眼。我猜想，那里面装着她给我们的礼物，好像她正踌躇不知给我什么好，因为我现在已这么大年纪，不再是小孩了。突然，她的手如钳子般紧紧抓住我的胳膊肘，拉着我转了个身。一对五十多岁的中年男女正和我父亲握手，大家都微笑着打招呼。这是姨婆的大儿子和他的太太，他们身旁还站着另外四个人，跟我年纪相仿，还有个十岁左右的小姑娘。这些人介绍得太快，我只记得其中有姨婆的孙子、孙媳妇、姨婆的孙女，还有她的丈夫。那个小姑娘是姨婆的曾孙女丽丽。

姨婆和父亲两人讲着他们儿时惯用的普通话，不过，家里其他人只说自己村里的广东方言。我只能听懂普通话，但说不了那么好。于是，姨婆和父亲用普通话无拘无束地聊了一通，交流着他们故乡熟人的消息。他们只偶尔停下来跟我们其他人聊几句，有时讲广东话，有时说英语。

“哦，跟我想的一样，”父亲转头为我翻译道，“他去年夏天过世了。”这句其实我已经听明白了，只是不清楚这个李巩是谁。我感觉仿佛置身联合国，而翻译们都乱套了。

“嗨，”我跟那个小姑娘打招呼，“我叫菁妹。”但她忸怩着望向别处，她父母只得尴尬地笑了笑。我曾跟唐人街的朋友们学过一些广东话，于是搜肠刮肚地找寻跟她聊天能用上的词，可我能想起的，只有几句骂人的粗话、一些表示身体功能的词汇和短语，比如“好吃”“难吃得像垃圾”以及“她真是个丑女”。后来，我又想了个主意：我举起拍立得相机，曲起手指招呼她过来。她立即往前一蹦，学着时装模特那样将一只手搭在屁股上，胸部挺起，闪亮地冲我露齿一笑。我刚按下快门，她就已凑到我身边，眼瞅着自己的映像在泛绿的底片上呈现出来，每隔几秒就又是蹦跳又是咯咯地笑。

待我们打车去旅馆时，丽丽紧拉着我的手，拽着我朝前走。

在的士上，姨婆滔滔不绝地说着，结果我都没机会跟她打听那些沿途变换的景点。

“你信上说你们只来这里待一天，”姨婆情绪激动地对父亲说，“只一天！你在一天里怎么可能见到全家人呢！台山离广州有好几个小时的车程呢。对了，你还说到了再给我们打电话，这不是废话嘛！我们根本就没电话。”

我的心跳加速了，不知林多阿姨会不会也对姐姐们说，我们到上海会从旅馆打电话给她们。

姨婆继续埋怨父亲：“我简直是六神无主了，你问问我儿子，搞得我心里天翻地覆的，这才想出个办法！于是，我们决定最好是一家子乘车从台山来广州，等你们一下飞机就相聚。”

眼见的士司机开车穿行于卡车和公交车之间，左躲右闪的，还不停按车喇叭，我吓得大气都不敢出。我们似乎是行驶在某段长长的立交桥高速路上，宛如城市上方的空中之桥。我可以看到排排楼房连绵不断，每层楼的阳台都晾晒着衣服。我们从一辆人满为患的公交汽车旁经过，那些乘客的脸都快被挤得贴在车窗上了。随后，我看到城市的大致轮廓，想必那就是广州市中心了。从远处看，它就跟美国的大都市没什么两样，高楼林立，建筑工地随处可见。当我们驶入更为拥挤的路段时，车速减慢下来，沿路我看到数十家小商店，里面光线很暗，依稀可见一排排柜台和货架。接着，前方出现一座尚未竣工的大楼，楼前的脚手架是用竹竿和塑料绳扎成的，男女工人们站在狭窄的脚手架上刮着墙皮，既没戴安全帽，也没系安全带。唉，我怀疑要是美国职业安全健康管理局来实地考察，不知会做何感想。

姨婆再一次提高嗓门说道：“所以说呀，如果你不去看看我们的村子、我们的房子，那可真是遗憾啊。最近几年，我那几个儿子干得可好了，他们在自由市场上卖自家种的蔬菜。我们挣够了钱，盖起一座大房子，有三层呐，用的都是新砖，宽宽绰绰的，除了能住下我们全家，还富余几间呢。每年都赚得更多。可不是只有你们美国人才懂得怎样发财！”

的士停了下来。我以为已经到旅馆了，但当我探头往窗外瞧时，却发现眼前是一座比五星级凯悦还要豪华的大酒店。“这是中国吗？”我惊讶地叫出声来，随后对父亲摇摇头，“肯定不是这家酒店。”我赶忙掏出行程表、车票和订单。我曾明确要求旅行社选些不贵的旅馆，价位在三十到四十美元左右。这一点我很肯定，而且我们的行程表上也写得清清楚楚：花园酒店，环市东路。好吧，反正旅行社最好准备把差价给补上，我只能这样对他们说。

这家酒店富丽堂皇。一个侍应生全身制服笔挺，头戴棱角分明的帽子，他奔过来把我们的行李搬进大堂。只见里面汇聚了购物拱廊和餐馆，全部都是大理石和玻璃装修。我顾不上惊叹于这一切，只担心花销过高，同时又怕酒店豪华的外观让姨婆误以为我们这些有钱的美国人太娇贵，哪怕只待一晚也离不开这些奢侈的住宿条件。

我走到前台预订处，本准备跟他们就预订错误讨价还价一番，可结果却查实我们订的正是这家酒店，房费都已预付，每间三十四美元。我有点难为情，好在姨婆和其他人看来对我们的临时居所挺满意。丽丽正瞪大眼睛，聚精会神地盯着一个满是电子游戏的橱窗。

我们全家都挤进电梯里，侍应生边挥手边说他将在十八层与我们会合。电梯门刚一关，大家就鸦雀无声了。当电梯门终于再一次打开时，每个人都如释重负地立即打开了话匣子。我感觉，姨婆他们估计从没坐过这么长时间电梯。

我跟父亲的两个房间相邻，内部陈设也相同：一样的地毯、窗帘和床罩，都是灰褐色的。两张单人床之间是一个装有彩电遥控板的床头柜。浴室里砌着大理石墙面和地板。我看到一个嵌入式吧台，还配置了小冰箱，冰箱里有喜力啤酒、可口可乐和七喜，还有小瓶装尊尼获加[1]红威士忌、百加得[2]朗姆酒和斯米诺伏特加[3]，还有几包M & M巧克力豆、蜜汁腰果和吉百利[4]巧克力棒。我再次大声惊叹："这是中国吗？"

父亲来到我的房间。"姨妈他们坚持认为，我们就该在这里住下，多逗留几天，"他耸耸肩，"他们说，那样可以省掉好多麻烦，还有更多时间聊天。"

"那怎么吃饭呢？"我问。早在很多天前，我就开始憧憬自己第一顿真正的中式大餐了，那可是一餐盛宴啊，有雕花的冬瓜盅、叫花鸡、北京烤鸭，还有其他精致的菜肴。

父亲走过去，从《旅游与休闲》杂志旁拿起一本客房服务指南。他迅速地翻阅着，之后指着里面的菜单说："喏，他们就想吃

1.尊尼获加（Johnnie Walker）是世界著名的苏格兰威士忌品牌。

2.百加得（Bacardi）是世界名酒之一。

3.斯米诺（Smirnoff）是世界名酒之一。

4.吉百利（Cadbury）是英国著名的糖果制造商。

这个。”

于是，就这么定了。今晚，我们就在酒店客房里和家人一起吃汉堡包、法式炸薯条和浇有冰激凌的苹果派。

父亲和我开始沐浴换衣，姨婆和他们全家则去逛商店了。我在闷热的火车上憋了许久，早就想冲个澡，换身凉快点的衣服了。

酒店提供了小瓶装的洗发香波，我刚一拧开，就发现里面东西的质地色泽跟海鲜酱差不多。这就对了，我觉得这倒更像中国了。我挤了一些香波，搓在潮湿的头发上。

站着淋浴时，我突然意识到，这好像是我近日来第一次独处。但我丝毫没有放松的感觉，反而觉得孤立无助。我想起母亲关于激活我的基因，使我变成中国人的话，思考着母亲究竟是什么意思。

母亲刚过世那阵，我向自己提了一大堆无法回答的问题，为的是让自己更加难过。也许，我是想延续自己的悲伤情绪，以便宽慰自己已尽到孝心。

不过，我现在提出问题主要是因为想知道答案。母亲过去常做的那种用猪肉做的质地如锯末一般的菜叫什么来着？在上海去世的那几个舅舅叫什么名字？多年来，她都梦到另外两个女儿怎么样了？每次她对我发火，其实会不会是由于在心里惦念着她们呢？她盼望过我就是那两个女儿吗？她遗憾我并不是她们？

❊ ❊ ❊

凌晨一点钟，我被一阵轻敲窗户的声音吵醒了。之前我肯定是不知不觉就睡着了，现在我的身体开始渐渐解除麻木的感觉。

我坐在地板上，背靠一张床。丽丽躺在我身边，其他人也横七竖八地躺在床上和地板上睡着了。姨婆坐在一张小桌旁，看上去昏昏欲睡。父亲眼望窗外，用手指轻敲着玻璃窗。我记得，睡前最后听到父亲在对姨婆讲述久别以来的经历：他考取了燕京大学，之后又在重庆一家报馆供职，还在那里认识了年轻守寡的母亲；后来，他们俩飞到上海，想寻找母亲家的旧宅，但那里已被夷为平地。于是，他们去了广东，经那里去香港，再从越南的海防港起程，最终到达旧金山……

“宿愿从未告诉过我，她这么多年一直试着寻找她的孪生女儿，”父亲平静地说，“当然了，我本以为她会因为遗弃了女儿而感到内疚，所以也没跟她谈论过她们的事。”

“宿愿是在哪里丢下她们的？”姨婆问，“又怎么被找到的呢？”

听他们这么说，我彻底清醒了，尽管之前我从母亲的朋友们那里零零星星地听说过这段往事。

“那是在日军攻占桂林的时候。”父亲说。

“日军攻占桂林？”姨婆打断父亲的话，“从来没有的事。根本不可能呀！日军从没到过桂林。”

“嗯，报纸上是这么说的。我很清楚事实的真相，因为那时我就在新闻局工作。国民党政府总告诫我们什么该说，什么不该说。但我们当时已得知日军打进了广西。我们的消息来源透露，日军已控制住武昌到广州的铁路，经陆路快速推进，正向省会进逼。”

姨婆表情震惊：“如果大家都不知道这些，那宿愿是如何得知日本人要来的？”

“国民党的一个军官私下警告过她，”父亲解释道，“宿愿当时的丈夫也是个军官。大家都清楚，日军一旦打进来，国军军官和他们的家人会首当其冲被杀的。于是，她收拾了一些细软，在午夜时分，带上女儿们徒步出逃了，孩子们都还不满一周岁呢。”

“她怎能忍心丢下那两个小孩呢！”姨婆叹息道，“何况是一对双胞胎女儿啊！我们家还从没有过这样的福气。”她随后又打了个哈欠。

“她们叫什么名字？”姨婆问。我仔细听着，我本打算只用熟悉的称谓喊她们俩“姐姐”，但现在我想知道她们的名字怎么说。

父亲说：“她们随爸爸姓王，名字分别是春雨和春花。”

“这两个名字有什么含义？”我问。

父亲一边在窗户上比划着想象中的汉字，一边用英语解释道：“啊！一个代表‘春天下的雨’，另一个是‘春天开的花’。因为她们生在春天，当然，春天的雨总要比花先到，春雨是姐姐，而春花就是妹妹了。看，你妈妈就像个诗人，你不觉得吗？”

我点点头，看到姨婆的头也朝前点了一下，但就此垂下来不动了。原来，她已经睡着，呼吸声深沉粗重。

“妈妈的名字有什么含义？”我低声问。

“‘宿愿’，”父亲边说边在玻璃窗上又比划了几个看不见的汉字，“你妈妈是这么写的，意思是‘许久以来的心愿’。这是个挺新奇的名字，不像那些叫什么什么花的那样普通。你看第一个字，大概的意思是‘从未遗忘’。中文里还有另外一个‘宿怨’，发音相同，但词义正相反。”父亲用手指写下了另一个字的笔画，“这个词里的第一个字是一样的，也是‘永不忘记’的意思，但后面那个字是‘怨’，因此整个词义就变成了‘长期怀有的怨恨’。每当你妈妈跟我发脾气时，我就对她说，你的名字里应该是‘怨’字。”

父亲望着我，眼睛有些湿润：“你瞧，我也挺聪明的，是吧？”

我点点头，真希望自己能找个办法安慰他。“那我的名字呢，”我问，“‘菁妹’有什么含义？”

“你的名字也很特别。”父亲回答。我开始怀疑是否但凡中国名字就没有不特殊的。“‘菁’就跟‘精美’里的‘精’差不多。不只是一般的好，而是纯粹的精华，具有最佳品质。‘菁’就是你将金子、大米或者盐之类的东西提纯后得到的精髓，也就是纯粹的精品。‘妹’，就代表通常所说的‘妹妹’。”父亲说。

我琢磨着父亲的话，想到母亲长久以来的愿望，而我，则本该成为姐妹中的精华。我想着母亲生前对我有多么失望，让自己重温往昔的悲伤。个头小小的姨婆突然动了一下，她的头抬起来复又落下，嘴巴张开，仿佛是在回答我的疑问。她在睡梦中嘟囔着什么，又更紧地蜷起身体陷到椅子里去。

“那么，妈妈为什么要将她们遗弃在路上呢？”我需要知道答案，因为我感到现在自己也被遗弃了。

“我也疑惑了很长时间，”父亲说，“不过，后来我读到了她们从上海寄来的信，还找你林多阿姨和其他几位聊了聊。我终于明白了，你妈妈这么做，没有什么可内疚的，根本怪不得她。”

“究竟怎么回事？”

“你妈妈出逃的时候……”父亲开始讲述。

“不，还是用中文说吧，”我打断他，“没事，我能听懂。”

父亲仍旧站在窗边，凝视着窗外的夜色，开始了他的讲述。

＊ ＊ ＊

从桂林逃出来以后，你妈妈又走了好多天，想找到一条大路。她希望能搭上一辆卡车或是马车，以便尽快到达重庆，她的丈夫在那里驻军。

她将钱财和珠宝都缝进衣服的褶边里。她觉得这些已足够一路上的盘缠了，还在心里盘算，“如果运气好，我都用不着把沉甸甸的金手镯和玉戒指拿出来做交换了”。这些都是她的母亲，也就是你外婆传下来的。

直到第三天，她什么也没动用。沿途到处都是逃难的人群，每当看到有过路的卡车，人人都追着苦苦哀求带上自己。所有卡车径直向前冲过去，根本不敢停下。结果，你妈妈始终没能搭上车，还害上了痢疾，开始闹肚子。

她用围巾扎成背袋将两个孩子悬挂在肩头，所以肩膀勒得酸疼。由于拎着两只皮箱，她的手掌磨出了水泡，后来水泡破了，开始流血。过了一阵，她丢掉了箱子，只留下吃食和几件衣服。之后，她又舍弃了几包面粉和大米，就这样继续艰难跋涉了好多里路，边走边唱歌给小女儿们听，直到高烧和病痛将她折磨得神志不清。

最后，她终于一步也走不动了，根本没力气再背两个孩子。

她瘫倒在地，料到自己会很快死去，可能病死或是渴死饿死，要不就是死在日本人手里。她很肯定，日军就在向她逼近。

她将孩子们从吊带里解下来，让她们坐在路边，然后躺倒在她们身旁。她对孩子们说：“看你俩多乖啊，这么安静。”她们冲你妈妈微笑，还向她伸出胖乎乎的小手，想让妈妈再抱抱。那一刻，你妈妈觉得，实在不忍心眼睁睁看她们跟自己死在一起。

她看到有一家人赶着车路过，那家有三个小孩。“带上我的孩子吧，我求求你们了。”她朝那些人呼喊。但他们目光呆滞地瞧了她一眼，根本没有停车。

她又看到另一个路人，并向他大声恳求。这个男人转过头来看看，但他的脸色极为难看——你妈妈说就像个死人似的——她不由得哆嗦了一下，赶忙转过脸看向别处。

路上渐渐安静下来，她撕开衣褶，将珠宝和钱财分别塞到两个女儿衣服下，然后从钱包里掏出家人的照片，一张是你外公外婆的，另一张是她和丈夫的结婚照。你妈在两张照片背面分别写下孩子的姓名，还留下了这样的嘱托：“请用留下的钱和首饰照顾好这两个孩子。等日后安全时，如能把孩子带到上海惠昌路九号李家，不胜感激，定有重谢。李宿愿王福驰顿首。”

随后，她抚摸了每个孩子的脸颊，安慰她们别哭，还说妈妈沿路去找些吃的给她们，马上回来。她头也不回地走了，跌跌撞撞，哭哭啼啼，一心企盼能有最后一线生机，就是能有好心人发现她们，将她们抚养长大。除此之外，你妈妈什么都不想了。

她也不记得自己走了多远、走向何方，就连自己什么时候晕倒、又怎么得救也不知道。她醒来以后，发现自己是在一辆颠簸的卡车后部，身旁还有几个不停呻吟的伤病员。她吓得尖叫起来，以为自己走上了黄泉路。不过，有个美国女传教士俯下身，微笑着用英语安慰她。虽然你妈听不懂她的话，但她明白自己已经侥幸得救，但要再回去救女儿已来不及了。

等她抵达重庆后，听说丈夫已于两周前去世。后来你妈对我说，当军官们将丈夫的死讯告诉她时，她竟放声大笑起来，那时她已被病痛和悲伤折磨得神志不清了。她走了这么远，舍弃了那么多，结果却一无所获。

我在医院里遇到你妈妈，她躺在一张小床上，虚弱得几乎动不了，痢疾使她变得很憔悴。我住进医院，是因为有个脚趾被轰炸时砸下来的石头割掉了。你妈妈不停地嘀嘀咕咕，自言自语。

“看看这些衣服。”她说。我发现她穿了件脏兮兮的绸缎衣服，不过毫无疑问，这原先肯定是件相当漂亮的连衣裙，实在不像战争时期的穿着。

“再看看这张脸，”她又说，我看到她灰头土脸的，双颊凹陷，但眼睛发亮，“你看到我愚蠢的希望了吧？”

“我觉得自己什么都没有了，只剩下这两样东西，”她咕哝道，“不知我还会失去什么。衣服还是希望？希望还是衣服？”

“现在，看这里，瞧瞧都发生了什么。”她大笑着说，仿佛她所有的祈求都获得了满足。她轻轻一扯，头发便掉了下来，就像从湿土中拔起麦苗似的。

后来，一个老农妇发现了她们。“我怎能不要你们呢？”等她们姐俩长大些了，那个农妇对她们说起这段身世。当时，她俩仍乖乖地坐在你妈妈与她们分别的地方，看起来就像童话里的小女王正在等车来接。

梅清和梅寒夫妇收养了她们，他们住在一个石穴中。桂林城里和周边有成千上万像这样极为隐蔽的洞穴，人们纷纷躲进去，甚至战争结束都还不出来。梅家夫妇每隔几天会出洞去搜寻别人弃在路上的食物，有时找到的东西让他俩都认为被丢弃了实在是可悲。有一天，他们找到一套做工精致的饭碗并带回了洞穴，又有一次捡到个带天鹅绒坐垫的小凳子，还有两条新婚的被子。又有一次，他们找到了你的姐姐们。

他们是虔诚的穆斯林，认为这对双胞胎是双喜临门的吉兆，等当晚他们发现两个孩子身上的财宝时，对这点更是坚信不疑了。他们夫妻俩从没见过这么值钱的戒指和手镯。他们赞赏地打量着照片，发现这两个孩子出自好人家。但他俩都不识字，直到好几个月后，梅清才找到一个人，能为她读出照片背面写的字。那时，她已对这两个女孩视如己出，非常疼爱。

1952年，丈夫梅寒去世。双胞胎已满八岁，梅清决定她该去寻找她们的家人了。

她给姑娘们看了妈妈的照片，还说她们的出身很好，要带她们回去见亲生母亲和外公外婆。梅清也对她们提到酬谢的事，但她发誓自己坚决不要。她太爱这两个孩子了，只一心盼望她们得到应有的归宿——过上更好的日子，住好房子，还能受到良好的教育。这家人可能还让梅清留下，让她做孩子们的阿妈。没错，她很肯定女孩家里一定会让她留下的。

当然，等她找到昔日上海法租界的惠昌路九号时，那里已彻底变了样，成了一座新的厂房，至于该地原先被炸毁了的住宅，没人知道这家人的下落。

梅清必定也不可能知道，你妈和我——她的新任丈夫，早在1945年就曾回到那个地方，希望找到她的家人和女儿们。

你妈和我在中国住到1947年，我们辗转了好几个城市，回过桂林，去过长沙，最远到过昆明。无论在哪里，你妈的眼角总是在寻找双胞胎婴儿，随时间推移，后又留心孪生女孩儿。后来，我们去了香港。1949年，我们最终起程去了美国，我觉得你妈甚至到了船上还在寻找她们的身影呢。但我们抵达美国之后，你妈就再也不提她们了。我本以为，最终，她们在她心里已经死去了。

当中美两国开始允许公开通信之后，她马上写信给上海和桂林的老朋友。我先前都不知道这些，是林多阿姨告诉我的。不过当然，那时所有的街名都变了。有些人已去世，也有些搬走了。所以，你妈花了好多年时间才找到一个联系人。你妈终于找到一个老校友的通信地址，于是写信请她寻找女儿们的下落。她的朋友回信说这就像大海捞针，根本不可能。她怎么就知道女儿一定在上海，而不在中国其他什么地方呢？当然，这个朋友没好意思问，你怎么知道女儿就一定还活着呢？

因此，这位校友也没去找。她觉得去搜寻在战火中丢失的小孩简直是天方夜谭，她可没这闲工夫。

然而，你妈每年都会给不同的人写信。现在想来，去年她心里就拿定了一个大主意，想亲自回中国找女儿。我记得她对我说："坎宁，我们应该回去，趁现在还不算太晚，我们也还不算太老。"但我劝说她，咱们已经太老了，现在回去太迟了。

我还以为她只是想回去旅游呢！我并不知道她是想回去找女儿。因此，当我说已经太晚时，她脑子里肯定冒出了可怕的想法：女儿们或许已不在人世。我觉得，她心里越来越觉得女儿可能已经死了，最后这种感觉要了她的命。

或许，正是你妈妈的在天之灵指引着她在上海的校友找到了女儿。因为在你妈妈去世后，那位校友在南京东路第一百货商店买鞋时，偶然见到了你的姐姐们。她说仿佛做梦似的，看着两个长得十分相像的妇女，一起走下楼梯。她从那两人的脸上隐约看出了你妈妈的影子。

于是，她赶忙追上她们，叫着她俩的名字。当然，她俩一开始没听出来，因为梅清已经为她们改了名字。但你妈妈的朋友非常肯定，她坚持追问："你们难道不是王春雨和王春花吗？"随后，那两个长相一样的妇女情绪激动起来，因为她们想起这正是那张老照片背面写的名字。她们至今仍崇敬照片上那对年轻夫妇，将他们视为亲爱的生身父母，认为他们虽已不在人世，但在天之灵仍在寻觅她们姐妹俩。

* * *

第二天在机场时，我由于一宿没睡，已然精疲力尽。姨婆凌晨三点时跟我去了我的房间，即刻便倒在其中一张床上睡了，鼾声响亮得像个伐木工人。我躺下却睡不着，心中一直在想母亲的故事，遗憾自己从未真正了解过她，也为姐姐们和我都永远失去了她而感到痛心。

在机场，我与大家挨个握手，依依惜别，心中思忖着这个世界上各种各样的离别。有时，我们在机场高高兴兴地向人挥手告别，知道从此不会再与他们相见。还有时，我们在路旁与人分手，心里却盼望能够重逢。在父亲讲述的故事里，还不等我有机会更好地了解她，母亲就已与我永诀了。

在等候登机时，姨婆朝我微笑。她垂垂老矣。我一手揽着她，另一只手搂着丽丽，她俩看来身材大小都差不多。终于，时间到了。当我们再次挥手告别，进入等候区域时，我感到自己正从一个葬礼走向另一个葬礼。我手中紧握着两张去上海的机票。再过两个小时，我们即将抵达那里。

飞机起飞了。我合上双眼。我要如何用支离破碎的中文向她们讲述母亲的生平，又该从哪里开始说起呢？

“醒醒，我们到了。”父亲说。我醒来时心脏都跳到嗓子眼儿了。我朝窗外望去，发现飞机已在跑道上滑行。外面是灰蒙蒙的一片。

我走下飞机舷梯，从停机坪走向机场大楼。我心想，要是母亲还健在，此时走向姐姐们的是她，那该有多好啊！我非常紧张，甚至都感觉不到自己的双脚了，不知怎的只是在朝前挪。

我听到有人大喊：“她来了！”我眼中看到了母亲：她那短短的头发，瘦小的身材，脸上的神情与往常一样。她将手背紧压在嘴上哭泣着，仿佛她刚经历过一场可怕的折磨，对它现在终于结束心怀喜悦。

我明白那并不是母亲，而是我五岁那年有一次曾见过的表情。当时，我整整一个下午都不见人影，于是她确信我已经死了。最终，我奇迹般地出现了，睡眼惺忪地从自己床底下爬出来。母亲喜极而泣，边哭边笑，还在自己手背上咬了一口，才证实这是真的。

现在，我再次见到母亲，有两个她，都在向我招手，一只手里还握着张照片，也就是我寄给她们的快照。我刚一跨出大门，我们三个就赶忙奔向彼此，紧紧拥抱在一起，所有的疑虑和期望都被遗忘了。

“妈妈，妈妈。”我们喃喃地说着，宛若母亲与我们同在。

姐姐们欣慰地看着我，其中一个姐姐自豪地对另一个说：“妹妹长大了。”当我再次打量她们的面孔时，已寻不到母亲的影子了，不过，她俩看上去依然很面熟。现在，我终于也看到自己身上的中国成分了，简直是显而易见。这就是我的家，它就在我们的血液中流淌。经过这么多年，它终于被释放出来了。

姐姐们和我围拢在一起，彼此相拥而立，一边说笑一边互相擦着眼泪。拍立得的闪光灯亮过之后，父亲递给我一张快照。姐姐们跟我静静地注视着它，热切地看着它成像。

灰绿色的相纸渐渐清晰，颜色也加深了，显出我们三个色彩明亮的身影。尽管谁都没开口，但我知道大家一定都看得出，那就是我们都很像母亲，一样的眼睛，一样的嘴，微微张开着。我们看见妈妈了，正惊喜地注视着我们，终于如愿以偿了。